JN118173

聖なる花婿の癒やしごはん２

恋の秘めごとに愛のパンを捧げましょう

瀬川月菜

TSUKINA SEGAWA

一迅社文庫アイリス

CONTENTS

ロジオン

金の聖者として知られていた青年。

婚約する前は「作り手の祝福」という、作ったものに人々を癒やす力をこめられる能力を持っていた。

さまざまな国の料理を作ることが得意。

エルカローズ

王弟殿下付きの近衛騎士でもある伯爵令嬢。

一代限りの騎士爵の位も賜っている。

予言により聖者と結婚することとなり、現在婚約中。

ハナハクス

もともと魔の領域に棲んでいた魔獣。

現在は、懐いたエルカローズの監督下に置かれている。

聖なる花婿の癒やしごはん

ST. BRIDEGROOM & THE MEAL OF HEALING. 2ND.

恋の秘めごとに愛のパンを捧げましょう

CHARACTER 2

ベアトリクス
アルヴェタイン王国の第一王女。隣国の王太子との結婚が決まっている。

カリーナ
ベアトリクスの侍女。王立学院生の頃から王女と親しくしている平民の少女。

ユグディエル
光花神教の導師。未来を告げる予言者として知られている。

用語説明

光花神フロゥカーリア
祈りと祝福の力を広めた女神で、多くの国で信仰されている。カーリア女神とも呼ばれている。

魔の領域
光花神の祝福に反する力を持つ魔物が棲む領域。独自の動植物が生息している領域でもある。

魔物
『名を持たず、愛を知らず、常に飢えている』とされている魔の領域の存在。

魔獣
動物の姿をしている魔物。魔の領域を生息域としている。

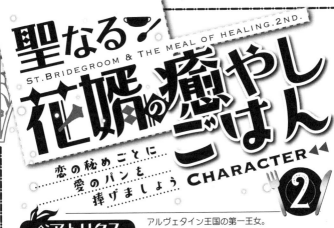

イラストレーション◆由貴海里

聖なる花婿の癒やしごはん2　恋の秘めごとに愛のパンを捧げましょう

St.Bridegroom & The meal of healing.2nd.

序章　予言された二人が婚約したら

アルヴェタイン王国の冬は他国のそれと比べて暖かいという。

吐く息すべてが白くなる薄墨《うすずみ》のような朝の空気の冷たさを自室の窓越しに思い、エルカローズは身震いした。毎日外気の冷たさに背筋や肩が強張《こわば》るのに、これ以上寒い北の地にある光花神教の修道院には裸足で過ごすのが慣例になっているという修行地があるというのだ。

（これが暖かい方だなんて信じられないけど、様々なところに行ったことのあるロジオン様が言うんだから本当なんだろうなあ）

肌寒さに鳥肌を立てながら身支度を終えたところで、扉が叩《たた》かれた。

返事をすると、銀盆を掲げた執事のゲイリーが大柄な身体《からだ》を縮めるように一礼する。

「おはようございます、ご主人様。お手紙が来ております」

盆の上の封筒の見覚えのある封蝋《ふうろう》にあっとなった。

「父上からだ」

役目を終えたゲイリーにお礼を言い、一人になってから封を切ると、差出人はやはり父コルラード・ハイネツェール伯爵だった。

『お前の知らせにこちらは大騒ぎだ。予言の裏付けが取れてからはさらに騒然となった』

挨拶《あいさつ》もそこそこにそう記されていて苦笑いする。

――この世界は遠からず迫り来る魔のものたちの領域となり、光花神の慈悲が届かぬ暗黒と化す。ゆえに光花神は申された。『金』の聖者ロジオンとアルヴェタイン王国の騎士エルカローズ・ハイネツエール、この男女の婚姻こそ、世界を救済する唯一の手段である――。

それが光花神フロゥカーリアを信仰する光花神教の予言者ユグディエルの予言だった。

そのため伯爵家出身の騎士であるエルカローズは、還俗《げんぞく》した元『金』の聖者ロジオンと結婚することになったのだ。

当事者ですら現実味がなかったくらいだ。それを知らせる手紙に心配しなくていいと書かれていたところで、領地にいる父や家族が驚かないはずがなかった。

『そちらの様子を見に行くべきだという話になって準備をしていたが、レーヴェフロルが風邪をこじらせてしまったので日程を見合わせることになった。代わりに父上が名乗り出てくれたのだが、早々に雪が降ったため取りやめてもらった。元騎士といえど現役を退いて久しい父上が悪路を行くのは危険だとお前なら理解してくれると思う。本当にすまない』

父母は兄レーヴェフロルの看病、田舎《いなか》に住む祖父は積雪。来られなかった理由に納得だ。

兄は秋から冬にかけて罹《かか》るいつもの風邪で医師の指示に従っていれば大事ないらしい。祖父は歳《とし》が歳なので無茶をしないでくれてよかった。

（顔合わせは当分見送りか。兄上は幼い頃からしょっちゅう寝込む人だし、仕方がない……）

病床に伏した兄に家族が付き、よほど緊急性がなければ後回しにされるのはエルカローズにとってお決まりの流れだった。多少丈夫になったからこそ寝込むのは重症の証《あかし》だ。慣れているとはいえ医者だ薬だと父母や家の者たちは大変だったに違いない。

「どなたからの恋文ですか？」

「っ!?　ろ、ロジオン様!?」

ため息をついた瞬間、耳元で声がして飛び上がると、美しさそのものを紡いだ金の髪と緑の瞳を持つロジオンは柔らかな微笑《ほほえ》みをくれた。

姿絵に描かれるよりも整った顔立ち、恵まれた身長や体格、二十七歳という年齢以上の思慮深さや落ち着いた佇《たたず》まいは毎日見ていてもエルカローズには眩《まぶ》しい。自らの黒髪や日に焼けた肌に気後《きおく》れしてつい袖の内側に荒れた手を隠すようにしてしまう。

「朝食ができたことを知らせに来たのですが返事がなかったので入ってしまいました。私に気付かないほど読み耽《ふけ》ってしまう情熱的な手紙なんて、妬《や》けてしまいますね？」

「ち、違います！　家族、か、家族！　父からの手紙です！」

その笑顔に黒いものを見たエルカローズは慌《あわ》てて便箋《びんせん》を差し出した。

続きにはロジオンへの言葉と結婚に関する懸案事項がしたためられている。

『聖者様にはご挨拶が遅れていることをお詫《わ》び申し上げてほしい。予言に従うべきとはいえ我が娘が聖者だった方の妻になるなど恐れ多い。お前も荷が重いことだろう。本当に結婚を承知しておられるのか、気がかりでならない。

『結婚後は騎士職を退くのだから軽率な行動は慎み、聖者様の負担にならないようにしなさい。爵位を返上して館を離れても生活できるよう、花嫁修業をするように』

ロジオンは光花神教の予言者に見出《みいだ》されて厳しい修練を重ねて聖者となり、各国各地を訪れて多くの人々を救ってきた。学のない孤児が尊い聖者になったのは半ば伝説として人々の間で語り継がれている。

そんな人が、結婚するために還俗してあらゆるものを捨ててこの国にやってきた。

だから父の懸念はもっともだと思う。エルカローズは女性に生まれながら騎士になった稀有《けう》な娘ではあるが、それ以外は貴族令嬢とぎりぎり名乗れるくらいの凡庸《ぼんよう》さだ。誰もが一目でだものではないと見抜けるロジオンとは格差がある。

ロジオンは微笑んだまま「なるほど」とでも言うように何度か頷《うなず》くと、突然エルカローズの腰をさらって抱き寄せた。

「ちょ、ロジオン様!?」

「寂しい顔をしないでください」

以前話したのでロジオンはエルカローズの家庭環境を知っている。病身の兄に家族を独占されていたことや心配をかけまいと耐えてきた少女時代、どうしようもなかったと理解しつつも、過去の傷に苛《さいな》まれていたエルカローズを救ってくれたのは、ロジオンだった。

「お父上はあなたが騎士を辞めると思っていらっしゃるようですが、辞めるのですか？」

「いいえ」

動揺しつつもはっきり答えていた。

「辞めません。結婚後も騎士を続けます。続けられる限り、ずっと」

この国の常識では既婚女性は家に入るものだ。一部の例外はあるが高位女官でも裏方の掃除係であっても結婚を機に退職するので、ただでさえ女性騎士が珍しいのに結婚後も続けるというエルカローズは規格外を通り越して非常識だろう。

騎士職を退いて妻の実家の伯爵家を継いだ父や母を説得できるかはわからない。

けれどロジオンは笑う。その未来の訪れを楽しみにする子どものように。

「ならばそれを応援して支えるのが私の義務です。大丈夫です。私がいるから大丈夫だと唱えてごらんなさい」

じわっと湧《わ》いた喜びが溢《あふ》れそうになる。甘い態度で弄《もてあそ》ぶふりをして慰めてくれる、こういう人だから好きになったのだ。

「私は大丈夫、ロジオン様がいますから……んっ」

小さく呟《つぶや》くと「いい子です」とこめかみに口付けられて声が出た。

言葉を繋《つな》げられずにいるエルカローズの真っ赤な耳にロジオンは魅惑的な声を吹き込む。

「いい子にはご褒美をあげましょう。次はどこに差し上げましょうか。頬、それとも……唇《ここ》？」

骨ばった長い指がエルカローズの唇に触れた。

労働を厭《いと》わない手の、硬くなった指から伝わる熱があまりにも艶《なま》かしくて。

思考が吹き飛びあらゆるものを忘却し立ち尽くすエルカローズの視界の端に、白いものが。

「ぐっ！」

箒星《ほうきぼし》の速さと雪塊《せっかい》の重量を伴って腰に衝突した。

危うく倒れ込まずに済んだのは抗《あらが》ったはずのロジオンの手が支えてくれたおかげだ。

「怪我《けが》はありませんか？」

「だ、大丈夫です、すみません、助けようとしてくれたのについ抵抗を……っルナルクス！考えなしに飛びかかるんじゃない！」

ふさふさの尾がぱしぱしと床を掃《は》く。白い獣が腰に掴《つか》まった体勢でこちらを見上げていた。

「わふ！　わふっ、うー、わふっ！」

「丈夫な私だからいいけれど、下手《へた》をすれば魔物のお前は黒の樹海に強制送還なんだぞ」

ルナルクスは白い体毛と青い瞳を持つ、見た目はどこまでも賢く可愛《かわい》い大型の犬だが、どういうわけかエルカローズを番《つがい》に望んでいる魔獣だ。

魔物は魔の領域に暮らす呪いの力を帯びた生き物で、魔獣はその名の通り獣の形をしている。

魔の領域で負傷したルナルクスを見つけ、呪われて倒れたのが秋のこと。いまルナルクスは人の世界を学ぶためにエルカローズの保護下でこの館に暮らしている。いまは子どもだが大人になって馬並みの大きさになったとき、同じことをされると間違いなく潰されるだろう。

「きっと空腹で機嫌が悪いのでしょう。まだ幼いですから仕方がありませんね」

微笑んだロジオンの緑の瞳と険しい顔のルナルクスの青の目が交差する。

「あ、朝食！」

しかし空腹という言葉でエルカローズは頭がいっぱいになっていた。

「すみません、呼びに来てくれたんでしたよね。冷めないうちにいただかないと」

エルカローズがいそいそと食堂を目指す背後でどちらがすぐ後ろに続くかという戦いが繰り広げられていたのは、通りかかった使用人たちだけが知っている。


午後から出仕したエルカローズは父の手紙のことを同僚のベルライト子爵オーランドと上司のカインツフェル伯爵モリスに話した。

王城はいくつかの宮殿や塔を抱えており、エルカローズたちは王族やそれに近しい高貴な人々が政務を行うこの剣宮《スパーダ》で王弟殿下の近衛騎士として勤めている。

「手紙だけか……まあ反対されなかったのなら何よりだ」

モリスは祖父の知己《ちき》でコルラードのこともよく知っている、血の繋がらない親類のような人

だ。良識の持ち主なので口に出さないが、エルカローズにもたらされた予言と結婚を知った家族がなかなか行動を起こさなかったことを気にしているのだと思う。

そこへオーランドが憂いを吹き飛ばすような明るい声で言った。

「二人の仲の良さを見れば反対なんてできないしロジオンが言わせないから大丈夫大丈夫！」

「なんだその謎の信頼」

思わず言うと「だってロジオンだよ？」と返された。そうだな、とつい頷きそうになる。

「結婚式が楽しみだね！　準備は順調かい？」

「衣装は注文済み、祝宴の料理も決まったし、招待状は遠方から順にそろそろ送る予定だよ」

花嫁衣装を本人以上に熱心に打ち合わせをするロジオンを思い出すと苦笑が浮かぶ。

仕立屋は彼の美貌に創作意欲を刺激されて後世に語り継がれる衣装にしてみせると意気込んでいたから、おかしなものが出来上がることはないだろう。

「招待状はまだですが、モリス様とオーランドにも出席してもらいたいと思っています」

「もちろん、妻と出席させてもらう」

「出席しないなんて答えはないね。おめでとう、エルカローズ。楽しみにしているよ」

二人の答えと幾度となく告げられる祝福の言葉に照れ笑いしていたときだった。

にわかに部屋の外が騒がしくなり、エルカローズたちはすぐ会話を止《や》めて気配を窺《うかが》った。途端、叩扉《こうひ》の音が響き渡る。

「失礼いたします！　ハイネツエール卿《きょう》はおいでですか⁉」

「はい、私はここに。何事ですか？」

表情を引きしめて応対に出たエルカローズを見て、急ぎ足でやってきた兵士は安堵《あんど》と焦燥《しょうそう》を混ぜ合わせた様子で口を開こうとする。だが素早く近付いてきた女性がその役目を奪った。

「これより姫様が参られます。速やかにお迎えする準備を整えてください」

品の良い、けれど華美すぎない紺色のドレスに、美しく結った髪、微笑みながら有無を言わさない口調は王宮勤めの貴族女性特有のものだが、面食らったのは強い口調のせいだけでなく剣宮の所属でない女官だったからだ。

（誰だ？　それに姫様って……）

困惑するエルカローズの後ろからモリスが割って入る。

「失礼ですが、どちらの姫君がおいでになられるのですか？　まさか我らが金の花、ベアトリクス第一王女殿下ではございませんな？」

「そのまさかです、カインツフェル伯爵。王女殿下が参られます。私はその先触れです」

エルカローズはしばらく会話の内容が理解できなかった。

「王女殿下がいらっしゃる……剣宮に……私に会いに――私に会いに⁉　何故⁉」

迸《ほとばし》った声はほとんど悲鳴に近かった。

何故ならエルカローズはベアトリクス王女と面識がない。伯爵令嬢として社交の場に参加していないので機会がなかったのだ。だというのに直接会いに来るなんて意味がわからない。

だが先触れの女性、王女付きの女官は「殿下にお尋ねしてください」と教えてくれなかった。

彼女が立ち去ると、誰よりも早くモリスが動き出す。

「王弟殿下に部屋をお借りできるかお尋ねしてくる。オーランド、お前はもてなしの手配を」

「承知しました。エルカローズ、君はいますぐ身支度してきて。他はなんとかするから」

驚いてばかりではいられないとエルカローズも腹を括《くく》った。申し訳ないが準備を二人に任せ、王女と謁見《えっけん》するにふさわしい身なりを整えるべく執務室を飛び出した。

髪を梳《くしけず》り、制服の埃《ほこり》を払い、靴が汚れていないか確認して、王弟殿下の近衛騎士の証である剣帯に剣を下げる。こういうとき鏡を見ると日焼けした肌や荒れた唇などにがっかりしたものだが、ロジオンからもらった薬草を用いた化粧品のおかげでそれなりの調子を保っている。

こういうところで、とても助けられている、と思う。直接手を差し伸べられるのも嬉《うれ》しいけれど、彼のささいな気遣いが、突然降りかかってきた危機を乗り越える力に変わる。

(ありがとうございます、ロジオン様。……よし、行くぞ!)

毅然《きぜん》と応接室に向かうと、部屋の前にいたオーランドがエルカローズの全身を確認して問題なしと頷いた。お茶の手配を終えてくれた彼に感謝を述べて一人、室内で王女の訪れを待つ。

しばらくもしないうちに開け放った扉の方から靴音と衣擦《きぬず》れの音が聞こえてきた。

果たして、先ほどの先触れの女性に先導された女性の集団と護衛の近衛騎士たちが現れる。

中心にいる、純金の糸のような真《ま》っ直《す》ぐな髪と高貴な青の瞳の女性が第一王女だ。

エルカローズは頭を下げ、じっと待つ。そうして着席したベアトリクスが口を開いた。

「顔をお上げなさい」

人々の理想の姫君の姿そのものの儚《はかな》げな美しさは、たった一声で印象を塗り替える。

涼やかな声の自信に溢れた物言いと、凛《りん》とした眼差《まなざ》し。ただ座っているだけなのにその場にいる誰よりも高貴だとわかるのは、彼女が王女として振る舞うことに長《た》けているからだ。生まれついての王女と誰もが言う、ベアトリクス・ファルファッラ・アルヴェタイン殿下。齢《よわい》十八、金の花と讃《たた》えられる若々しさと華やかさを併《あわ》せ持つ女性だ。

エルカローズは顔を上げ、少し悩み、目は伏せず堂々と正面の王女を見つめた。

するとベアトリクスは頷いた。

「よろしい。合格よ」

（……合格？）

顔に出さずどういう意味かを考えるエルカローズに王女は告げる。

「エルカローズ・ハイネツェール。あなたをわたくしの騎士に任命します」

「……は、い？」

騎士。誰の。——第一王女殿下の？

「明日からわたくしのところへ来るように。側仕《そばづか》えの者たちに伝えておくわ。よろしくね」

質問は許されなかった。着席して十分も経《た》たずベアトリクスは去り、ちょうどお茶とお茶菓子が載った台車を押してきた王弟殿下の侍女は困惑を隠しきれないでいる。

エルカローズも似たようなものだった。頭痛がする。目眩《めまい》も。

(王女殿下が会いに来るだけでもとんでもないのに、すごいことを言い残していったぞ……)

状況が飲み込めないが否が応でも理解したと頷かざるを得ない人から重大な命令を与えられてしまったようだ。

「エルカローズ、大丈夫？　もしかしてごたごたに巻き込まれた？」

「ベアトリクス殿下は何の御用でいらしたんだ？」

オーランドとモリスが顔を出し、嵐のように去った王女の一団と苦悩するエルカローズを気にして口々に尋ねる。

——どうやらベアトリクス殿下の騎士に任命された、みたい、です……？

笑顔を試みたものの引きつってしまったエルカローズは、一つ息を吐き出して強張った表情を緩めると、侍女が持つ台車を指して言った。

「とりあえずお茶をいただきましょう。どうやらしばらくゆっくりできそうにないので」

その後、曖昧《あいまい》に説明した王女の用向きが、善良で心優しい上司と同僚を紛糾《ふんきゅう》させたのは言うまでもない。

第１章　王女の騎士になったなら

薄い凍雲《いてぐも》が空を覆《おお》う朝、外套《がいとう》と襟巻《えりま》きで防寒したエルカローズは小走りで菜園にやってきた。

「おはよう！　寒いけど元気そうだね」

趣味の場所ゆえに庭師の手を入れず自ら世話をしている緑たちに声をかけ、島のような栽培地で収穫を待っていた黒キャベツと小茴香《フェンネル》を早速むしる。

黒キャベツは北部名産にも関わらずちゃんと育ち、冬の間はスープに煮込み料理にと大活躍だ。小茴香もロジオンの手にかかればただの香草以上の役目を果たしてくれている。

秋に植えたラベンダーは寒気の訪れとともに目に見えて成長が遅くなったが、枯れることなくしっかり大地に根を張ってくれていた。

（花が咲いたところをロジオン様と一緒に見るために、頑張って世話をするからね）

細い葉を指先で撫《な》でて労《いたわ》り、館《やかた》に戻《もど》る。

厨房《ちゅうぼう》に行くと料理長のルイージと見習いのリオ、そしてロジオンが調理をしているところだった。主人に気付いた使用人たちが「おはようございます、ご主人様」と告げるのに挨拶《あいさつ》と手を止めなくていいと返して、やってきたロジオンに収穫物を託す。

「おはようございます。今朝の収穫を持ってきました」

「おはようございます、エルカローズ。今日もありがとうございます」

今朝もロジオンの笑顔は眩《まばゆ》く美しい。暗い表情ができないのではないかと思うくらいだ。

「小茴香ですね。香辛料の効いた腸詰め《ソーセージ》を作りましょうか。何本かは干して熟成させるとよさそうです」

(香辛料入りの腸詰め……焼きたてはぱりっとしていて美味《おい》しいだろうなあ……！)

ロジオンの提案にエルカローズは何度も頷《うなず》いた。

実家の厨房に立っていたルイージが料理長になってくれたときから食生活は高水準を維持されてきたが、ロジオンのおかげでいまは十分すぎるほど充実している。あくまで趣味の範囲、何かあったときのみエルカローズの食事作りを担当する彼をルイージもリオも受け入れ、ロジオンを超える新料理を考案すると意気込んでいると使用人頭のセレーラが言っていた。いまも腸詰めと聞いて小さく跳ねたエルカローズを彼らは微笑《ほほえ》ましそうに見ている。

「本当にいい香りですね」

「はい、さっき摘《つ》んできたばかりですから」

「いえそうではなく。こちらの方も」

そう言ってロジオンはエルカローズの右手を口付けられる距離まで持ち上げる。

「指先からとてもいい香りがします。……口に含めば、きっと甘くて刺激的でしょうね？」

「っ!?」

摘み取ったときに指に香りがついたらしい。上目遣いで挑むように言われ、指を咥《くわ》えられるところを想像してエルカローズは顔面を真っ赤にした。

「だだだ、だめですっ！　ほら！　菜園で作業していたから汚れていますし！」

「だったらなおさら、綺麗《きれい》にして差し上げますから」

汚れた手をどうやって綺麗にするんでしょうか？

反射的に尋ねそうになるも口を結び、エルカローズはぶんぶんと首を振って手を引き抜いた。

ロジオンの言動は予想しづらい。からかっていると思いきや本気だったという展開にならないよう気を配る必要があるのは、そのとき絶対抗《あらが》えない状況に陥《おちい》っているに違いないからだ。

（『金』の聖者だった人に何一つ勝てるとは思わないけど！）

二人の会話に館の者たちは当然のごとく聞こえていないふりをする。けれど裏で何を言われているか。セレーラが来てくれなければ威厳を保つどころか醜態《しゅうたい》をさらしていただろう。

「ご主人様、配置換えの引き継ぎで今朝は早めにお出になるんじゃありませんでしたか？」

「そ、そうだった！　ありがとうセレーラ！」

耳をそばだてる料理人たちの存在もいたたまれずエルカローズはぴゃっと逃げ出した。

とろとろうたた寝をするルナルクスを横目に手早く支度をしながら昨日のことを思い返す。

あの日。改めて王弟殿下にベアトリクスの来訪と命令を報告すると、一時的にエルカローズを借用したいと事前に相談があったことを教えられ、その上で「殿下も思うところがあるようなのでしばらくついていてやってほしい」と頼まれ、引き受けることになった。

エルカローズに与えられた新たな役職は第一王女の近衛騎士——後ろに「期間限定」と続く。

「ご主人様、朝食はいかがなさいますか？」

「悪いけれど食べずに行くから、ルイージにパンを包んでくれるよう頼んでくれるかな」

様子を見に来たセレーラに言って、身支度を終えてばたばたと自室を出るエルカローズに寝ぼけ眼《まなこ》のルナルクスが続く。玄関には上着と外套を手にしたロジオンが待っていた。

「せっかくの朝食なのに、すみません」

「いいえ、気にしないでください」

気忙《きぜわ》しいエルカローズとは対照的に彼は完璧な微笑とともに持っていた紙袋を手渡した。

「しばらく王女殿下にお仕えするとオーランドから聞きました。軽食を作ったので休息時間にでも食べてください。祝福の力の効力はありませんがお腹《なか》は満ちますから」

紙袋はほんのり温かく、ルイージのパンとロジオンが作った焼きたての何かが入っている。

カーリア女神の恩寵《おんちょう》を授かる聖者だったロジオンは、祈りを込めて作ったものにそのままの効力を付与する『作り手の祝福』の持ち主だった。特に手作りの護符や料理を用いることが多かったようで、かくいうエルカローズも出会った頃に彼の料理で助けられた。

しかし恩寵には制約がある。——結婚すると力を失うのだ。

婚約した現在、彼の力は消失に近い状態にある。多くを救うはずの彼をただ人にしてしまうのは忍びないのに、手作りの料理の温度が、胸に、瞳の奥にじんわりと沁《し》みて、くすぐったい気持ちが溢《あふ》れて笑顔になった。

「ありがとうございます。これを食べるのを楽しみに今日は頑張れそうです」

「そう言ってもらえると作りがいがあります。今日は私も王宮に上がるので一緒に帰宅するときに感想を教えてください」

何故王宮に用事が、と首を傾《かし》げて、あっと声を上げる。ロジオンは頬を緩めた。

「もしかして、決まったんですか!?」

「はい、本日から王宮勤めです。職務の説明を受ける予定になっています」

ロジオンには神教会から支払われる年金があるので生活に不自由はないが、仕事を求めてオーランドに王宮の高官を紹介してもらったらしい。出仕することになったと知ってエルカローズはほっとし、ロジオンもどことなく肩の荷が下りたような顔をしている。

「わああ、おめでとうございます！　自分のことみたいにすごく嬉《うれ》しいです……！」

ロジオンはゆるゆると微笑み、指の背で喜びに染まったエルカローズの頬を撫でた。

愛《いと》おしさと慈しみが伝わる仕草に心臓が一度大きく跳ね、顔に甘い熱が上るのを感じたが、ルナルクスの鼻先に足を小突かれてはっとなる。

「あ、えっと、どこへ配属されることになったんですか？」

「その話はまた後で。早く王宮に行くつもりでしょう？　時間がなくなってしまいます」

遅刻ではないがお喋《しゃべ》りする余裕もない時刻だ。いってらっしゃいと送り出され、未練を残しつつ「いってきます！」と館を飛び出した。

王都の冬の朝はすべてがうっすらと青みがかっている。温暖な気候の国なので雪が降っても数日程度だが、それでも大気は冷たく、肺の奥まで凍りついてしまいそうだ。

白い息を吐き合いながらルナルクスと門で別れ、新しい配属先を目指す。

その宮殿の名を花宮《フィオレ》という。女性王族のための宮殿だ。

兵士に案内された部屋で待ち構えていたのは大勢の女官と侍女、そして一人の騎士だった。

「イレイネ・クロムワーズです。ベアトリクス王女殿下の側仕《そばづか》えをまとめる主任女官を務めております。どうぞよろしくお願いいたします」

王女の最側近と言って差し支えないイレイネは貴族らしい金髪碧眼《へきがん》の持ち主だ。すらりと背が高く、女官らしい控《ひか》えめなドレスをレースや金の装飾で飾って役職が高いことを示している。クロムワーズ侯爵夫人だという彼女はこの場の誰よりも爵位が高く、表情を変えずに淡々と名乗られてエルカローズの緊張は急激に高まった。

紹介は、衣装係、配膳係、付き人と続いていき、最後にこの部屋で唯一の男性が進み出た。

制服と剣を帯びた王女の近衛騎士だ。

「ジェニオ・ドルレアン。第一王女殿下の近衛騎士隊長だ」

（騎士隊長！　相当腕が立つんだろうな、邪魔しないように気を付けないと……）

緊張でがちがちになったエルカローズはジェニオと握手を交わす。

「女性騎士と仕事をするのは初めてで至らないところもあると思うが、よろしく頼む」

「こちらこそ、よろしくご指導ください」

するとジェニオは妙にしげしげとエルカローズを見下ろした。

「唐突で申し訳ないが、オーランド・ベルライトに勝ったことがあるというのは本当か？」

王弟殿下をお守りするオーランドはあっけらかんとした性格に反して、若手の中では最強と噂《うわさ》され、次の騎士団長になるのではないかとも言われている実力の持ち主だ。

「えー……っと、勝ってはいないです。彼の木剣が折れたので引き分けたのが正しいです」

当時かなり噂になったようでジェニオのように誤った認識を抱いている者が多いが、それ以外に接戦はなかったのをよく覚えているので間違いない。

「稽古をする仲なのか？　頻繁《ひんぱん》に？」

手合わせや指導を頼めるのは同僚の誼《よしみ》で、彼がエルカローズを友人と認めてくれているからだが、何故勢い込んで尋ねられるのかわからないまま「お互いに時間があれば」と答える。

それを聞いたジェニオは確信を得たように大きく頷いた。

「なら是非とも手合わせ願いたい。いつでも構わないから」

「えっ!?　私と、ですか？」

オーランドではないのか、と続けるまでもなく再び頷かれ、エルカローズは狼狽《うろた》えた。

「あの、私には荷が重すぎます。隊長になる方とは実力差がありすぎて」

「そんなことはない。ベルライトが好んで相手をしているならいい勝負ができるはずだし、十分な技量の持ち主だからベアトリクス様がご自身の騎士に選ばれたんだ」

思ってもみないことを言われてぽかんとする。

(騎士を名乗るに十分……男性ばかりの王宮の騎士に、私が?)

頬が熱くなる。お世辞でも嬉しい。そんな風に言ってくれるのは身近な人ばかりだったから。

「それで試合はいつ、ぐっ⁉」

「あぁら、ごめんあそばせ！　婚約者がいる女性を口説こうとするお馬鹿さんがいたからつい手が出てしまいましたわぁ」

ジェニオの背後から脇腹に叩《たた》き入れた拳《こぶし》をひらつかせて赤い髪の女官は妖艶《ようえん》に笑う。

ミーティアと名乗った赤い髪と緑の瞳の女官はマヌエル伯爵家の嫁き《い》遅れ令嬢だと自己紹介して初対面のエルカローズを戸惑わせたが、かなり活動的な人柄のようだ。

「マヌエル嬢……！　私がいつ口説いたと、」

「あら違いまして？　では――結婚を控えた女性に試合を申し込んで式当日に傷付いた姿をさらせと言う方の馬鹿なのか」

艶《あで》やかな微笑みが一転、暗黒に染まる。

ジェニオは縦に跳ねた。エルカローズもびくっとしたが慌《あわ》てて間に入る。

「あ、あの、結婚式は春の予定ですし、傷や痣《あざ》は深くなければすぐ治りますし、いざとなれば隠れる衣装にしてもらえば……」

「それとこれとは別。あなたが傷付いて悲しむ人がいるんだから。試合がしたいなら婚約者と話し合ってからにした方がいいわよ」

するとと成り行きを見守っていた女官たちも次々に同意する。

「そうですわ、最も美しい姿で花嫁衣装を纏《まと》うべきです」

「騎士と認めているとはいえ、本気で試合をするなら時機を見計らっていただきたいですね」

「殿方はこういうところが疎《うと》くって、ねえ？」

そこに「理解できて？」と言われるとジェニオは首を縦にするほかなかったと思う。

エルカローズも反省した。彼女たちの言い分は至極もっともだ。

（花宮は女性が強いところなんだな……上手《うま》くやっていけるだろうか）

この宮殿には側仕えの男女別に待機する場所が複数あり、騎士は待機所、女官や侍女は控え室と呼ぶのが慣例らしい。エルカローズは騎士だが控え室の使用を許された。

控え室といっても十分な広さで、赤々と暖炉が燃え、豪奢《ごうしゃ》な絨毯《じゅうたん》や壁紙で飾られて貴賓《きひん》室のようだ。他に更衣室や休憩《きゅうけい》室、書類仕事などを行う作業室が設けられていて、通いでない者は別の棟の部屋で寝起きしているという。

エルカローズがジェニオから与えられた最初の課題はこの宮中を知ること。

主の守護を使命とする近衛騎士にとって拠点の把握は必須事項だ。花宮を見て回っていると各々の仕事を果たす多忙な側仕えたちと再び顔を合わせ、何故かあれやこれやとお菓子をもらってしまった。

（『あげたくなる顔』『わかるー』って、なに……？　そんなに物欲しそうだった……？）

とりあえず女性陣には独特の調子があるらしいことはわかった。

控え室にある個々に割り当てられた鍵付きの棚にもらったものをひとまず仕舞っていると、薄茶色の髪の少女が顔を覗《のぞ》かせる。薄青色の飾り気のない衣装に前掛けと腕貫《うでぬき》を合わせるのは侍女のお仕着せだ。

「エルカローズ様、いまよろしいですか？　ベアトリクス様が会いたいと仰《おお》せです」

「はい、カリーナ様。すぐに行きます！」

カリーナ・アレッサは薄茶の髪を後頭部で丸く結い、焦《こ》げ茶色の瞳をした小柄で可愛らしい侍女で、歳《とし》は十九歳。しばらく案内役を務めてくれる。

大規模な花宮は、建物も部屋数も多く、下級の仕人《つこうど》が働く裏も含めると一日二日でとても覚えきれない。部外者が紛《まぎ》れ込んでも見分けることすらできない現状、あちこちに顔を出して花宮を知る必要があり、カリーナは裏に顔が利《き》くので案内に最適だということだった。

実際ベアトリクスの口に入るものを作る厨房と配膳室、専門のお針子たちが詰める被服室、裏側の主要な仕事を担う者たちがいる洗濯室、清掃室、洗い場、外の厩舎《きゅうしゃ》と順に回り、見習いの若者たちと挨拶を交わすカリーナの紹介で、エルカローズも幾人かと知り合えた。引き抜かれたことが噂になっていたらしく、みんな仕事の合間を縫って会話に加わりたがったからだ。

そのようにして裏は常に忙しないが、表の女官や侍女も例外なく多忙なのは花宮を巡ってわかる。その上でカリーナはエルカローズについていてくれるのだ。

「お忙しいのに申し訳ありません。しばらくよろしくお願いいたします、カリーナ様」

「ええっ!?　あ、頭を上げてください！　騎士様に、それも伯爵家のお嬢様が私なんかに頭を下げてはいけません！　様付けもしなくて結構ですから！」

とりあえずベアトリクス様の部屋へ、と向かう道々、彼女があんなにも恐縮した理由を知る。

「殿下の王立学院時代の同級生だったんですね」

「はい。私は地方の農村の出身で、村の人たちと神教会の司祭様の推薦で王立学院に入学したんです。そこでベアトリクス様に目をかけていただくようになって、侍女に取り立てていただきました。分不相応だと言われるんですけれどベアトリクス様はお仕事で評価してくださるのでなんとか続けられています」

恥ずかしそうに、けれど嬉しそうに話すカリーナからは、ベアトリクスへの感謝と尊敬の念を感じる。見ていて微笑ましくなるくらいだ。

「殿下は公平な方なんですね。カリーナの努力を認めてくださった」

王族の側仕えは高位貴族で構成されるものだし、貴族の教養や礼儀作法は一朝一夕《いっちょういっせき》で身に付かない。伯爵令嬢のエルカローズが苦手とするやり取りが行われる場所で市井《しせい》出身のカリーナは並々ならぬ努力をしてきたはずだ。

だがカリーナは子犬のように激しく首を振る。

「そんな、私程度の努力なんて！　ベアトリクス様やイレイネ様、皆様がお優しいからここにいられるんです。だからせめてお役に立たなくちゃと思っているだけです」

他の側仕えもカリーナの仕事ぶりを認めているのだろう。そんな彼女を案内役につけてもらえたのはエルカローズも相応の働きを期待されたのだと心得る。

（期間限定でも、私は騎士なんだから必ずベアトリクス様をお守りする。まずは内部の把握、それから出入りする人間の顔も覚えないと）

同じ宮中でも花宮は男性王族のための剣宮《スパーダ》とはまったく内装も作りも違う。

あちこちに花が飾られた回廊は緻密《ちみつ》な彫刻で埋め尽くされ、円弧《アーチ》状の天井の黄金の装飾がさやかな光を放って通り過ぎる者の目を惹《ひ》く。季節柄どの庭も落ち着いているが、シクラメンで慎《つつ》ましく彩られると辺境の森を思わせる。冬でこうなら春は絢爛《けんらん》に違いない。

王女の私室は騎士や兵士が幾重にも守る奥にあり、取り次ぎを経《へ》てやっと足を踏み入れる。紫がかった薄い青と生成《きな》り色でまとめられた部屋は瑞々《みずみず》しくて美しい。関係者なら自由に出入りできるこの部屋を執務室として、奥の右手が寝室で左手が身支度をする化粧室、右側に側仕えの控え室に続いていて、反対側は中庭を望む大窓となっている。

広い部屋に区切りはなく、お茶を楽しむための席、鍵盤楽器や弦楽器が置かれた場所、書棚の近くに書見台とすべての機能が詰め込まれている。白い調度品は品が良く、そこで書き物をするベアトリクスの存在もまた飾り物のように見えた。

濃色と淡色を組み合わせた緑のドレスは、大きく開いた首回りをレースの白い襟が飾っている。袖は大きく垂れ下がり、手首まで包むぴったりとした下衣の華奢《きゃしゃ》な腕が覗く。ドレスと揃《そろ》いの頭飾り《ヘッドドレス》に宝石は付いていないけれど、宝冠と見紛《みまが》う気品がある。

封筒に封蝋《ふうろう》を施すとベアトリクスは女官に言った。

「ランメルト殿下宛だから、いつものように」

恭《うやうや》しく銀盆に預けられた手紙は迅速に指示された宛先に向かって運ばれていく――のを見送っていたら突然、室内の女官や侍女がまるで何かに呼ばれるようにして退室し始めた。

（え、え？　なに、誰か何か言った？）

かすかに扉が閉じられる音がした。

室内には彼女と側近のイレイネ、護衛役のジェニオ、そしてエルカローズだけになっている。

「急な配置転換で悪かったわね。あちらの引き継ぎは終わっていて？」

突然ベアトリクスから直接話しかけられ、渇いた喉で空気を飲み下して頷いた。

「はい。問題なく終えてきました」

「それは何よりだわ。ところでわたくしの事情はどのくらい知っているのかしら」

事情、と聞いて思い出されるのは、エルカローズが期間限定の騎士である理由だ。

「隣国ロマリアのランメルト王太子殿下とのご婚礼を控えている身と伺いました。私は殿下のお輿入《こしい》れまでお仕えするのだと」

「ベアトリクスでいいわ、側仕えは皆そう呼ぶ」

そう言ってベアトリクスはエルカローズの言葉を否定しなかった。

アルヴェタイン王国の北に位置する大国ロマリアは、国教を光花神教に定め、取り込んだ小国を信仰の力でまとめ上げて各地の名産品でもって国益を得ている豊かな国だ。その分吸収した国の元王族だった領主が力を持っていたり、王家の血を引く者が多数いて継承問題で揉《も》めたりと話題に事欠かない。

広大な領土にも関わらず魔の領域を持たないのも大きな特徴だ。

魔の領域は魔物が生息する危険な場所だが、深く立ち入ったり攻撃したりしなければ大抵《たいてい》見逃してもらえる。人間もまた、魔物が人の世に現れて害をもたらさない限りは攻撃しないし魔の領域に攻め入らない暗黙の了解がある。

だが魔の領域独自の動植物を利用した発見は、人々に様々な恩恵と損害をもたらしてきた。

国土を広げるのと同じくらい、新薬の開発や品種改良など富を生む魔の領域が欲しい――それが理由となってロマリアの王太子とアルヴェタインの王女の政略結婚が成立したのだ。

「この冬は王太子殿下をお迎えして婚約式を、春になったらロマリアで結婚式を行う予定よ」

「おめでとうございます」と祝福を口にしながら、政略結婚か、と思った。

（最近本人の意思とは関係のない結婚に縁があるな……私とロジオン様、それにルナルクス）

「本当におめでたいと思う？」

温度のない物言いだっただけにぎょっとした。

ベアトリクスは、怒ってはいない。ただ感じた疑問をぶつけただけのようだ。

本当にめでたいことなのか、儀礼的に言ってしまったエルカローズは猛省し、よく考えた。

本人の意思に関係ない結婚は必ずしも不幸ではないと身を以《もっ》て知っているけれど、苦悩や葛藤を抱えたのは決して過去のことではない。いまが幸せだとしても何かのきっかけで生きる希望を失う日が訪れることもあるだろう。そうして煩悶《はんもん》し、胸の痛みに苛《さいな》まれることがあっても、一緒にいる努力をして家族でいようと決めたのだ。

服に隠れる、鎖に下げた婚約指輪に触れながら、エルカローズは改めて言った。

「――はい、おめでたいことだと思います。殿下にとって新たな出会いとなるのですから」

「なるほど」

呟《つぶや》いたベアトリクスは唇の端にわずかな微笑みを載せた。

「実体験がそのように言わせるのね。ならあなたを選んだのは正解だった。エルカローズ、あなたをわたくしの騎士にしたのは望まない結婚を強《し》いられた人だったから。そしてその相手と良好な関係を築いて非常に仲睦《むつ》まじくしているからよ」

（……『非常に仲睦まじい』……）

どの辺りまで知っていてその表現になったのか気になったが、口を挟むのはひとまず控える。

「あなたは夫となる人のことを愛しているの？」

「あぁあ愛っ⁉」

控えるつもりが、無理だった。声を上ずらせた挙句《あげく》に噎《む》せた。

イレイネが素早く差し出してくれた水を飲んで心を落ち着けるがまだ心臓が鳴っている。

「姫様。恐れながら説明が不十分です。何故その問いに至ったのかをまずはお話しください」

「ああ、性急すぎたのね。悪かったわ。……悪いくせね、こういうところを矯正《きょうせい》しなければ」

自嘲するように言って、ベアトリクスはわずかに伏せていた目を再び向けた。

「わたくしが知りたいのは、どうすれば望まない結婚をする相手に好意を抱《いだ》けるかということ。愛し合うことができずとも、良好な関係を築ければ責務は果たされるでしょう。だからお互いを好ましく思い、信頼しあえるようになる方法があるのならそれを実践すればいい」

なんだろう、嫌な予感がする。なのに耳を塞《ふさ》ぐことも退くことも許されない。

ベアトリクスは高貴な微笑みで告げた。

「エルカローズ、わたくしに、望まない結婚相手と親密になる方法を教えてちょうだい」

ご冗談がお上手でいらっしゃる！

……そう言えたらどんなにいいか。ベアトリクスは本気だ。冗談で人事異動などする人間ではない、こうすると決めたら手を尽くして完遂する、讃《たた》えられるべき強い意志の持ち主だ。

そのとき視線を感じた。ベアトリクスに侍《はべ》るイレイネとジェニオが真顔で一度、頷いたのだ。

（……被害者の会の人たちが『諦《あきら》めなさい』と言っている……）

王女に逆らえる人間なんて一握りなのだ。エルカローズは瞑目《めいもく》し、観念した。

「……参考にならないと思いますが……ご相談のお相手をするのでもよろしいでしょうか……」

「引き受けてくれるのね。ありがとう」

それでも淡い微笑みに純粋な喜びが滲《にじ》んでいて、エルカローズの心をふわりと浮き立たせた。

「では最初に質問状を作ってあるから順に答えてちょうだい。数が多いから数日にわけて機会を設けましょう。その後はお相手の話を聞かせてほしいからお茶会を開こうと思っているわ。二人が一緒にいる様子も観察させてほしいから、お願いね」

高揚をしたのもつかの間、勢いよく叩き落とされる。

恐ろしい要求の数々に目眩《めまい》がした。ロジオンと会うなんて何かが起きる、起きてしまう。

（このままではまずい……どうにかして興味関心を私以外に向けていただかないと！）

大いに焦《あせ》って「殿下は」と苦し紛れに発したのを「ベアトリクスよ」と訂正されて改める。

「ベアトリクス様は私のことを知りたがっておられるようですが、ご自身のお悩みはございませんか。私でよければお力になれるのではないかと、」

「気付いたの？」

言われたことの意味がわからず「えっ」と目を瞬《また》かせたエルカローズに、ベアトリクスは。

「…………」

表情が変わらないまでも、明らかに「失敗した」という沈黙を伴って鎮座《ちんざ》していた。

どうやらエルカローズの発言は彼女が黙っている何かに触れたらしい。それもうっかり反応してしまうような大きなものだ。

（もしかして、私が呼ばれた理由は他にもある……？）

疑念を抱いたそのとき、続き部屋の控え室から静かに現れた女官がイレイネに何事か耳打ちする。イレイネはそれをそのままベアトリクスに伝えた。

「ご歓談中のところ失礼いたします。ディーノ殿下よりご挨拶に伺いたいと先触れが参りました。いかがされますか？」

「ディーノが？　珍しいわね」

この国で他に殿下と呼ばれるのはベアトリクスの弟、ディーノ・アーダルベルト王太子だ。

「エルカローズ、王太子殿下が来たから話は終わりにしましょう。これから頼むわね」

「はい……」

イレイネを連れて化粧室へ移動するベアトリクスをぼんやり見送っていると肩を叩かれた。

「ベアトリクス様はお召し替えをなさる。悪いが護衛を頼む。さすがに私は部屋に入れん」

「あっ、はい！　気付かなくてすみません」

驚きが続いたせいで職務を疎《おろそ》かにするところだった。ジェニオに言われて慌てて追いかける。

扉越しに呼びかけると侍女が扉を開けてくれたので室内に滑り込んだ。

ベアトリクスの周りには女官と侍女が群がっていて、先ほどとは別のドレスを着付け、靴を替え、髪型や飾りを取り替えている。誰も彼も手馴《てな》れていて、そういえば高貴な女性は頻繁に着替えるものだったな、などと仮にも伯爵令嬢の自分を棚に上げて見入ってしまった。

伝統的だが少々流行遅れの衣装は、弟とはいえ次期国王に内定した王太子に対して略装ながらも仕来《しきた》りを重んじるというけじめの表れだろう。

ディーノの待つ部屋に向かうベアトリクスに付き添って周囲を警戒する。外で待機していたジェニオや他の近衛騎士も加わって物々しい集団だが、これが日常なのだとそろそろわかってきた。むしろ身軽を好む王弟殿下があまり普通ではないのだということも。

花宮にいくつかある応接室の一つにディーノの近衛騎士や侍従が集《つど》っていた。

金の髪の少年が立ち上がってベアトリクスを迎える。

ディーノは姿形も色彩も姉を写したようだが、挑みかかるような大きな目をしていて気が強そうだ。十四歳という年齢もあってまだ小柄だが成長すれば凛々《りり》しい美丈夫《びじょうふ》になると思われた。

そう、すぐそこで微笑んでいるロジオンに勝《まさ》るとも劣らぬ……――。

「────っ！！？」

「ご機嫌よう、ディーノ。いったいどうしたの、普段は寄り付きもしないのに」

「ご機嫌よう、姉上。……別に来たくて来たわけではありません。新しい教育係の指示です」

王女と王子、その側近たちの視線を受けたロジオンは穏やかな微笑みで小さく黙礼した。整った顔立ちと優雅な身のこなしに、どこからともなくうっとりしたため息が聞こえてくるが、エルカローズはただ一人青ざめる。

（どこからどう見てもロジオン様だ……どうして!? なんで!? 新しい教育係って！）

「ああ、昨日あなたとやり合ったという。気に入らないと辞めるまで嫌がらせをするあなたが素直に言うことを聞くなんて、よほどこっぴどくやられたのね」

（その上早速何をしてくれてるんですか──!?）

いますぐこの場で頭を抱えてうずくまりたい。もしくはロジオンの胸元を引っ掴《つか》んで問いただしたい。いくらディーノに問題があるとしてもやり合うとはなんだ。

しかしエルカローズはひたすら黙って震えているほかない。

「あなたの名と、何があってわたくしを訪ねることになったのか教えてちょうだい」

「この度《たび》ディーノ殿下の教育係を拝命いたしましたロジオンと申します。恐れながら、やり合ったというのは正確ではありません。新参の私が打ち解けられるよう、殿下が御心を砕いて交流の機会を設けてくださったのです」

「……よく言うよ。徹底的にやっつけたくせに」

　ぶすくれるディーノに、ベアトリクスはふっと小さく笑った。ロジオンがここにいるのなら認めているのは明らかで根は素直なのだと、血の繋《つな》がりのある姉は承知しているのだ。

「聡明《そうめい》なディーノ殿下とお話しするのは楽しく、身をわきまえず勝負事を持ちかけてしまったのですが、お優しい殿下は勝ちを譲ってくださってお訪ねすることになった次第です――王女殿下と、殿下の騎士となったハイネツェール卿《きょう》に会うために」

（あーあーあああーー!!）

『ハイネツェール卿』が誰なのかベアトリクスの投げた視線が明らかにしてしまい、エルカローズに注目が集まる。

「エルカローズは確かにわたくしの騎士だけれど、用向きを聞いてもいいかしら」

「他愛もないことなのです。婚約者の顔を見たかった、それだけですから」

　時が止まった。

　給仕していた侍女は茶器を手に動きを止め、護衛の騎士たちですら警戒を忘れて一瞬呆然《ぼうぜん》とした。イレイネは目を丸くし、ミーティアとジェニオは信じられないものを見た顔だ。

　全員の眼差《まなざ》しを一身に受け止め、エルカローズは耐えきれず顔を覆った。

（――……言った……………）

　言った、言ってしまった。もう知らないふりができない。顔は見られたものではないくらい真っ赤に染まり、上昇した熱で瞳が潤《うる》んだ。

何を言われるか戦々恐々としたのに、最後に「顔が見たかった」と言われただけでくらくらするくらい胸が高鳴ってしまうなんて思いもしなかった。

「エルカローズ」

「は、はいっ！」

ベアトリクスに呼ばれ、反射的に直立不動の姿勢を取る。

「時間をあげるからしばらく休息になさい。ディーノ、ロジオンも同じようにしていいかしら」

「そこで反対するほど野暮じゃありません。……邪魔すると後が怖いし」

ぼそりと呟いたそれが本音だろう。ディーノの許可も出て、ベアトリクスに行きなさいと手を振られ、エルカローズは半ば逃げ出すようにしてその場を後にした。

ロジオンも一緒だがどこへ行けばいいのかと、まだろくに知らない花宮の見取り図を思い描いていると「エルカローズ」と呼ばれた。応接室から出てきたミーティアだ。

「行くなら彫刻庭園がおすすめよ。日が当たって暖かいし、広くて死角も多いから」

「見られて困るようなことはしませんよ!?」

声を抑えて文句を言うが、ぱちんと片目をつぶられてまた赤くなってしまった。ともかくお礼を言って、うろ覚えながら来た道を戻り、彫刻庭園へ向かう。

屋外の空気は、思わず立ち止まるほど冷たかった。

上空ではいつにもまして強い風が吹き、薄い雲があっという間に流れていく。硬質な冬の風が火照《ほて》った頬を冷やし、乱れていた気持ちがしゃんとなった。

花宮の入り口にほど近いその庭は社交目的で作られ、美しい景観を誇る。彫刻をはじめ、古代風の柱廊《ちゅうろう》や崩れかけた風にした壁面と植物を調和させた光と影の庭は、どこを歩いても様々な美しさを目にすることができた。植えられている花木は自国に自生するものもあれば、他国原産と思《おぼ》しき珍かなものが見受けられる。

後ろに続くロジオンを気にしていたのにいつの間にか夢中で庭を見ていた。

(これだけ見事に設計された植栽なら、花の季節はきっと素晴らしい眺めだろうな)

ごく一般的なシャクナゲのような花木がここでは巨人のようだし、蔓草《つるくさ》はレースのようなきめ細やかさで壁を覆うなど植物の生育にも気を配られており、庭師の仕事ぶりに感心できるのもまた楽しい。そう思って小径《こみち》を歩いていたら、突然後ろからするりと腕が巻きついてきた。

「うわっ⁉」

「いけない人ですね。庭より私を見てくれなければ」

後頭部に顔を埋《うず》めるようにしたロジオンが囁《ささや》いたが、エルカローズは気を強く持つと、彼の腕の中でくるりと向き直って目を吊《つ》り上げた。

「なんですか、教育係って……しかも両殿下や側近の方々の前であんな……あんな……！」

思い出すだにいたたまれない。気を遣われ、快く送り出されたのは後で話を聞くつもりだからだ。どこまで問い詰められるのか、相手が王族だけに躱《かわ》しきれる自信がなくてすでに怖い。

「今朝教えてくれなかったのは、私を驚かせたかったからですね！」

「私への理解を深めてくれているようで嬉しいです」

王太子の教育係になったなんて、たとえ今朝聞いたとしても十分驚いただろうに。悪びれない上に嬉しそうに言われてエルカローズの顔はますます引きつったが、ここで動揺しては彼を喜ばせるだけだと自分に言い聞かせる。

王族の側近や教育係は複数人置かれる。元聖者だからといって新参者のロジオンに要職が当てられるとは思わないが、あまり地位が高いと後々政争に巻き込まれる可能性が高くなるので注意が必要だ。いまのところ後継者争いもなく周辺諸国との関係も悪くないのが救いだろうか。

「……ちなみに担当は」

「礼儀作法と宗教についてです」

「適任!!」

正直な感想が迸《ほとばし》った。これほどロジオンにふさわしい仕事もない。

「ありがとうございます。これでやっと聖者と呼ばれずに済みそうですが、肩書きがないと落ち着きませんね。防具を奪われたように感じます」

ロジオンほどの人が、と思うも微笑みに隠れた陰が見えて、注意深く耳を傾ける。

「いまの自分に後悔はありませんが、何者でもないのはこうも不安なのですね。日に日に無力感が増して、何かしなくては、誰かの助けにならなくてはと思ってしまいます」

聖者になるべく見出《みいだ》されたロジオンだ。エルカローズの婚約者という寄る辺《よるべ》だけでは身ぐるみを剥《は》がされたような心持ちなのだろう。

けれどただ人を名乗る彼が本当に無力な一般人なのか、エルカローズは答えを持っている。

「大丈夫、焦らなくてもいつの間にかロジオン様は大勢を助ける人になっていますから。次の目標や新しい夢を見つけたらものすごく忙しくなるのでいまは準備期間なんです、きっと」

エルカローズは長い間、自分はこの素晴らしい人にふさわしくないと思って好意を告げられても戸惑って混乱するばかりだった。けれどいまは彼の気持ちを尊重するつもりで『ロジオン様が好きだと言ってくれる私』に自信を持って胸を張れる自分を目指している。

そうやって全肯定してくれたロジオンを、今度はエルカローズがすべて受け入れたい。

「私が忙しくなるのは決まっているのですね？」

「予言者様でなくてもわかります。私より早く起きて軽食を作ってくれるんですから、やりたいことが見つかったら絶対に骨惜しみしないでしょう？　新しい仕事でもそうなります」

不器用な励ましは不安を溶かすには至らずとも、彼の心をちょっとくすぐったようだ。

「ところで、あなたの方はどうですか？　花宮で上手くやれそうですか」

「それなんですが……」

ベアトリクスの要求について説明すると、ロジオンは少し意外そうになった。

「それが理由なのですか？　そういう方ではない印象だったのですが」

「ベアトリクス様と知り合いだったんですか？」

「いいえ、聖職者だった頃に各国の王族や治世の話の一つとして聞き知っただけなのです。ベアトリクス王女は冷静沈着、誇り高く自信に満ち、勇ましいほどに凛《りん》とした美しい姫君ということでしたから政略結婚の相手を気にするとは予想外でした」

王侯貴族の結婚が政略に基づく契約であるなんて周知のことだ。相手の顔を知らないまま結婚する貴族だっているくらいなのだから。

だからベアトリクスが嫁ぎ先での暮らしを憂慮するのもわかるし、ロジオンの言いたいこともなんとなくわかる。彼は、ベアトリクスなら相手との関係など気にせず立ち回り、己の義務と権利を十分に行使するだろうに、と言っているのだ。

「確かに、何か隠していることがおありのようでしたからお尋ねする機会を窺《うかが》ってみます」

「少しでも変化があれば教えてください。いまは近くで働いていますからすぐ駆けつけます」

それだ。多少場所が異なるとはいえ同じ王宮《しょくば》で働くことになった衝撃がやっと浸透し、問題点にようやく思い至る。

「ロジオン様！　わかっていると思いますけれど公私混同はいけませんからね。言動に気を付けて、風紀は乱さないこと。お願いします」

「風紀、ですか？」

どういう意味だろうと首を傾げられて、エルカローズの顔がひくりと歪《ゆが》む。

（わかっているのにわからないふりをしているな？）

疑いの眼差しを物ともせず、ロジオンはどこまでも穏やかだ。

「ディーノ殿下に願いを叶《かな》えていただいたのは確かに公私混同でした。以後気を付けます。けれどいったいどういう事柄が風紀を乱すことになるのかわからないので、教えてくれませんか？　知っておかないと注意しようがありませんから」

台詞《せりふ》はあくまでも下手に出て、知識がないと正直に明かしつつ教えを請《こ》うものだけれど。

（教える？　私が？　風紀を乱す事柄を!?）

内容がいただけない。無意識に後退《あとずさ》りしてしまっていたエルカローズは、庭を飾る煉瓦《れんが》の壁に背をぶつけたことで、ロジオンに追い詰められていると気付いた。

「どうして追い込むんですか！」

「あなたが逃げるからですよ？」

当然でしょう、みたいに言われても。

後ろは壁、正面には彼がいて、両手が左右を塞ぐように伸ばされて身動きできない。

金の髪と甘く細められた緑の瞳から光が降ってきて、目が眩《くら》む。その背後で揺れている淡い青紫のシクラメンは、彼を彩るために咲き誇っているようにすら思えた。間近で見るロジオンは紛れもなく美しく、意識がぼやけていたのだろう、鼻先をこすり合わされて我に返った。

「んくっ」

くすぐったくて身を竦《すく》めると、笑い声。

「だめだと言われないので、これは風紀上問題ないということですね？」

「えっ、あ、ちょっと、待って……！」

腕を突っ張るとロジオンの胸元を触ることになる。見た目とは裏腹に鍛え上げられているのを感じ、経歴を思い出して感心すると同時にとてつもなく恥ずかしくなった。こんなに美しくてたくましい人に迫られるなんて、すごくよからぬことをしているような。

（もう、だめだ……接吻《キス》、され…………――）

願わくは誰の目にも留まっていませんように、と祈って覚悟を決めたときだった。

いつまで経《た》ってもロジオンの唇は触れず、代わりにくつくつと笑い声を聞く。

ぱっちりと目を開けると、甘い吐息を込み上げる笑いの衝動に変え、崩れ落ちるように俯《うつむ》いた彼が楽しそうに肩を震わせていた。状況を理解したエルカローズが羞恥《しゅうち》に身を震わせて叫ぶ、その前にロジオンが溢れたものをまくし立てる。

「限界です、可愛《かわい》すぎる。これ以上我慢できません。空き部屋に連れ込む前に離れます」

「へぁっ!?」

さらなる危機を感じたが宣言通りロジオンは適切な距離を取った。

「戯《たわむ》れが過ぎました。あなたの言う通り、風紀を乱す真似はしないことを誓いましょう。その代わりなるべく休憩時間を合わせて一緒に過ごしてほしいのです。仕事の邪魔はしたくありませんが、会えないのは辛《つら》いから」

うっすらと寂しさを滲ませながらお願いされると断るなんて考えられなくなる。

それでもさんざんからかわれたことは多少根に持っていたのでふてくされた様子を装った。

「さっきみたいなことはしませんか？　職務を疎かにしたり人から誤解を受けたり悪い噂をされると、会うことすら難しくなりますけれど」

「はい。誤解を受けるような振る舞いも控えます。慎《つつし》みと節度をもってあなたに接します」

だったら、とエルカローズは頷いた。

「わかりました。一緒に過ごしたいと思ってもらえるのは嬉しい、ですし、私も……」

重々しく言うはずが言葉尻を曖昧《あいまい》にして呟くエルカローズに、ロジオンが手を伸ばす。

「……！」

「そろそろ戻りましょうか。あなたに会うのを楽しみに、精一杯お役目を果たしてきます」

普段なら彼の手は頬に触れたり近くに引き寄せたりするけれど先ほどの宣言通り人目を憚《はばか》る行動は慎み、手を握るに留《とど》めている。

手を繋いで道を戻りながら、どうしてだろう、とエルカローズは動揺を押し隠す。

——甘く触れて囁かれるよりも、手を繋いで王宮を歩く方がずっとどきどきするなんて。

第2章　乙女の秘めごとを知ったなら

新たに王女の騎士に加わったエルカローズは、気付けば男性が立ち入ることのできない場合の護衛を任されるようになっていた。

着替えや入浴、社交中で異性の同席が躊躇《ためら》われるときなど想像以上に機会が多く、他の騎士たちとの連携は必須で、近衛騎士隊長のジェニオには何度も感謝された。

「やはり同性の警護役は必要だ。女性騎士を増やした方がいいと騎士団長に進言してみる」

ジェニオがしみじみと口にしたそれは最上級の賛辞だったと思う。

そうやって思いがけず早く馴染《なじ》めたからこそ頼まれごともするようになった。

「エルカローズ！　悪いけどこれ、イレイネ様に渡してきてくれないか」

同僚となった騎士が差し出したのは待機所の点検に関する書類だ。買い替えや交換、修繕が必要な備品や場所などを記載してある。

「早く出してほしいって言われてたんだけど思ったより時間がかかって……頼む！」

「構いませんけれど、自分で出した方がいいと思いますよ？　遅れたことを謝罪すればイレイネ様も許してくれます」

「わかってる、わかってるんだけど……怖い」

これがオーランドならつべこべ言わずに行ってこいと蹴《け》り立てるか何なら引きずっていくのだが、ここでは新参者なので仕方なく受け取る。

（そういうことをするからイレイネ様や女官たちが怖くなるんだよなあ……）

扉の開閉が雑だから気を付けてくださいと以前言ったのを覚えていませんか、と侍女に問われ、謝罪よりも先に言い訳をしたせいで倍以上の言葉で叱責《しっせき》されたり。

連絡事項が上手《うま》く伝わっておらず女官側が二度手間になり、一人で仕事をしているんですか、何のための同僚ですかと苦言を呈《てい》されたり。

荷物を運ぶ手伝いを頼んだら数名の騎士たちは喋《しゃべ》ったりふざけたりとだらついた仕事をし、報告を受けた責任者同士が話し合い、もとい騎士側のジェニオが一方的にやり込められたり。

エルカローズが目撃しただけでこれだけの出来事があったのだから、その積み重ねたるや。

側仕《そばづか》えの女性陣は王女の身の回りを整えている自負があり、それを阻害するものは近衛騎士でも容赦《ようしゃ》がない。護衛任務に必要な指示はしっかり守るものだから男性陣は反論することも逆らうこともできず、彼女たちの機嫌を損ねないよう戦々恐々としている毎日のようだった。

被服室に隣接する部屋の扉を叩《たた》き、呼びかける。

「失礼いたします、エルカローズです。イレイネ様はいらっしゃいますか？」

出てきたミーティアは今日も巧みな化粧で華やかな色気を増している。

「ご機嫌よう！　イレイネ様に用事なのね？　中にどうぞ」

「失礼しま、わっ」

一歩入ると色彩の洪水《こうずい》だった。色取り取りのドレスや靴などで溢《あふ》れ返っている。

「すごいでしょう。さっき届いたの。ランメルト王子から姫様への贈り物」

「これ全部ですか⁉」

はー……とため息のような感嘆が漏《も》れる。

素材から型から異なるそれらはすべてベアトリクスに合わせて仕立ててあるようだ。古風なもの、流行《はや》りのもの、恐らく他国で主流のものなど、似合いそうなものもあれば衣装係の審美眼に弾《はじ》かれそうな華美なものもある。

女官たちは贈り物に危険なものが紛《まぎ》れ込んでいないか検分中だ。二重確認まで抜かりない。

「ご機嫌よう、エルカローズ。どうかしましたか？」

「こちらの書類を預かってきました。ええと、『遅れて申し訳ありません』とのことでした」

恐怖に震える騎士を思って言葉を添えると、イレイネは書類を一瞥《いちべつ》して言った。

「詫《わ》びる気持ちがあるなら直接持ってくるものではないでしょうか」

「忙しそうでしたから、私が預かってきたんです」

あからさますぎただろうか、と内心冷や汗を掻《か》く。

過剰に庇《かば》い立てるのはよくないけれど、誰だって、あの人と仕事の話をしたくない、億劫《おっくう》だ、なんだか嫌だ、などと思ってしまうときがあるはずだ。業務なので逃げ続けるわけにはいかないけれど、こちらに余裕がある場合に限り同僚として助け合っていきたいとも思っている。

イレイネは小さく息を吐くと、ドレスの隠しに手を入れた。

「わかりました。書類は受け取っておきます。これはおつかいの駄賃です」

取り出した薄紙に包んだ焼き菓子をエルカローズに握らせる。ベアトリクスのお茶の時間に供される菓子類は豊富で、手をつけられず身近な者に下げ渡されるのだ。

「たくさんいただいて食べきれないので、報酬には釣り合わないかもしれませんが、どうぞ」

「いいんですか？　ありがとうございます！　楽しみにいただきます」

それなりに食べることが好きなエルカローズはいそいそと焼き菓子を仕舞う。

(後でロジオン様と分けよう)

王女に供されるだけあって味は保証付き、外国《とつくに》の珍かな甘味も多くちょっとした楽しみになりつつある。ルナルクスには味が濃すぎるので悪いけれど二人で味わわせてもらおう。

日中はそうやって賑《にぎ》やかだが、夜はまた異なる。

王族の身辺警護に就く者には当直の不寝番が回ってくる。ほとんどは王宮の警備兵で賄《まかな》われるが、予定や時期によっては近衛騎士も入る。じきに婚約式、春に結婚式を控《ひか》えているベアトリクスを守るのは騎士の本分だ。

「夜明け後の交代時間まで大変だと思うが、君ならベアトリクス様の私室まで見回りができるしイレイネ様やミーティア様も安心だろう」

ジェニオがそう言って早々に勤務日が決まった。

生活時間が変わるので昼休憩《きゅうけい》の時間になってすぐロジオンに伝える。

「では私が一度帰宅して、あなたを王宮に送り届ければいいのですね。終わる頃に迎えに行きますから門で待っていてください」

「そんなことをするとロジオン様が大変です。私なら大丈夫、慣れていますから」

「けれど王女殿下の不寝番は初めてでしょう？　慣れるまでしばらくはそうさせてください」

愛《いと》おしげに笑われて、どきどきして緩む顔は昼食のパンを翳《かざ》って隠す。

王宮内の建物を繋《つな》ぐ庭園は貴族の交流の場である一方、裏側と繋がっている部分では臣僕たちが世間話に興じたりお茶を飲んで一休みしたりしている。

花宮《フィオレ》と剣宮《スパーダ》の間にある中庭の見えない身分の境界線の狭間《はざま》、エニシダの茂みの裏が人目につきにくい隠れた場所であることを聞いてきたのはすぐ王宮に馴染んだロジオンだった。きっとエルカローズたちのように二人で過ごそうとした先達《せんだつ》がいたのだろう、雨曝《あまざら》しになって朽ちかけた長椅子で昼食を取るのが最近決め事になっていた。

昼食の平たいパンには様々な具材を挟み込んである。保存のために塩水に漬ける水牛乳の白いチーズは淡白な味に塩気が最高で、葉物としてたっぷり入っている小茴香《フェンネル》の独特の風味としゃきしゃきした食感を、少量のオリーブ油と大蒜《にんにく》を合わせてまとめていた。

(美味《おい》しい！　チーズがもちもちふかふか。今日摘《つ》んだ小茴香たっぷりで食べるのが贅沢《ぜいたく》だ)

温めて酒精を飛ばした葡萄酒《ぶどうしゅ》を飲み、その後はお湯で割ったものに肉桂《シナモン》を加えた。常温もいいが、甘く刺激的な香りのする飲み物は屋外の昼食における最高の味だ。

「美味しいです、とても。午後も頑張ろうと思えます」

「褒め上手ですね。そんなに褒められるともっと腕によりをかけたくなってしまいます」

ロジオンはそう言ったかと思うと、するりと擦《す》り寄るかのように顔を近付けてきた。

(うわっ!?)

ぎゅっと目を閉じて身を竦《すく》ませたエルカローズの口元に触れる、ロジオンの指先。

目を開けると、摘《つま》まれた黒い胡椒粒《こしょう》が彼の唇に食《は》まれていくところだった。

「不思議ですね、刺激的な胡椒の風味に、なんだか甘いものが混ざっています」

うっとりと細められた緑の瞳をまともに見てしまい、名状しがたい悲鳴を上げそうになった。

食べていたものを口元につけていたのも恥ずかしいけれど、それを可愛《かわい》らしいものとして受けとられるのはもっといたたまれない。

「き、き、気のせいですよ！　ただの胡椒ですから！」

そう言い切ると食べ屑《くず》を落としたりしないよう、いつも以上に慎重になって昼食を食べた。

鐘が鳴るまではゆっくり過ごせる。お互いの仕事の話をしたり、帰宅時間と晩餐《ばんさん》の予定をすり合わせたり。ここまで入ってこられないルナルクスがいま何をしているか想像し合ったり。

人員が十全に配置されている王太子の側近は時間の融通が利《き》くらしく、ロジオンは時間があれば門を出てルナルクスを探して合流するそうだ。「大工の棟梁《とうりょう》からおやつをもらっていました」とか「老婦人のお宅の庭で気持ち良さそうに日向《ひなた》ぼっこをしていました」など、向こうは向こうで色々あるようなので時間があれば見に行きたいと思っているがなかなか叶《かな》わない。

そのうち眠くなってくると、ロジオンは肩に寄りかかって少し休むように言ってくれる。うたた寝をするエルカローズの隣でロジオンは小型の本を読んでいることが多い。アルヴェタイン王国の歴史をまとめた教本を借り受けたそうだ。元聖者なので世俗に疎《うと》いからと努力を怠《おこた》らない人なのだった。

その真剣な表情に、いつかの彼の言葉を思い出す。

(ロジオン様はまだ自分を何者でもないと思っているのかな。努力し続けるのは何かをしていないと何にもなれなくなりそうで怖いから……？)

完全無欠のこの人なら望むものになれるだろうに、なんて思ってしまうのだけれど。

(ロジオン様ほど多才で能力が高いと何者でもない一般人でいるのは罪悪感があるのかもしれない。私は、ロジオン様が健康で幸せならそれでいいんだけどな)

ぼんやりと考えるエルカローズの耳に鐘の音が届く。

「幸せな時間は瞬《また》く間に過ぎてしまいますね」

本を閉じたロジオンに促《うなが》され、エルカローズは身を起こして眠気を振り払った。

昼休憩が終わるとロジオンは決まりとしてエルカローズを花宮に送り届けてから剣宮に戻る。同じ敷地内だから安全だと主張したけれどそういう問題ではないと一蹴《いっしゅう》された。

『少しでも長く一緒にいたいのです』

その理由が思いのほか嬉《うれ》しくてずっと遠回りさせている。

この習慣が省略される日が来たら、と考えてちょっと寂しくなったとき、思いついた。

「ロジオン様、近いうちに剣宮に伺ってもいいですか？」

到着した花宮でそう聞いてみる。

離れているとはいえ同じ宮中にいるのだから会いに行けばいい。他部署の領域に立ち入るのは気がひけるものだが、ロジオンに会うついでに王太子の騎士と交流を持ついい機会にもなる、そう思ったのに。

「はい。ディーノ殿下にお知らせしておきますね」

剣宮に行く、すなわち王女の騎士の用向きでディーノとの謁見《えっけん》を求めているとロジオンは考えたらしい。エルカローズはわわっと手を振った。

「言葉足らずですみません！　仕事じゃなく個人的にロジオン様を訪ねていいでしょうかと聞いたつもりでした！」

「……え?」

ロジオンは、未《いま》だかつてないほど大きく丸く緑の瞳を見開いている。

「あ、いえ、そうですよねだめですよね……」

「あ、いえ、そんなことはありませんが……」

察してしょんぼり肩を落とすとロジオンは首を振る。

「そんなことは、ないのですけれど……」

ならば何が問題なのか、彼の物言いは珍しく曖昧《あいまい》だ。

そのときエルカローズははっと息を飲んだ。閃《ひらめ》いた。閃いてしまった。

（もしかして……剣宮で嫌がらせをされている!?）

訪問を歓迎したいが現場を見られたらいたたまれないし恥ずかしいだろうし、巻き込みたくないからとはっきりしない言い方にもなるだろう。そうに違いない。

（これはこっそり様子を見に行った方がよさそうだな）

自らの決意に大きく頷《うなず》く。

「難しいならまた今度。余裕ができて時間が空くようになったら訪ねてもいいですか？」

「わかりました。すみません、次の機会を楽しみにしています」

離れてから一度振り向くロジオンに「いってらっしゃい」の意味を込めて手を振って見送る。

今度、と言ったときのわずかにほっとした表情を思い起こし、絶対に時間を捻出《ねんしゅつ》して剣宮のロジオンに会いに行くと心に、いや騎士の剣に誓って、よし、と頷いて身を返す。

「うわぁっ!?」

しかしその熱い思いは、極上の微笑《ほほえ》みを伴って集結していた女官や侍女を前に慌《あわ》てて隠す羽目になった。

「な、な、なんですか皆さん⁉」

「噂《うわさ》を確かめに来たの。本当だったようね、あなたが婚約者と王宮で『仲良く』しているって」

ねえ、とミーティアが同僚たちに同意を求めると、一斉に肯定の頷きが返ってきた。

「婚約者の手作りの昼食を一緒に食べているとか」

「門で待ち合わせて二人で帰宅されていますよね」

「婚約者殿は他の女性からの秋波を『迷惑です』とぴしゃりとお断りになったそうですよ」

何故知っているどこで見ているとあわあわとするエルカローズにミーティアが止《とど》めを刺す。

「カリーナ、あなたは何を見たんだったかしら？」

「王太子殿下のご用事でいらした婚約者様の応対に出た際、エルカローズ様がこちらに気付いていないようでしたのでお呼びしましょうかとお尋ねしたら、邪魔をしたくないからと仰《おっしゃ》って遠くから見つめていらっしゃいました……すみませんすみません！　あまりにも愛おしげな眼差《まなざ》しだったので、想われているエルカローズ様がお幸せだと皆様に話してしまいました！」

ひたすら頭を下げるカリーナと、小さな魔物のようににやにや笑う女性たちに囲まれ、進退窮《きわ》まるエルカローズの目が静かに歩み寄ってくる王女の最側近の姿を捉《とら》えた。

「イレイネ様――」

「ミーティア。首尾はどうでしたか？」

助けを求めようと呼びかけたはずがイレイネはミーティアに声をかける。ミーティアは上々と言わんばかりににっこりした。

「現場を押さえましたわ。きっとベアトリクス様にご満足いただけることでしょう」

なんだろう、さっきから嫌な予感しかしない。

じりじりと後退《あとずさ》りするエルカローズの足を、イレイネの一瞥が縫い止める。

「エルカローズ。あなたと婚約者の話を聞きたいと姫様が仰《おお》せです。一緒に来てください」

「……はい」

同行を求められているようで実際は連行だった。

大人《おとな》しく引き出されてきたエルカローズにベアトリクスは言った。

「エルカローズ、甘いものは好きかしら。長くなるから好みのものを頼んでちょうだい。これというものがなければ一通り出させるわ。さあ、おかけなさいな」

主人の言葉を受けてイレイネが茶菓子の種類を教えてくれる。

カリーナと他の侍女によってお茶と焼き菓子やケーキが運ばれ、ミーティアの手が両肩を押し下げてエルカローズに着席を促す。これではまるでお茶会だ。

「あの、何を始めるんでしょうか？」

そのときほど恐ろしい思いをしたことはない。

ベアトリクスを含む女性一同が、まるで一人の人間であるかのように同じ瞬間同じ顔で「にこっ」と笑ったのだ。

「あなたと婚約者についての質問会よ。時間が取れず遅くなって悪かったけれどいまから第一回を開催するわね。他の者たちも参考にしたいそうだから同席させてあげてちょうだい」

その手にはいつの間にかあの質問状があり、エルカローズは気が遠くなった。

そして本当にその後の記憶がない。とんでもない量と内容の問いを浴びせられ、回答を拒むのは不敬と思わずにはいられない無表情のイレイネや、面白がって聞いているミーティアたち、給仕をしつつカリーナがひたすら申し訳なさそうに身を小さくしていたのを見た気がする。

呆然《ぼうぜん》と帰宅したエルカローズはその夜、ロジオンお手製の蜂蜜入り紅茶を手に、夜更《よふ》けまでルナルクスのもふもふに顔を埋《うず》めて「怖かった……」とぐずっていた。


そういうことがあったので初めての花宮の当直勤務日は身震いに襲われていた。送り届けてくれたロジオンに慰められてもルナルクスを抱く手をなかなか離せず、挙句《あげく》に。

「もふもふを堪能《たんのう》するだけの仕事がしたい……」

なんて世迷言を口にして彼を苦笑いさせた。歓迎してくれたのは最近構ってもらえず「撫《な》でろ」と頭をねじ込ませて甘えようとするルナルクスだけだった。

諦《あきら》めて始まったその夜の当直は責任者にジェニオ、エルカローズと花宮を警備する兵士の他、控え室で待機するイレイネとカリーナ、交代要員の女官と侍女が二名ずつという配置だ。

引き継ぎ事項を確認して、エルカローズはベアトリクスの私室を中心に見回りを行う。何日もかけて花宮を歩き回ったおかげで宮内図は頭に入っている。

手燭《てしょく》の細々とした灯火と月明かりだけが照らす漆黒《しっこく》の回廊《かいろう》をゆっくりと歩いた。

冷たくて乾いた夜の冬の匂いがしていた。夜風が揺らす木の枝がどことなく生き物めいて見え、葉擦《はず》れの音が響いて、別の世界のように暗く静かすぎて不安を誘う。深夜の見回りには慣れているがやはり明るい太陽が恋しい。

ベアトリクスの私室に通じる控え室に行くと、暖炉に当たりながらイレイネが書物を読み、カリーナはせっせと針を動かしていた。

「お疲れ様です、エルカローズ様！」

「お疲れ様です。こちらは変わりありませんか？」

「はい、大丈夫です」

それはよかったと微笑み、エルカローズは懐《ふところ》に隠していた包みを渡す。

「揚げ菓子です。お二人とも、よろしければ夜食にどうぞ」

「いいんですか？　ありがとうございます！　わぁ、揚げ菓子《キアッケレ》ですね！」

すりおろしたレモンの皮を混ぜ込んだ生地を波型に切って揚げた祭り菓子で、食べたときのぱりぱりという音が軽やかなお喋りのようで楽しいお菓子だ。材料も作り方も素朴なので近隣諸国では同じものでも別の名前で呼ばれているとか。

「婚約者殿の手作りですか？」

「ご明察です。皆さんで召し上がってくださいと持たされました」

本を置いたイレイネに尋ねられて力なく笑う。

エルカローズの憔悴《しょうすい》ぶりに、次回は手心を加えてもらうためにと元『金』の聖者の秘伝としてロジオンが授けてくれたのが、この手作りの甘味なのだった。誰でも食べ物をもらうのは嬉しい、特に甘いものは喜ばれる、という彼の経験則に基づいたものだ。

「カリーナ。姫様にお持ちしてください。お休みになっていたらお起こしせず戻《もど》るように」

「かしこまりました」

イレイネに言われたカリーナは一礼してひらりと去ったが、エルカローズは慌てた。

「ちょ、それはまずいですよ!?　宮廷料理人が作ったものじゃないのに！」

「姫様には誰の手によるものかご説明申し上げるのでご心配なく。危険なものと判断すればお断りなさいますし、カリーナもいます。それに婚約者殿がエルカローズのために作ったお菓子を逃したと知ったら、姫様は必ず、食べたいので作ってもらいたいと仰るでしょう」

「…………」

確かに、それは、お断りしたいかな……。

何をお持ちすればいいか決めるところから始まる宮廷の料理人をも巻き込んだ大騒ぎを想像してエルカローズは額《ひたい》を押さえた。イレイネは大騒ぎに発展する水際で防いでくれたのだ。

「わかりました。ありがとうございます、では私はこれで……」

「エルカローズ」

見回りに戻ろうとしたところを呼び止めて、イレイネは素早く囁《ささや》いた。

「次は先に姫様の様子を見てきていただきたいのです。よろしいですか？」

「ベアトリクス様の？　寝室に、でしょうか」

仕事で、同性とはいえ、臣下の身で就寝時の主の私室に立ち入るのは憚《はばか》られるが、イレイネは無表情ながらも強く真剣な目をして頷いた。

「お休みになっているか確認するだけで結構です。私が責任を持ちますのでお願いいたします」

そのくらいなら、とエルカローズは承知した。

控え室を出ると奥から話し声が響いていた。静かな廊下なだけによく聞こえる楽しげで弾んだ声は、もしかしなくともロジオンの手作り菓子で盛り上がっているのだろう。捕まるとまた質問責めにされるだろうから早く仕事に戻った方がよさそうだ。

そしてふと思う。

（ベアトリクス様はずいぶん夜更かしなんだな……？）

夜の社交を務めとする貴族は誰も彼も宵《よい》っ張りで就寝は夜明け前、なんてよくあることだが、ベアトリクスは必要でない限りすぐ休んでいるのだと思っていた。多くが正午前に起き出すものを、彼女はエルカローズたちと同じように午前中から活動していたからだ。

気になりつつも警備に穴を開けるわけにはいかないので見回りに戻る。

そうやって見回りと交代を繰り返す不寝番は程よい緊張感を保ちつつ、眠気覚ましに運動をしたり軽く食べたりしながら長い夜を過ごしている。

仮眠しているところを起こすのは忍びないがこれも仕事と揺り起こす。

控え室が花園なら待機所は武器庫だ。壁紙や家具など内装は簡素で質実剛健、当番制だという清掃と時々女官や侍女が所用で訪問することがなければ、恐らく外套《がいとう》は投げ出したままだろうし、長靴《ちょうか》は脱ぎ捨てられ、どこから持ってきたのかわからない書物や鞠球《ボール》、弦の切れた六撥《ビ》弦楽器《ウエラ》が適当に転がっていたことだろう。部屋に立ち寄る度《たび》にエルカローズが折れた木の枝だの食べ物を包んでいたらしき包み紙を拾っているくらいだ。

(近衛になるんだからそこそこいい家の次男か三男で、教育訓練のときに厳しくされるはずなんだけど……)

変なものが紛れ込んでいても知らないぞ、と思う。歳《とし》の近いオーランドや上司のモリスは彼らほどだらしなくなかったから、性格なのか、いまの雰囲気がそれを許しているのか。

(女性陣から受ける圧による精神的負担の反応かな。イレイネ様たちみんな長子っぽいもんな

あ。男性陣はほとんど兄弟の下だし)

引き継ぎを終えて短い休息時間を得たエルカローズは暖炉の近くで目を閉じていたが、気付くとジェニオに呼びかけられていた。

「ハイネツェール、交代だ。それから、もし仮眠を取るなら女官の控え室に行くようにな」

「ああ、はい、すみません」

瞼《まぶた》を下ろしただけのはずが軽く寝入ってしまっていたようだ。あくびを噛《か》み殺し、ぴしゃぴしゃと頬を叩いてしっかり覚醒すると、また見回りに出た。

(気を遣わせてしまって申し訳なかったな。気を付けよう)

目を開けたときのジェニオのほっとした顔。イレイネたちのいる控え室に備えられた休憩室で仮眠を取るように言われていたから、無防備になっている異性の同僚に声をかけるのは多少なりとも勇気がいったはずだ。それにエルカローズは一応婚約中の身でもある。

闇の中の気配に注意を払いながら歩みを進めていると、びしゃ、という音を聞いた。

水、もしくは濡《ぬ》れたものが落ちたような音だ。それに。

(なんだ、この臭い……雨の日の沼地みたいな……)

夜になって気温が下がったせいだろうか、いままで感じなかった不快な臭いがする。

夜行性の鳥や厨房《ちゅうぼう》の鼠捕《ねずみと》りをする猫が迷い込んだのならそれでいい。だがここはベアトリクスの部屋に続く回廊だ。もし賊だったなら剣を抜かなければならない。

だがそれきり怪しい物音は聞こえず、臭気も薄れていった。

言われた通りにベアトリクスの部屋を先に見回ろうと、小さく扉を叩いて室内に入る。

広い前室に何者も潜んでいないことを確認して、寝室に近付こうとしたときだった。

——かしっ。

「っ！」

素早く振り返って手燭を掲げるも見えるのは闇。闇。闇。

(気のせい、か……？)

硬いものを擦《こす》る音が聞こえたような気がしたのに。跳ね上がった呼吸を落ち着かせながらおも視線を走らせていたときだった。

——ぺろぴちゃっぴちゃっ。

「いっ……!?」

空いている方の手に触れた、生暖かくてぬめったもの。

ぞっと走った怖気《おぞけ》を反射的に抑え付けたのは騎士の意地だった。叫ぶ代わりに得体の知れないそれを鋭く睨みつけ——爛々《らんらん》と輝く青い三日月の瞳に、一瞬にして崩れ落ちた。

「ルナルクス……！」

瞳をいまは手燭の火に狭めて、白い獣が、へっへっへっ、と嬉しそうに口角を上げていた。

エルカローズの顔を遠慮なしに舐《な》めてくるのに、恐怖からの解放と安堵《あんど》と困惑がない交ぜになってしばらくされるままになっていたが、なんとか気持ちを立て直し、笑う顔を両手でがしっと挟み込んだ。

「こんなところまで入ってきて、もし見つかったら大変なことになるんだぞ！」

厳重に守られている花宮にまで侵入できると知られたら、ルナルクスは黒の樹海に強制送還され、身元を引き受けていたエルカローズやロジオンも監督不行き届きでただでは済まない。

小声ながらがっつり叱《しか》られているとわかったらしく、ルナルクスは耳を倒し、その場に伏せて反省の意を示した。眉尻を下げた上目遣いになられて「ぐっ」と胸を押さえる。

可愛い。可愛いが許してはいけない。けれどこうなったのはエルカローズが悪いのだ。

「……わかったならいいんだよ。私も構ってやれなくてごめん。寂しかったんだよな」

眉間《みけん》から鼻にかけて撫でると心地良さそうに身を捩《よじ》る。尻尾の動きも大きくなった。

彼は彼で過ごしていてもやはりエルカローズとロジオンが恋しかったに違いない。だがやはり見つかるとまずいので、早く帰るように言おうとしたとき。

「……………う……ぁ……」

（ベアトリクス様？）

呻《うめ》き声がする寝室に意識を向けたエルカローズの足元をルナルクスがすり抜けていく。

そうして次の瞬間、立ち上がった絶妙な勢いで取っ手を押し下げ、扉を開けてしまった。

（えええええぇえ!?）

エルカローズの心臓が垂直に飛んだ。

そのまま寝室に入り込むルナルクスを慌てて追いかけ、背後から取り押さえる。

「ルナルクス、それはだめだ、早く出なさい……！」

力を振り絞って抱きかかえようとするが、そのとき一際大きな声がした。

「……うぅ、う……嫌、いや……っ！」

助けを求められた気がして、ルナルクスを後回しにして天蓋《てんがい》に覆《おお》われた寝台に駆け寄る。

「…………ぅう……」

(うなされている？　起こして差し上げた方がいいか)

何者かに襲われているわけではなくてよかったが、夢の中で苦しんでいるのならなおさら助けが必要だ。後々の叱責を覚悟でそっと天蓋をめくる。

美しい織り布に埋もれるようにして眠っているベアトリクスは、聞いていて胸が痛くなるくらい苦しそうな呻き声を発している。

「……ベアトリクス様。ベアトリクス様、大丈夫ですか？」

「あ……ごめ……さ……うぁ、う……」

(子どもみたいに謝って、よほどの悪夢なんだろうか。仕方がない、揺り起こそう)

無礼を承知で身を乗り出し、華奢《きゃしゃ》な肩に触れた、そのときだった。

香りを感じた。甘ったるい花と沼底の汚泥《おでい》のような。

ぐらりと思考が揺れ、自分がどこにいて何をしているのかわからなくなる。目の前が真っ暗に塗り潰されたように感じて。

「わんっ！」

ぱしん、と軽い衝撃。もしかしたら本当に何かが弾けたのかもしれない。

瞬《まばた》きをすると隣には半身を乗り上げたルナルクスがいて、青い瞳に神秘的な光を宿したままこちらを見返していた。

(なんだったんだ、いまの。寝ぼけたのか……？)

「……エルカローズ」

靄《もや》がかった意識をはっきりさせようと首を振り、ベアトリクスの掠《かす》れ声に動きを止めた。

彼女の顔色は白く、汗を掻いていて、目の縁にうっすら涙が溜《た》まっていたがまったく気付かないふりをして微笑みかける。

「申し訳ありません、見回りに来たところ、ひどくうなされていたのでお起こししました」

「……何故。見回りの、順路ではなかったはず」

「イレイネ様に、こちらに寄るようにと言われました」

ぼんやりしている彼女は、それを聞くと深く長い疲れた息を吐いた。

「一言も説明していないのにあなたを寄越したのね。有能な女官も困りものだわ……」

しばらく瞑目《めいもく》したベアトリクスは乱れた髪を掻き上げながら身を起こす。

「いまイレイネ様をお呼びしますので、お待ちください」

「必要ないわ。いつものことだから。それよりもあなたと二人きりで話す時間を作ってくれたのだから利用させてもらう」

汗と涙を拭《ぬぐ》い去ったベアトリクスはいつもの表情、落ち着きと威厳を伴う姿に戻っていた。

「ところでこの白いのはどこからやってきたの？」

広い寝台に完全に乗り上げてだらしなく寝そべっていたルナルクスは、愕然《がくぜん》として硬直するエルカローズに目もくれず飛び起きると、自身を指し示す白魚のたおやかな指の匂いを嗅《か》ぎ、当然のごとくぺろぺろぺろぺろと舐め始めた。

「――――!!」

とんでもない不敬にエルカローズは声にならない悲鳴を上げた。

なんとかルナルクスを引き剥《は》がして床に下ろし、よくて馘首《かくしゅ》、最悪斬首《ざんしゅ》を覚悟して白い魔獣とこの場にいる状況を説明すると、ベアトリクスは尋常《じんじょう》ならざる冷静さと寛容《かんよう》さを見せた。

「初めて間近に魔獣を見たわ。見た目は大型の狼《おおかみ》と大差ないのね。能力は見過ごせないけれど危険はないのでしょう？」

「はい。危害を及ぼさないよう監督しています。この度は……」

「構わないわ。彼にも用があるから。上手く言い繕《つくろ》っておくから安心なさい」

だが彼女には厳しく咎《とが》め立てしない理由があったのだった。

「相談したいことがあるの。あなたをわたくしの騎士にした本当の理由について」

(ルナルクスも関係がある？　……あんまりいい予感がしない)

やはり秘密があったらしい。だがまず時刻を確認し、一度退室したい旨《むね》を告げた。

「騎士たちに連絡してきます。戻らないと何かあったのかと騒ぎになってしまいますから」

「それならイレイネに言いなさい。お膳立てしたのだから対応できるでしょう」

エルカローズはルナルクスに大人しくしているよう言い含めてから控え室に向かう。すると扉を叩くよりも早くイレイネが姿を現し、寝室に届かない声量で尋ねた。

「うなされておいでしたか」

頷くと、彼女の変わらない表情に濃い影が落ちたように見えた。

「話がしたいと言われたので、しばらくお相手をしてきます」

「わかりました。ジェニオ殿に伝えておきます」

何もかも承知してイレイネは扉を閉ざす。閉まりきる前に、声がした。

「――姫様をお願いいたします」

もう姿が見えないとわかっていながら振り返ってしまった。

王女の最側近であるイレイネはベアトリクスの秘密に触れられずいまはエルカローズを頼るほかない。さぞ心配し、歯がゆく思っただろう。

それを託された。覚悟を持って臨まなければイレイネに、ミーティアやカリーナたちベアトリクスを慕う人々に恨まれてしまう。

（私は万能じゃない。できることを精一杯やるだけだ）

活を入れて戻るとベアトリクスが椅子に座っていた——膝《ひざ》に、ルナルクスの頭を乗せて。

「！！？！？」

「戻ったのね。イレイネはわかっていたでしょう？」

「わ、わかっていました、が、あの……」

こちらを見るベアトリクスの手は休むことなくルナルクスを撫でている。そしてルナルクスはふかふかの膝とたおやかな手にぴすぴすと鼻を鳴らして恍惚《こうこつ》となっていた。

「どうしたの？　何か問題があって？」

「いえ、大丈夫です。はい……」

座り込みはしないものの、思いがけず打ちのめされているエルカローズだった。たとえるなら、いつもくっついてきていた年少の子どもがある日突然自分以外の遊び相手と楽しそうにしているところを目撃したときの気持ちだ。喜ばしいのに、ちょっと面白くない。

ベアトリクスはエルカローズに着席するよう促した。

「二人きりだし、わたくしはいまから相談と懺悔《ざんげ》するのだから立っていられると困るのよ」

従うとベアトリクスは、本人曰《いわ》く『相談』と『懺悔』を始めた。

「エルカローズ。婚約者が手紙で『どんな花を見てもあなたのことを考えてしまう』と書いてきたら嬉しいものかしら？」

「はい!?」

何事かと固まりかけたエルカローズにベアトリクスは「読んでもよくってよ」と書き物机の上を示した。恐る恐る手にした手紙は、とてつもなく上質な紙の質感と爽《さわ》やかな香りが差出人の高貴な人となりを表していて、なるべく熟読しないように目を走らせる。

『どんな花を見てもあなたのことを考えるのを止められません。いいえ、正直に申し上げるとあなたのことをずっと考えていたいのです』

『この国に咲くどの花の中にあったとしてもあなたは最も美しいと断言できます』

『バラ、ユリ、カメリア……何故すべての花の名はベアトリクスではないのでしょうか。美しい花はすべてその名で呼べばいいと思うのです』

（こ、これは……！）

素早く差出人を確認して後悔と目眩《めまい》に襲われる。

署名はランメルト・ノルベール・ロマリア。ベアトリクスの婚約者からの恋文だった。

濃厚な恋愛小説や激甘な菓子類よりも胃もたれしそうな密度の高い口説き文句が並べられていて、自分に宛てられたわけではないのに読んでいるだけで顔から火を噴きそうだ。

だがベアトリクスは数式を前にしたかのように思案している。

「同じような内容の手紙にはこれまでそれ相応の返事を出しているのだけれど、次第に激しくなっているの。喜んでいると思われているのか伝わっていないと感じているか、どちらだと思う？　もしあなたの婚約者がこの手紙を送ってきたとしたらどうかしら」

たとえば隣の国にいるロジオンがこの手紙を送ってきたならば。

(赤面して絶叫して手紙を放り投げて恥ずかしい恥ずかしいとのたうちまわってしばらく使い物になりませんね!!)

そうなるのはロジオンが本気でそう思って綴《つづ》っているとわかるからだ。

ふー……と息を吐いて自分を落ち着かせ、冷静さを心がけて答える。

「私だったら、という前提ですが、その、直接会えない分、文字で思いを伝えてくれているんだと思って、恥ずかしくていたたまれなくはありますが嬉しい、と思います」

「そんな手紙が続いたらどう思う？」

「会いたくて仕方がないみたいだな、と……わ、私だったらですよ!?　私ならば、です！」

「わかっているわ。参考に聞いただけよ」

表情にも甘やかさは欠片《かけら》もない。まるで婚約者からの恋文を事務書類と思っているようだ。

結婚は王女の仕事と言えるだろうし、ベアトリクスほど冷静な人なら期待も夢もかけないだろう。相手が口説き文句を綴ってくるのは結婚相手としてきっとましな部類なのだ。

「ベアトリクス様はランメルト王子のお手紙を嬉しく思っていらっしゃらないのですか……？」

差し出がましく不躾《ぶしつけ》な質問をベアトリクスは怒らなかった。公平な人なので質問した相手の問いに応じる義務があると考えたのかもしれない。

「嬉しいかどうかよりもお互い大変だという労《ねぎら》いが強いわね。向こうはわたくしを口説く、こちらはそれを喜ぶ義務があるの。けれど一通りやり取りをしても終わる気配がないから、わたくしの返書に何か不備があったのかもしれないわ」

「……不備」

「文面が礼儀正しすぎたとか、口説き文句に対して冷静だった、あるいは応えきれずに流してしまったとか。向こうの要求に応えられるようもう少し配慮しなければならないわね」

「配慮……」

恋文に、不備。配慮が行き届かない恋文の返信とはいったい。

我が身を棚に上げて遠い目をしてしまったが、とにかくベアトリクスに甘い気持ちなど一欠片もないことがはっきりした。

「つまり、ランメルト王子の手紙の内容も気持ちも信じていらっしゃらないしご自分の返信も伝わっていないとお考えなのですね……」

ベアトリクスは本音を綴らない。ランメルト王子も同じように本心を書いていない。政略結婚の相手同士、義務で交わしているのだから真に受けてはいけないと考えている。

「そうね。だから悪夢などという呪いを受けているのかもしれないわね」

「……『だから』、何と仰いましたか？」

聞き捨てならない言葉があった気がして尋ね返すと、ベアトリクスはおかしそうに唇の端を上げた。

「わたくしは存在を疎《うと》んじられて呪われているの。犯人は恐らくランメルト王子よ」

思いがけない名前が登場して目を剥《む》いた。

そんな、と言ったきり何も言うことができず顔を強張《こわば》らせるエルカローズに、ベアトリクスは自らに起こっている出来事を語り始めた。

「イレイネをはじめ数人の側仕えは気付いていることだけれど、わたくしはこのところ眠れていないの。眠ると必ず悪夢を見るから。嫌な過去の記憶や未来に起こり得そうな残酷な光景と内容は様々で、そのせいで食が細くなったし、頻繁《ひんぱん》に頭痛がして集中力が散漫になって、体力が落ちてよく体調を崩すの。度々発熱しているのだけれどこれも気付いているのは少数ね」

戯《おど》けるようにしてベアトリクスは口元に自嘲を刻む。

「原因を突き止めようと多くの文献を当たった。内密に人に尋ねもした。最初は心因性を疑ったの。夢が始まったのは結婚が決まった後だったから、思いがけず感傷的になっているのではないかとね。人が聞いたら誰の話だろうと言うでしょう……ここ、笑うところよ？」

「ベアトリクス様が繊細でないと言う者がいたら私は決闘を申し込みます」

真顔で言ったものだから、ベアトリクスはわずかに苦笑し、眩《まぶ》しげに目を細めた。

「わたくしは女性王族だけれど騎士が決闘してまで守るような可愛らしい性格ではなくってよ。己の可愛げのなさはよくわかっているわ」

目を逸《そ》らすようにしてベアトリクスは膝の上のルナルクスを撫でる。何度も。その結論に至ったときの衝撃や諦観《ていかん》を慰めるみたいに。

「わたくしの悪夢は、負の感情を増長させて弱らせる、不安を用いて精神を攻撃する、といった類《たぐい》の呪いだと思う」

ベアトリクスが最終的に行き着いたのは魔物に関する文献だった。魔物には精神や夢に干渉したり、取り憑《つ》いて意識を奪って操ったり、活力を奪ってじわじわと弱らせる呪いの力を持つものがいると記されていて、これだ、と思ったのだという。

「いまは大丈夫ですか？　横になられた方が楽ならそうしてください」

近くで過ごした時間は短いが不調などおくびにも出さなかったベアトリクスに驚嘆して、エルカローズは寝台を示した。だがベアトリクスは「大丈夫よ」と首を振る。人の目のない二人きりであっても威厳を保つのが彼女の自尊心の表れなのだ。

「呪われていることを知られるわけにはいかない。望まぬ結婚を予言されながらその相手と仲睦《むつ》まじくしていることについて聞きたかったのは本当よ。そこにもう一つ、身を守るために呪いの力を使う魔獣を側に置いているあなたの力を借りようと思ったの」

エルカローズをそばに置いた理由の、大きな真実。

未だ明けない夜にもたれかかるように腰掛けるベアトリクスは迷える子どものように儚《はかな》く見えた。呪われている、そのことが彼女の奥深くに隠した心に大きな傷を付け、いまなお痛むのだろう。弱り、疲れ果てたかつての自分と彼女が重なる。

でもわからない。

「呪っているのがランメルト王子だと確証があるんですか？　ロマリアには魔の領域がありません。王子と魔物が繋がる可能性は低いように思います」

「魔物のすべてが魔の領域だけで生きているわけではないらしいわ。王都のように人の多い場所では見かけないけれど、自然豊かな地方には頻繁に出没するそうよ。王弟殿下の騎士として黒の樹海に赴くあなたたなら承知しているのではなくて？」

ベアトリクスの言う通りだ。エルカローズは黒の樹海の名で呼ばれる魔の領域の衛視である王弟殿下の命で何度も調査に行ってきた。そして宮仕えの身ではほとんど縁がないが、地方に出現した魔物が悪事を働いた場合は討伐対象として戦うことが許されている。

「ランメルト王子はそういった地方に潜む魔物に取り憑かれるか感情を利用されるかして、わたくしを呪っているのよ。魔物の動機はアルヴェタインの王族に恨みがあるか人間を弄《もてあそ》ぶことに愉悦を覚える習性か。まあ後者でしょうね」

「……あり得ないとは言えませんが……」

否定しきれないのはベアトリクスがあまりにもはっきり断言するせいだ。

「ランメルト王子はベアトリクス様に思うところがおありだということですか？」

「『太陽の王子』と国民に慕われる王族よ。かたや妃《きさき》になるのは冷血なベアトリクス王女。疎んじないわけがないわ。憎むほどでなくとも親しみや好ましさを覚えるのは難しいでしょう」

ランメルト王子の人となりは知らないし、幾許《いくばく》かの不安が本人の自覚なく魔物に利用され、ベアトリクスに呪いが及んでいる可能性は否定できない。

魔の領域とそこに住むものたちのことは未知数で、すべてを理解し語れる者など存在しない。エルカローズも、ルナルクスの意図しない呪いを受け、さらに黒の樹海の魔獣が害意を抱いて呪いを放っていた事件を知らなければ、考えすぎだとベアトリクスを宥《なだ》めていただろう。

(これはロジオン様を頼る必要があるな……)

呪いを打ち消す祝福の力の持ち主だったロジオンなら、聖職者時代に蓄えた知識や経験からベアトリクスの状況や呪いと思《おぼ》しき悪夢の原因を突き止められるかもしれない。

だが一番の問題は頑《かたく》なにランメルトに呪われていると主張するベアトリクス自身に思えた。

「無礼を承知でお尋ねしますが、それほどベアトリクス様の評判は悪いのでしょうか。私はそういった話に疎いですが、よく知らない人物に悪《あ》し様《ざま》に言われているだけですよね？　直接会えば厭《いと》わしいなどと思いません」

「それよ」

青い瞳が強い光を帯び、エルカローズは一瞬怯《ひる》んだ。

「直接会って好ましいと思える、可愛げのあるわたくしにならなければならないの。そうすればお互いに好意を抱《いだ》けるはず。愛し合うことはなくとも良好な関係を築くことができるでしょう。そのときには呪いも消えているわ」

（ん、んん？　なんだかおかしな流れになってきたぞ……？）

先ほどの緊張感はどこへ行ったのか。ベアトリクスが妙に生き生きし始めている。

「あなたたちもそうだったのでしょう？　顔を合わせた瞬間に不安よりも好ましさが勝ったと話してくれたではないの。ロジオンもそうだったと思うわ。あなたが年相応に可愛らしいから愛《め》でたくなったのよ」

「はい!?　な、何の話ですか!?」

「ほらそういうところ。わたくしから言わせればあなたは可愛げの塊《かたまり》だわ」

凍れる月のような美しい王女が豪然と告げるが、不敬ながら目が悪いか感覚が鈍《にぶ》いか、大きな勘違いをしていると思う。

（ロジオン様が言うならともかく、ってそれもおかしいけど！）

「だからそれに倣《なら》う。あなたたちの絆《きずな》を深めた――料理で可愛げを向上させて好意を伝えるわ」

「料理!?」

もう声を抑えられなかった。

とんでもないことを言い始めた王女はすでに目標を定め、こうすると決めて命じる。

「エルカローズとロジオン、あなたたちはわたくしとランメルト王子ひいてはアルヴェタインとロマリア二国間の絆を深めるために料理を教えるのよ」

頭が痛いのは寝不足だからだと思いたい。もしくは夢を見ているか。呪われた王女に、可愛げの塊、二国の関係を左右する料理の指導、どれを反芻《はんすう》しても間違いなく悪夢だ。

(ああ、いますぐ意識をなくしたい……)

朝になれば主人の意を汲《く》んだイレイネたちが動き出すだろう。止める者は誰もいない。エルカローズは断れない。頼みの綱のロジオンはエルカローズが本当に拒否するなら力を貸してくれるだろうけれど、悪いからと遠慮したり頼みごとを躊躇《ちゅうちょ》したりしているのならその必要はないと自ら巻き込まれにくる。

詰みだ。諦めて従うほかない。

綺麗《きれい》な女性に思う存分撫でられて幸せそうに眠るルナルクスがあんなに恨めしかったことはなかったと、後にエルカローズは述懐《じゅっかい》する。

第３章　小さじ一杯の可愛げを求めたら

これほどエルカローズの予感が的中したことはないだろう。

そこは小さな、けれどしっかりした造りの厨房《ちゅうぼう》だ。ハイネツェール館《かん》にある小家《しょうか》と同じ目的で作られた、余暇《よか》としての調理を行う建物に備え付けられたもの。

異なるのはここが花宮《フィオレ》の一角、小さな家などと称してはならない規模の離宮であることだ。

当直を終えたエルカローズが帰宅した後、ベアトリクスはそのまま眠ることなく側近たちの出仕時刻を迎えると同時に離宮の手入れを命じたらしい。周りには疲労困憊《こんぱい》した女官や侍女、力仕事に駆り出された騎士の姿があり、心の中でお疲れ様ですと手を合わせる。

「ここなら誰にも邪魔されずに料理を覚えることができるわ」

堂々としたベアトリクスの物言いに午後になって出仕したエルカローズは頭痛に呻《うめ》く。

結婚を控《ひか》えた一国の王女が料理を習う――悪い夢のようだと思った彼女の思いつきが現実となって襲いかかってきたのだ。

料理を始める表向きの理由は、結婚が間近になって鬱々《うつうつ》としているベアトリクスの気晴らしにとエルカローズが提案した、ということになった。

料理の指南役にはロジオンが任命されたので、真の理由である悪夢と呪いのことを伝えると、快く教師役を引き受けてくれたが、呪いについては肯定しかねるようだった。

「お会いしたときには何も感じなかったのですが、呪われているとご本人が仰《おっしゃ》ったのですね」

「ロジオン様が何も感じなかったのなら、思い違いですか？」

「そういうわけでもないと思います。王女殿下が仰るように呪いの力は多岐《たき》に渡りますから」

信頼する人の言葉だけれどどうにも釈然としない。疑問を顔に浮かべるエルカローズにロジオンは丁寧《ていねい》に解説してくれる。

「魔物は呪いの力を使いますが、その魔物を利用する組織が存在しますし、亜種として光花神教が異教徒と見なす信仰者たちの用いる呪詛《じゅそ》があります。この国ではそうした集団は問題視するほどではありませんが、前者は巧妙に立ち回り、後者は信じるものが異なるので感じ取るのは難しいのです」

「組織に、異教徒……」

慄然《りつぜん》とするエルカローズにロジオンが慈しみの眼差《まなざ》しを注ぐのは、理由があるとはいえ余人に対して組織立って凶行に及ぶなんてと怒りに震える青さのせいなのだろう。

「それに意志の強い殿下ならご自身に呪うこともできるでしょうね」

「自分に呪いを、ですか？」

「よくある話ですよ」とロジオンは微笑した。

「思い込みで自身を束縛するのです。師が射抜けなかった的を自分が命中させられるわけがない、出来のいい兄に弟が勝てるわけがない、といったことです。身に覚えがあるでしょう？」

う、と呻く。ロジオンに出会って、自らを縛る思い込みが強いと気付いたエルカローズだ。

「ベアトリクス様はご自身をずっと可愛《かわい》げがない、だから好かれるはずがないという言い方をしていらした。そういうことですね」

容姿にも恵まれたベアトリクスは十分な教養や立ち居振る舞いを身に付けた、エルカローズの思い描く理想の女性像に限りなく近い。そんな人の言葉だから印象に残っている。

「その通りです。あなたは優秀な生徒の才能があるのですね」

ご褒美を考えておきますね、と甘く微笑《ほほえ》まれてこそばゆい。

ともかくそれが彼女の長年の劣等感なら悪夢として表れていてもおかしくないということだ。

「呪いそのものは人間に及ぶ不快症状全般を指しますが、その手段は他者の感情を利用して心身を攻撃する、勝負を持ちかけて勝つと相手の命を奪う、夢の中に登場して悪口雑言《あっこうぞうごん》を浴びせかけるなど様々です。ただロマリアのような遠方からベアトリクス殿下に呪いを与えられるのなら相当強力な魔物ですから魔の気は感じ取れるでしょう」

「でも感じなかったんなら、やっぱり呪いじゃないってことじゃ……？」

「元々敷地内に住処《すみか》があったり人に憑《つ》いてきたりして潜伏していた事例はありますし私も経験しました。その場合私やルナルクスが感知できてないかもしれません。王宮は広いですし、対象の近くで力を使っているのならあまり強い魔物ではありませんから」

つまり、とロジオンははっきり断定する。

「ランメルト王太子殿下の仕業《しわざ》ではありません。その確率は極めて低い」

ほっとしたようなそうでないような、なんとも言えない虚脱感に襲われる。

(いやでもランメルト王子に呪われていないのは喜ぶべきだ)

不安で心が弱っているのではないかとベアトリクスが疑ったくらいだ。いまも好かれようと料理を覚えたいと言い始めたくらいなのだから心配事が一つ減ったと考えていいだろう。

「そうすると一番可能性が高いのは陰謀を企てる輩《やから》や組織の犯行ですか……」

ベアトリクスを狙うなら政略結婚を阻止するのが目的なのだろう。あいにくエルカローズは宮中の勢力図にあまり詳《くわ》しくない。この奸計《かんけい》によって得をする誰かなんて思いつかなかった。

「やっぱり身辺警護を徹底するべきですね。近くに呪いの力を使っている魔物が潜んでいるんならその捜索と討伐が最優先だ」

それから聞き込み。不審人物を洗い出して怪しい動きがないか観察する。派手に動くと関係者以外に知られてしまうのでなるべく隠密に。人手が欲しいがいまは犯人や原因についてはっきり証明する拠《よ》り所がないので、国王陛下に奏上しても取り合ってもらえなさそうだ。協力を仰ぐのは魔物なり犯人なりの足跡を見つけてからか。

「もし魔物が無理やり利用されているなら助けよう。ルナルクスみたいに意図せず呪っている、なんてことが起こっているかもしれない」

「きゅぅ……」

ルナルクスに呼びかけるとぺたりと耳を伏せるので、笑って頭を掻《か》き混ぜた。

彼の強い思いで暴走した呪いがエルカローズを苛《さいな》んだのが秋のこと。いまは力を制御できるようになったがいまもなお彼の汚点なのだろう、ぶすくれた顔で伏せ続けて自己嫌悪に陥《おちい》っているのがまた可愛くて、わしゃわしゃわしゃーっと撫《な》でてしまう。

「そういえばルナルクスの呪いの力もロジオン様の祝福の力も『思い』が源ですね」

「――『思い』」

何らかの直感に触れたらしく、急にロジオンは黙った。

微笑みを消した口元に手を当てて思考に沈む彼を、エルカローズはそろそろと窺《うかが》う。

「――……」

「ロジオン様？」

呼ぶのに反応するも、こちらを見ているようで見ていない。

焼き付けるように視線を注いでくる緑の瞳の内側に取り込まれそうな気がしていると。

「なるほど」

とロジオンは目を伏せた。エルカローズはルナルクスと顔を見合わせ、揃《そろ》って首をひねる。

でも何故だろう、このときロジオンはいつもの佇《たたず》まいに関わらず薄淡い陰を帯びて見えた。

「……ふぁ……」

しかしエルカローズに限界がきた。眠気が襲い、あくびを噛《か》み殺しきれず声が出る。

くす、と笑ったロジオンはエルカローズのよく知る彼だった。

「ベアトリクス殿下のご命令に備えてそろそろ休みましょうか」

「私なら大丈夫、んっ」

途端、彼の指がエルカローズの唇を押さえた。

「騎士の使命も大切ですが私にとってあなたもこの上なく貴いのです、私の花《ミア・ローザ》。身を削るような間違った努力はあなたを幸せにしないので控えましょうね」

微笑むロジオンはエルカローズが黙って頷《うなず》くのを見届けると、そっと指を離した。

（……ずるい、びっくりしたせいで言おうとしたことが吹き飛んでしまった）

けれどそのままだったならエルカローズは睡眠時間を削って出仕時間を迎えていただろう。

それを言わせない、させないと柔らかに押しとどめてくれるロジオンは、何故だか急に成熟した年上の男性に思えた。

そうしてエルカローズがちゃんと休むのを見届けるようにして私室まで送り届けてくれる。

「王宮では引き続きベアトリクス殿下をお守りしてください。ご結婚を契機とした何かが起こっているのは間違いありません。王女殿下の心当たりはご結婚相手のランメルト殿下のようですが王女殿下を呪えるのはランメルト殿下だけではないのですから」

視点を変えれば見えてくるものもあるでしょうとロジオンは言った。


明けて翌日。ベアトリクスにロジオンの意見を説明したのだが「そうかもしれないわね」と言いつつ、考えを改めることはなかった。

「呪われていないとしても好意を抱《いだ》いてもらう必要はある」というのがその理由だ。

その上で気付いたことがあれば報告するよう命じた。花宮に属する者なら当たり前のものでも、ここに来たばかりのエルカローズなら気付けることがあるはずだと言って。

（想像しうるあらゆる懸念に対策を施す、ベアトリクス様は本当に有能な方なんだなあ……）

だからエルカローズは準備を手伝いながら手際よく働く側近たちを観察していた。

事前にどの料理を教えるのかは伝えているので厨房にはロジオンが指示した材料や道具が揃えられている。警戒しなければならないのは毒や異物の混入なので、贈り物の衣装を改めるように側仕《そばづか》えが臭いを確認して毒味を行い、道具を洗浄してある。

それらの近くにいるのは、最側近のイレイネ、女官の中心的な存在であるミーティアに、近衛騎士をまとめるジェニオ、恩があると話してくれた侍女のカリーナ。ここにいるうちの誰かがベアトリクスに思うところがあるかもしれないのだ。

（どうか無用の心配で終わりますように）

密《ひそ》かに祈っているといつもと違う格好でベアトリクスが現れた。

素っ気ない衣服の上に生成《きな》り色の前掛けという一般的な女性の身なりだ。ただ服は高級な貝紫色、前掛けは一部がレース状になっていた。首の後ろの低い位置で一つにまとめた髪はその色と輝きだけで彼女を一際高貴に見せている。

「エルカローズ、あなたは着替えないの？」

「はい。ベアトリクス様の身辺警護をいたします」

厨房に入れる者は限られている。教師役のロジオン、ベアトリクスを補佐するイレイネとカリーナ、交代要員のミーティアだ。ジェニオたち騎士は離宮の警備を行い、唯一エルカローズだけがベアトリクスのそばに付く。呪われていると告げた彼女の安全のため、一緒に料理を学ぶわけにはいかないのだ。

そのとき、きゃあ、と外で黄色い声が上がった。

女性たちの熱い視線を受けて、ジェニオに連れられたロジオンが姿を現した。後ろにはルナルクスもいる。

前に出た彼は胸に手を当てて一礼し、ルナルクスは行儀よく足を揃えて尻尾を振った。

「ご機嫌よう、ベアトリクス殿下。指南役にご指名いただき、大変光栄に存じます」

「王太子付きになったばかりなのに呼び出して悪いわね。しばらくよろしくお願いするわ」

「ばふっ」

応じる声にベアトリクスは目を細めた。

「ルナルクス、だったかしら？　あなたも料理を習うつもり？」

「いいえ、殿下。御身の警護役に加えていただきたく連れてまいりました。彼は魔獣ですが、先日ハイネツェール卿《きょう》の助けとなって殿下をお守りしたと伺ったものですから」

ロジオンの目配せに、エルカローズも合点がいった。

（ルナルクスは魔獣だから魔の気がわかる。呪いのことが何かわかるかもしれない）

先夜悪夢を見ていたベアトリクスはエルカローズを恋しがって侵入してきたルナルクスに助けられたことを感謝し、不法侵入は今回限り不問にしてほしいと父王に願っている。両陛下はそのとき呪いのことを聞いているはずだが、いまのところ静観するおつもりのようだ。

この働きを前提にすればルナルクスを身辺警護として花宮に出入りさせることができる。ベアトリクスの身の安全のためという点では大いに助けとなってくれるだろう。

「ルナルクス。わたくしの護衛をしてくれるなら報酬に一ヶ月分の肉と野菜を与えるわ」

「わんっ」

ベアトリクスの語りかけに応じたルナルクスはとことこと人々の足元をすり抜け、厨房の裏口から出たすぐそこに身を伏せた。見張りを買って出た姿に、魔獣と聞いて様子を窺っていた女性たちも「なんて賢いんでしょう」と感心している。

これで準備は整った。決められた者たち以外が厨房を出て行くと、料理教室の始まりだ。

「改めてよろしくお願いいたします、ベアトリクス殿下。お教えするのは発酵生地を用いた焼き菓子の作り方で間違いありませんか？」

「ええ。この国特有の『黄金パン《パンドーロ》』と『乾果パン《パネトーネ》』よ」

どちらもこの国で一般的に食べられている卵とバターと砂糖をたっぷりと使った贅沢《ぜいたく》な行事菓子だったが、干し果物をたっぷり練り込む乾果パンが聖なる日の特別な食べ物として残り、黄金パンは富裕層が手軽に食べる甘味として親しまれるようになった。

「黄金パンも乾果パンも我が国の民が口にするもの。わたくしも幼い頃好んで食べていたわ。母国の料理を自分の手で作ることができるなら誇りにできるし、それをランメルト殿下に好ましく思ってもらえたならこの国の印象もよくなると思うの」

「わかりました」とロジオンはにっこりと頷いた。

「熟考の末に辿《たど》り着いたのですね。初心者には難しい部分もありますが殿下は難易度が高い方がやりがいを感じられるでしょうし、必ずや習得できることでしょう」

（『やるからには本気で覚えてくれますよねぇ？』と煽《あお》る声が聞こえる……）

エルカローズに聞こえたそれをベアトリクスも感じ取ったらしい。ロジオンを見る青い目は警戒するように冷ややかになっていた。

ロジオンは髪を高い位置に一つに結ぶと手を洗い、ベアトリクスとイレイネにも同じように指示する。合わせてエルカローズは廊下側の入り口近く、厨房が見渡せる位置についた。

「さあ、始めましょうか」

こうして元聖者による王女のための料理教室が始まった。

「まず黄金パンを習得しましょう。これを基本にして乾果パンなどに応用します」

準備をしながら軽く作り方の講義を聞く。

作り手それぞれの改良が加えられているのが一般的な、多くの手間をかける特別な日のための甘味だ。工程はざっくり四段階に分けられるという。

たね生地をこね合わせて寝かせる第一段階。さらに材料を混ぜてこねて寝かせる第二段階。最後の材料を混ぜてこねて寝かせる第三段階。型に詰めて寝かせた後に焼成する第四段階。

(何回も生地を寝かせるのか。もしかしなくてもかなり時間がかかるんじゃないか？)

祖母の料理を手伝ったことのあるエルカローズはぼんやりと考えたが、ベアトリクスとイレイネはそういうものかという様子で聞いていて、特に疑問を覚えなかったようだ。

「まずは基礎中の基礎、発酵菓子に必要なたね生地を作るところからです」

ロジオンが準備したのは小麦粉をはじめとした粉類と水、そして何らかの液体が入った瓶《びん》だ。

「小麦粉、水、そしてこの瓶の中のものを一匙《ひとさじ》加えて、よく混ぜます」

「瓶の中のものはなんですか？」

得体の知れないものをベアトリクスが触るのもましてや口に入れるのも許さないのがイレイ

ネの仕事だ。承知しているロジオンは微笑んで応じ、瓶を渡して確認を促《うなが》す。

「酵母です。麦酒《ビア》種に水を加えて置くと発酵して、パンを膨らませる元になります」

深鉢《ボウル》にすべての材料を合わせて大きな手で力強く材料を練っていく。

イレイネが安全を確かめたので、ベアトリクスは手を動かし始めるが気付けば眉間《みけん》に皺《しわ》が寄っている。

「べたべたするわ」

(あ、そうか。手をあんなに汚すことがないから気持ち悪いんだ)

泥遊びなどしたことがないに違いないとエルカローズは心の中で手を打つ。

だが一々気にしていては何もできなくなってしまうので、ロジオンは「そのうち一つにまとまりますからお気になさらず」と軽く受け流す。

もそもそからべちゃべちゃ、やがてひとまとまりになってぺたぺたした生地が完成する。

「できたわ。これをどうするの?」

「蒸した後、火を消した鍋の中に入れて蓋をして二、三時間待ちます」

「え」

さすがにベアトリクスは絶句し、イレイネも目を丸くした。耳をそばだてていたエルカローズも聞き間違えたかと思った。

「生地を寝かせるとは聞いたけれどそんなに時間がかかるものなの……?」

「はい。しかし初日からこれではお教えすることがないので、ディーノ殿下にお許しをいただいて王宮の厨房で使用しているものを分けてもらってきました。こちらを使って、いま仕込んだものは厨房にお返ししましょう」

（だから事前にどの料理を作るつもりなのか教えてほしいって言ってたんだ！）

生地を焼くだけならともかく、ベアトリクスの要求はもっと工程が多い発酵菓子パンだった。料理名を確認していなければ料理教室は初日から頓挫《とんざ》していたに違いない。

しかし一概にベアトリクスを責めることはできなかった。彼女の周りはカリーナを除いてほとんどが高位貴族だ。下位貴族には調理を趣味とするご婦人もいるが、イレイネのように侯爵夫人ともなれば興味を覚えない限り料理がどのように作られているか知る機会はないだろう。

この驚愕《きょうがく》は予想以上に効き目があったようで、安堵《あんど》の息を吐いたベアトリクスは始まったときよりも真剣な目つきになっていた。

準備のおかげで時間が省略できたので作業は第二段階に入る。

厨房からもらってきたたね生地に、さらに小麦粉、砂糖、卵を二つ、追加の酵母を掬《すく》い入れて、よく混ぜる。まとまってきたらバターを少しずつ加えて、また練ると、ぺたぺたしたものが温かみのある黄色の生地になっていく。

「蒸した鍋に入れて二、三時間発酵させます。これでパン種の完成です」

「また二時間以上寝かせるの？　それでは当日食べられないのではない？」

「そうですね。生地の前に酵母を起こすところから始めると一週間ほどかかります」

ベアトリクスは頭を抱え——ようとして汚れた手に気付き、両手のひらを上に向けたままため息を吐いた。

「料理人はすごいわね……それにパンという食べ物を見つけ出した先人も。軽々しく好き嫌いなど言ってはいけないと思ったわ」

「学びの機会となって何よりです、殿下」

「あなたはわたくしの料理教師ではあるけれど教育係ではないわよ」

悪いと思いつつもエルカローズは内心でベアトリクスの敢闘精神に拍手を送った。彼に言い返せる人間は恐らく稀有《けう》だ。

(私はベアトリクス様のこういうところを見習うべきかもしれないな……)

料理教室は続く。

砂糖や卵、蜂蜜に香料の香子蘭《バニラ》が並ぶ。第三段階でやっと製菓らしくなってきた。

新しい深鉢に入れたそれをなめらかになるまで混ぜ、そこにロジオンがここでも先んじて準備していたたね生地を入れ、またこねる。

このこね作業が大変だ。材料が混ざればいいだけでなく膨らみや弾力を強くして美味《おい》しくするための作業なので時間がかかる。イレイネに深鉢を押さえてもらいながら、ベアトリクスは全身を使うようにしてぎゅっぎゅっと力を込めていた。初心者のエルカローズが見ても力みすぎだが、料理というものにほとんど触れてこなかった王女にはそこまで考えが及ばないらしい。

「こんなに、長く、こねていて、大丈夫、なの？」

「生地の一部を切り取って両手を使ってゆっくり、薄く伸ばしてみてください」

ベアトリクスが言われた通りに生地を伸ばす。むちん、むちん、と柔らかく生地が破れた。

「破れるのならばこねが足りていません。破れず薄く緩やかに伸びるまで頑張りましょう」

三十分後、やっとロジオンの求める生地となり、一度温めた鍋に入れて濡《ぬ》れた布巾《ふきん》をかけた。

「このまま一時間ほど置きます。次の作業の準備をして、休憩《きゅうけい》にしましょう」

許しが出たので準備と汚れた場所の片付けをしていると、カリーナが顔を出した。

「ベアトリクス様、お茶をご用意いたしますのでどうぞお部屋に」

「ありがとう、カリーナ。こちらに持ってきてちょうだい。ここでいただくわ」

カリーナは息を飲んだ。

「厨房で、お召し上がりに……？」

「ええ。休憩の度《たび》に移動なんて億劫《おっくう》だわ。急ぎの仕事はないんでしょう？」

戻《もど》らなくてもいいとミーティアを通じて確認が取れたので、ベアトリクスは厨房に居座ると決めたようだ。

かくして厨房の片隅で始まった王女のお茶会だが、給仕するカリーナは複雑そうだ。申し訳なく思うエルカローズだが当の王女は竃《かまど》の熾火《おきび》が暖かいという発見にひどく感心しており、諌《いさ》めたところで軽く聞き流すだろうと思われて口出しは控える。

側仕えの耳目《じもく》があるので同席を断って立ったままお茶を飲んでいると、ベアトリクスの正面に座るロジオンの視線を感じた。

「座りますか？」

どうしたのかと目で尋ねるとそう言われた――ロジオンの手が彼の、膝《ひざ》を指している。

「ひざっ、……っ！　っ!!」

膝には座りませんよ!?

際どいところで叫び声を飲み込んで全力で首を振る。自宅でもしないのにベアトリクスの前でできるわけがない。

（なんてことを言い出すんだ!?　帰ったら絶対に注意を、）

「姫様。お行儀が悪うございます」

「……ひっ」

イレイネの注意がした先に、茶器に口をつけるふりをしながら、じー……っとこちらを観察するベアトリクス。

「いつも通りにして構わないわよ。ここに入れる者は限られていて、尾鰭《おひれ》をつけて言いふらすこともない。わたくしも無礼だ不敬だと言わず興味深く学ばせてもらうから。ねえロジオン、いっそのことその方面を教える師にならない？」

「なり！　ま！　せん！」

その方面ってどの方面だ。

礼儀を振り捨てたエルカローズが本人よりも早く返答し、ロジオンもそれに同意した。

「婚約者もこう言っておりますし、これ以上一緒に過ごす時間が減るのは耐えられませんので、申し訳ありませんがお断りさせていただきます」

添えられた理由に突っ込みどころはあったがそうして恐ろしい事態は免《まぬが》れた。

お茶を挟んでいい頃合いとなり、料理教室の再開となった。

鍋を覗《のぞ》き込んで「これは本当に食べ物なの？」とベアトリクスが呟《つぶや》いた、二倍ほどに膨らんだ生地を焼成する四段階目に入るのだ。

「これを型に合わせた大きさに分割して、丸めます。十分置く間に型にバターを塗っておきます。それから窯《かま》を熱しておきましょう。火傷《やけど》してはいけないので殿下は慣れている方にお願いしてください。今日は私がやります」

黄金パンの型の基本は星型だ。十個ほどの角が突き出した多角の星型もあれば、側面がぐるっとねじれて波を描いているものもあって各職人や家庭の個性が出て面白い。

「では生地を型に入れましょう。生地はしっとりしている内側を外に出すように、何度か引き伸ばしてから丸めて、型に入れます」

今回使用するのは最も一般的な多角の星型だ。ベアトリクスが型にバターを塗っている間に、ロジオンが窯を準備する。

ぼわよん、とした生地はすでに焼き上がりのパンのふくよかさを思わせる。滴《したた》ることなく伸びるそれを型に押し込めると、後はロジオンが引き受けた。

「この後最後の発酵に入ります。この気温だと四時間は見ておいた方がいいでしょう。竈の近くの木箱に入れて、生地の乾燥防止と湿度を保つために濡れた布巾を被《かぶ》せておきます」

「これで終わり？」

「生地が十分に膨らんだら、三十分ほど焦げないように窯の手前で焼けば完成です」

ベアトリクスは何も言わなかったけれど、ため息が料理の奥深さと途方もなさを語っていた。

「さすがにお疲れですか？　部屋にお戻りになって結構ですよ」

「そういうわけにはいかないわ。料理の途中で目を離すものではないもの」

ベアトリクスは覚悟を持って取り組んでいる姿勢を示したかったのだろうが、端《はた》から見ているエルカローズはなんとも言えない気持ちになった。

（子猫が睨《にら》んでいるみたいだなあ……）

しゃーっと威嚇《いかく》するもにこにことロジオンの手で転がされる――ルナルクスと変わらないなどと絶対に口に出せないことを考えていたら、ミーティアが現れた。

「お邪魔して申し訳ありません。ディーノ殿下が側仕えの件でお尋ねしたいことがあるそうです。それから、近衛騎士団長が婚約式の警備のことでロマリアから要望が来たご報告と、司教様からは神教庁から祝辞が届いているのでお渡ししたいと、面会の申し込みが来ております」

「……………」

「後にして」と言おうとしたのかベアトリクスは口を開き、報告を聞いて麗《うるわ》しい唇を結ぶ。ロジオンに威勢よく言い返したものの、状況がそれを許さないのだった。

「すぐに戻るわ」

「承知いたしました。ごゆっくりどうぞ」

一度口にしたことを翻《ひるがえ》したわけではないと無表情に強く、端的に宣言して、ベアトリクスはイレイネを連れて厨房を後にした。

結婚を控える王女が身に付けるべきものは多岐に渡り、知識や教養、社交術、歩き方や言葉遣い、国内の有力貴族の名前と時間さえあれば詰め込まれる。だから料理教室は無駄なものと却下されるはずが、ベアトリクスが睡眠時間が短いことを逆手に取り、予定を詰め込んで隙間《すきま》時間を確保してしまったので、そこまでするのかと誰も逆らえなかったらしい。

ただ本当に止めさせたいなら逆らいがたい人間の力を借りればいいだけなので、見逃されているという自覚があるのだと思う。呼び出しに応じたのはきっとそのせいだ。

「ロジオン様はディーノ殿下のところに行かなくて大丈夫ですか？」

「はい。今日は非番ですし、ディーノ殿下からベアトリクス殿下のご用向きを優先するように言われていますから」

(……まさかディーノ殿下までロジオン様に嫌がらせしているわけじゃないよね？)

教育係の仕事から遠ざけられているのでは、とどきどきしていると廊下に人影を見た。

「エルカローズ様……」

鋭く見据えた先に立っていたのは小柄な侍女で、エルカローズは視線を和《やわ》らげる。

「カリーナ。何でしょう、忘れ物ですか？」

どこかしょんぼりして見えるカリーナは次の瞬間大きな目にぶわっと涙を溢《あふ》れさせてエルカローズを大いに慌《あわ》てさせた。

「どうしたんですか⁉　どこか痛い？　それとも誰かに何か言われて？」

「ち、違うんです、ベアトリクス様のことを考えたら込み上げてしまって……」

鼻先を赤くした彼女を竈近くの椅子に座らせていると、ロジオンが湯気の立つ器を二つ差し出してくれた。

「どうぞ、蜂蜜入りの温牛乳《ラッテ》です。不安が和らぐよう祈りを込めました」

「ありがとうございます、ロジオン様」

おずおずと受け取ったそれを一口飲んだカリーナは、ほ……っと大きく息を吐く。

簡単なのにどうしてこんなに美味しいのか、濃い牛乳に蜂蜜の甘い芳香がよく合う。話したくなったら話してくださいねと声をかけて温かいそれを味わい、ロジオンが掃除と次の準備をする静かな物音と足音を聞くともなし聞いていると、ぽつりと声がした。

「エルカローズ様は、ベアトリクス様がお一人でお輿入《こしい》れなさることをご存じですか？」

「お一人で……とは？」

どういう意味だろうという反応は知らないという明確な答えだったようだ。

「お輿入れには側仕えの誰もお供しないんです。ベアトリクス様がロマリアへ向かわれた後、側仕えは全員役目を解かれて新しいところへ配属されます」

王女が他国に嫁ぐ際も貴族や一般市民と同様に持参金や嫁荷と呼ばれる財貨の移動を伴う。多くの場合身の回りの世話をする者を連れて行き、その国でともに一生を終える。ごく少数のときもあれば、とてつもない人数を引き連れて豪華な婚礼の儀を催した事例もあるが、ベアトリクスはそうではないとカリーナは肩を落とした。

「ベアトリクス様は決して弱いところをお見せになりません。ご無理をなさっていると誰も、ご自身ですら気付いていないように思えるときがあるんです。いまだってほとんど眠っていらっしゃらないのに何も言ってくださらない。ロマリアの王太子妃になられるときにはもう私たちはおそばにいないのに……」

その悪夢を見るために眠れないでいる状況を変えるために料理教室を行っているのだが、秘密なので説明するわけにはいかず相槌《あいづち》だけを打つ。

「私が不安になることじゃないんですけど、時々怖くなるんです。もしベアトリクス様がロマリアで蔑《ないがし》ろにされるようなことがあったらって。助けに行きたくても元側仕えの平民じゃ王太子妃様に近付くこともできない。どんなに孤独で寂しくてもベアトリクス様は誰にも頼らずただただ凛《りん》とお立ちになるんだろうな、って」

(なんだかベアトリクス様よりもカリーナの方が思い詰めているな)

ベアトリクスはそういったものをほとんど表さないので本当のところはわからないが、恩人である彼女との別離が迫っていてカリーナが必要以上に神経質になっていると考えられた。どうも心配しすぎて悪い想像ばかりしてしまっているらしい。

「何もできなくて歯がゆいんですね。けれどベアトリクス様はカリーナに『何もしてくれない』とは考えていないと思いますよ」

「はい、私もそう思います。でももっと助けたい、力になりたいんです。侍女になるときにベアトリクス様にいただいた御恩以上のものをお返しすると決めたから。一緒に来てほしいと言われればロマリアにもどこにでも行くつもりだったんです……」

再び込み上げた涙を温かい蜂蜜牛乳とともに飲み込んで、呟く。

「いっそのことご結婚を取り止《や》めてしまえばいいのに……」

黒々とした言葉に思わず「カリーナ!」と叫んでしまった。いくら主人の身を案じていても言っていいことと悪いことがある。

(え)

だが戦闘訓練を受けた者として動くものを敏感に察知する目が、カリーナとは別に、不自然に揺れた肩の持ち主を捉《とら》えた。

ここにいるのは三人、カリーナでもエルカローズでもなければ残っているのは。

（……ロジオン様？）

どの言葉が原因なのかそれとも別の要因があるのか。何故彼が反応したのかわからない。

訝《いぶか》しく思ったとき、青くなって身を竦《すく》めていたカリーナが勢いよく頭を下げた。

「申し訳ありません！　不謹慎でした……」

「あっ、いえ、こちらこそ大声を出してしまってすみません」

ロジオンに気を取られていたが、かなり怖がらせてしまったらしく彼女は真《ま》っ青《さお》になってい
る。同輩の騎士にするような言い方になったのを反省していると、ロジオンがやってきた。

寄り添うような様子は先ほどの違和感が気のせいだと思うほど普段と変わらない。

「側仕えの同道は必要な慣習だと思いますが、そのように決めたのは王女殿下ですか？」

「はい、そうです……」

「理由は、アルヴェタイン王国を離れてまで仕えなくてもいい、といったところですね」

「……っ、どうしてわかるんですか？」

何故言い当てられたのか、とエルカローズがロジオンを仰ぐと微苦笑を返された。

「王女殿下の責任感やあなた方への信頼を見て、推察しました。隣国の次期王妃になられる殿
下に同行すれば二度と故国へ戻れません。情勢によっては処刑されることも自ら命を絶たなけ

ればならないこともある。選ぶなら推奨されるのは未婚者で、政略の道具にするのは必定。側仕えをそのような目に遭わせるくらいなら、味方がいない状況でもご自身が奮戦しようとお考えになったのではないでしょうか？」

まさしくその通りだったらしい。カリーナは涙で潤《うる》んだ瞳を閉じ、こくりと頷いた。

さらにベアトリクスの厄介なところは、側仕えを連れて行かないことをロマリア王国への信頼だと表現させ、相手方を喜ばせたという部分だった。やっぱり誰かを連れて行きますという話にするのは難しい。

「でしたら殿下の行動はある程度役に立つでしょう。夫となるランメルト殿下に好かれようとお考えですから、料理が有効かは別としても方向性は間違っていないと思います」

「そう、ですか……」

「……あの！　大丈夫ですよ！」

まだ瞳を揺らすカリーナに、エルカローズは大きく声を上げた。

「『金』の聖者として多くの国や人々を見聞きしたロジオン様が言うんです。ベアトリクス様がご結婚された後も困らないように、いま私たちができることをしましょう！　もしロマリアで黄金パンを作ることがあったら、きっとこの出来事を思い出して温かい気持ちになってくださるはずです。だからできるだけ楽しい思い出になるように」

「エルカローズ様……」

熱くなりすぎただろうかと急に恥ずかしくなったが、カリーナはやっと笑顔を見せてくれた。

「……はい。ベアトリクス様のために頑張りましょう。ロジオン様も飲み物をありがとうございます。本当に不安が軽くなった気がします。胸が苦しくないし手足も温かくなりました」

「それはよかった。やはりカリーナさんには効くのですね」

カリーナは頭を下げて「カリーナとお呼びください」と恐縮した様子で手を振る。

一方で困ったように微笑するロジオンの言葉にエルカローズは意表を突かれた。

「あの、『効く』って……？」

心当たりはあるがまさかと思って尋ねると、ロジオンは深く頷いた。

「祝福の力を込めたのは本当です。何かを作るときに祈るのが癖になっていたので、婚約していた場合どこまで力が減退するのか書き留めておこうかと軽い気持ちで続けていたのですが、どうやら意外な事実に辿り着いてしまったようです」

後進の聖者のためになったらいいと日記感覚で、ロジオンも予期していなかったらしい。

「どうやら婚姻に至らない、しかしカーリアの名の下《もと》に婚約を交わした者の祝福の力の効果は、弱体化しつつかなり限定的になるようです。私の事例だと、エルカローズだけには祝福の力が効いていません」

「それ以外の方には微弱ながら効果があるようです」とロジオンが言い、そういうことがあるのかと感心するカリーナの傍《かたわ》らで、エルカローズは驚き慌てふためいた。

「ど、どうして、私だけ……？」

「カーリアに向けていた愛をあなただけに注いでいるからです」

にっこり。

当然のようにさらりと言われて、エルカローズはゆっくりと足元から真っ赤に染まる。首が、耳が、目が熱い。口元を押さえる指先まで赤く色づいている。何故か。

それがあながち冗談とは言えないからだ。祝福の力とは光花神フロゥカーリアの恩寵《おんちょう》で、ひたむきにカーリアを思う者に授けられ、使命を果たすために用いられる。一方結婚は光花神に向けるべき眼差しを特別な一人に注ぐこと、すなわち平等愛の喪失《そうしつ》を意味する。

ならば婚約式を経《へ》たが未婚である場合、カーリアはどのような判断を下すか。

「理論づけるなら、ただ婚約しただけだと完全に心が離れたわけではないとカーリアが判じるということですね。ただ愛を誓った婚約者には祝福の効果が現れない。他者に現れても減退しているのは結婚しようとしている者への仕置きなのでしょう」

「ロジオン様はエルカローズ様を本当に愛していらっしゃるということですね……！」

（お願いちょっと黙って……）

ぱああっと顔を輝かせるカリーナを直視できず、エルカローズは顔を覆《おお》った。これ以上愛という言葉を口にしないでほしい。いますぐ逃げ出したくなってしまう。

ミーティアが厨房を覗き込まなければ一秒後には裏口から飛び出していたことだろう。

「カリーナ？　ベアトリクス様がお呼びよ」

「あっ、はい、ただいま！」

カリーナは一礼すると急ぎ足で厨房を去って行った。だが何故かミーティアがそこに留《とど》まっている。彼女と目が合ったエルカローズは一拍遅れて、まさか、と顔を引きつらせた。

「ミーティア様、もしかしていまの話を聞いて……？」

にたり、と赤髪の美人女官は邪悪な笑みを浮かべた。

「ミーティア様!?」と追いすがるも虚《むな》しく、踊るように軽やかに身を翻していく彼女を逃してしまい、エルカローズは厨房の入り口で半ば崩れ落ちた。

（あああぁ絶対ベアトリクス様に報告されるぅうう）

「エルカローズ」

だが次の瞬間「ひぁっ!?」と垂直に飛んだ。ロジオンの吐息が耳に触れたからだ。

「な、なな、なんでしょうか!?」

「もし手が空くようならルナルクスに水と食べ物をあげてくれませんか？　さすがに飲まず食わずでは大変ですから」

料理教師役のロジオンは動物との接触は避けるべきだと理解し、エルカローズは喜んで役目を引き受けた。

冬キャベツの芯は甘いのだろう、ルナルクスは嬉《うれ》しそうにぼりぼりと齧《かじ》っている。

「見張り役ありがとう。何か感じたらすぐ知らせて」

「わおん！」

いい返事、としばらく撫で回してから表に回って厨房に戻る。靴の泥を落とし服の埃《ほこり》を払って手を洗うのだ。館の厨房もそうだが、ベアトリクスへの指示や指導中も汚れたところを頻繁《ひんぱん》に拭《ふ》いているロジオンが衛生面を重視していると知っているからだ。

(何気なく見ていたものが気を遣ってくれているとわかるようになったのは、一緒に過ごす時間が長くなったから……な一んて……)

「熱心に手を洗ってもらえて嬉しいです」

一人で考え、一人で恥ずかしくなって洗面器の水面を叩《たた》いていたときだった。現れたロジオンがエルカローズの濡れた右手を取った、かと思うと口付けを落とす。

「オリーブ油の石鹸《せっけん》ですね。迷迭香《ローズマリー》と蜂蜜の香りがします」

エルカローズは勢いよく手を引き抜き、両手とも頭上に挙げた。ぷるぷると震えながら真っ赤な顔で口を結び、無言の抗議を行う。

目を瞬《またた》かせたロジオンはやがて、くす、と甘い笑みを零《こぼ》した。

「それは手でなく唇に口付けていいということですか？」

「違いますよ⁉」

前向きにもほどがある。焦《あせ》って距離を取ろうとするとロジオンはおかしそうに笑い始めた。

目を細める満面の笑顔でくつくつと喉を鳴らし、口を覆ったかと思うと身体《からだ》を折って震えが見て取れるくらい笑う。そこまで笑わなくてもとエルカローズは赤い顔でむっとしたが、なかなか治まらないのでだんだんと心配になってきた。

「あの、大丈夫ですか？　何か変なものでも食べました……？」

もしかして具合が悪いのではないか、顔色を見ようとそろそろ近付く。

「――本当に可愛い人ですね、私の花《ミア・ローザ》」

そのとき背けられていた緑の瞳がエルカローズを捉《つか》まえた。その輝きは鋭いというより爛々《らんらん》として怖いくらいで、ひゅっと息を飲む。

(たべられる)

刹那《せつな》、右手が剣の柄《つか》に触れて我に返った。無意識だった。危険に対する反射と言ってもいい。取ってしまった反応に動揺している隙を突かれ、ロジオンの腕に囚《とら》われる。

「可愛らしくて愛《いと》おしいあなたをどうすれば私のものにできるのか――……いっそ、」

続きは聞けなかった。エルカローズの膝が突然萎《な》え、がくっと滑り落ちるように立っていられなくなったからだ。

エルカローズの目は目眩《めまい》にぐるぐると回り、肌という肌が真っ赤に染まって全身から煙が出そうだ。声を吹き込まれていた耳は敏感に粟立《あわだ》ち、足はがくがくと震えて使い物にならない。

「な、ななな、何ですか、何なんですか!?　は、はか……」

身体に回された腕と抱える力の強さ、囁《ささや》きかける言葉の甘さも――破壊力が、高すぎる。

(怖い……！)

仕留めた獲物を弄《もてあそ》んでいた獣が、突然本能を剥《む》き出した、みたいな。

直感的な、それこそ本能で感じ取った恐怖だった。

するとロジオンは小さな微笑を一つ零し、エルカローズの手を取って引き上げる。警戒して身を強張《こわば》らせるも抱き寄せようとはせず、穏やかな声音で悪戯《いたずら》っぽく笑った。

「押して押して攻めると落とせるのですね、覚えておきます。次は館でやってみましょう」

「覚えなくていいですっ！」

エルカローズが憤然と叫びロジオンが楽しそうにする。いつもの光景、いつもと変わらないやり取りなのに違和感がある。彼が知らない人のように見えるのは何故なのか。

考えなしの不用意な行動が魔物を引き寄せる、そんな寓話《ぐうわ》を思い出した。

「……手を洗い直して、警備に就きます。そのうちベアトリクス様も戻ってくるでしょうし」

「お願いします。頼りにしています、エルカローズ」

まだ染まる頬も揺れ動いてしまう心もこれ以上見せたくなくて、身を翻して早足になる。

だからエルカローズは緑の目が冬沼《ふゆぬま》のように冷えて陰っていくのを知ることはなかったのだ。

冬の暮れは早く、ロジオンが窯を十分に温めつつ燃えかすを取り除くなど準備をしている間に日が落ちていた。

まだまだ底冷えがする夜だ。エルカローズがもらった毛布をルナルクスに敷いてやると、きっと寒かったのだろう、すぐそこに移動して身を丸めた。余った部分をかけてやると、ふすん、と安心したような息を吐く。

「ごめんなさい、遅くなったわ」

そこにベアトリクスとイレイネが早足で戻ってきた。

「これがあの生地？　丸々と膨らんで、なんだか別のものみたいね……」

十分に寝かせた型の中の黄色い生地は弾《はじ》けそうなほど空気をたっぷり含んでいる。つい指で押したくなってしまう艶《つや》と張りだ。

「では焼いていきましょう」とロジオンが最後の工程を宣言した。

窯手《かまて》を嵌《は》め、大きな木製へら《ピール》を操って熱された窯に型を押し入れていく。全体に火が通るように、時折へらを差し入れて型を回転させるロジオンはいつもの微笑みが薄れ、何かを見極めるような真剣な目で焼成に集中している。

（……かっこいいな……）

目を奪われたエルカローズは高鳴る胸をそれとなく叩いて宥《なだ》め、職務に専念する。

しかしそれが困難なほど、香ばしくて甘い素敵な香りが漂い始めた。

どうしてあれらの材料を混ぜ合わせたものを焼くだけでこんなにうっとりする香りになるの

だろう。素晴らしい色に焼き上がりつつあるパンが思い浮かび、時間が時間だけに空腹を感じていたエルカローズは悩ましいため息を吐く。

やがてへらを操ったロジオンが窯から型を取り出した。

火に炙《あぶ》られたので金属製の型の側面は黒くなり、じわじわと煙を上げている。

それをひっくり返すと、ぼすん！　と黄金色の小山がほかほかと湯気を立てて出現した。

「粗熱《あらねつ》を取った後、粉砂糖を振りかけて完成です」

金の小山に粉雪が降る。甘い粉砂糖をまぶされて、黄金パンの完成だ。

「せっかくですから焼きたてを味見してみましょう。殿下、どうぞ」

「わたくしが切ってもいいの？」

「もちろんです。火傷しないようお気を付けて」

ベアトリクスは窯手を左にして、右手の小刀を角の部分に当てて上から下に下ろす。

押し込んだ小刀を抜くと、もちっ、ふわっと元の形に戻り、切ったものがぽわんと倒れた。

本物の金のような眩《まばゆ》い断面を見た花の顔《かんばせ》が温かく緩む。

「どうぞ召し上がってみてください」

促されて、ベアトリクスは少し考えた後、切ったものをそのまま掴《つか》んで直接口に運んだ。

「あふっ」

粗熱は取ったがまだ熱かったらしい。身を竦めたベアトリクスにイレイネが水を差し出した

が、彼女はそれを受け取らず、ひたすら口を動かして一切れを平らげてしまった。

「……美味しい……――美味しいわ、とても！」

半ば呆然《ぼうぜん》と呟いたベアトリクスは、冬空の瞳に星をちりばめるようにきらきらと輝かせた。

「いつも冷めたものを口にしていたけれど焼きたてがこんなに美味しいなんて知らなかったわ。砂糖が甘いだけではなくて、素材そのものの甘みを感じるし、雲を食べているかのようにふわふわと柔らかい。口の中を火傷しそうだけれど、熱さも調味料になるのね」

（あ、笑った……）

礼儀作法なんて放り投げて、手でパンを千切《ちぎ》り、初めて自分が作ったものを食べる。まるで春の陽《ひ》のようだった。野原の小さな花が震えるような。幸せそうなベアトリクスにエルカローズは警備の任務を忘れて見惚《みと》れてしまった。

「でも材料の分量や焼き加減はロジオンが決めたのだから美味しくて当然ね。次はわたくしの味になるように作らせてちょうだい」

ベアトリクスはきっちり次回の課題を設定して料理教室初日を終えた。

出入りする人間が限られると後始末ができる者も決まっている。ジェニオに警護されたベアトリクスがイレイネを連れて自室へ引き上げると、エルカローズは残ったカリーナとともにロジオンの指示のもと、厨房の片付けを行った。

それが終わるとロジオンは剣宮《スパーダ》に帰り、エルカローズも急いで仕事の後始末に入る。待機所で当直の騎士に引き継ぎをしているとミーティアに声をかけられた。

「ベアトリクス様が『帰る前に部屋に寄るように』ですって」

言われた通りにベアトリクスを訪ねると、晩餐《ばんさん》後なので作業着は夜のドレスに変わっていた。

「今日はご苦労様。慣れないことで大変だろうけれど、しばらく付き合ってちょうだい」

謹厳《きんげん》に告げる王女が先ほど手づかみでパンを食べていたなんて信じられない。

尊敬を集める優れた王女。焼きたてのパンに目を輝かせる女性。どちらがいいというのではなくどちらの顔も持っているから魅力的で、側仕えたちに慕われているのだと思う。

「御意」と答えるエルカローズのもとに、イレイネが紙袋を持ってきた。

「労《ねぎら》いの気持ちよ。わたくしが初めて作った黄金パンをあなたに下賜《かし》します」

「いいんですか⁉　光栄です、大事にいただきます……！」

ぱあっと声を上ずらせると「大仰《おおぎょう》なこと」とベアトリクスは言ったけれど、苦笑には気恥ずかしさと喜びが混じっていた。

御前を辞したエルカローズはお土産《みやげ》を抱えて急いで門へ向かった。そこでロジオンとルナルクスに合流して帰宅するのだ。

だが暗がりからふっと現れた白い光に行く手を塞《ふさ》がれ、「うわっ⁉」と悲鳴を上げた。

「……あれ、ルナルクス？　こんなところでどうした？」

なんてことはない、暗がりでも白いもふもふのルナルクスだった。

伸ばした手をすり抜けたルナルクスは門と反対の方向へ鼻先を向け、とっとっと、と小走りで来た道を戻っていく。そうしてしばらく行くと足を止め、青い瞳でこちらを振り返った。

（……ついてこいってことだよな……）

何か伝えたいことがあるのだと判断して後を追った。

見知らぬ宮廷人と遭遇しないよう気を配りつつ、花宮の入り口で警備兵に止められていたルナルクスに追いついた。本当に戻ってきてしまい、とりあえず忘れ物をしたと言い訳をして花宮に入る。

「ここに何があるんだ？」

「…………」

ルナルクスは宙空と地面に鼻を寄せながら移動し、何かを追跡している。

いつになく真剣な面持ちなので声をかけるのは控え、冷え冷えとした濃い闇の空気に腕をさすりながら見守っていたら突然ルナルクスが駆け出した。

「ちょっと、ルナルクス!?」

思ったより声が響いたのでぐっと声量を落とし、早足で追いかける。

灯火が揺らぐ回廊《かいろう》の明るい壁にエルカローズたちの影が、闇に足音と息遣いが響く。

距離はさほど長くなかった。灯りが届かない暗がりでルナルクスが鋭く見据えていたのは。

（……ロジオン様？）

門にいるはずだと思っていた彼だった。毎日必ず先に待ち構えているのに珍しい。

(どうして花宮に？　私を迎えに、って感じじゃないみたいだし剣宮のお使いかな)

それにしては人気《ひとけ》のないところを一人で歩き、時々ゆっくりと周りを見回しているだけだ。

(何か探している？)

要人警護が職務の騎士としては不審者と見なして誰何《すいか》するところだが、落とし物でもしたのなら手分けして探した方がいいと、名を呼ぼうとしたときだった。

「ロジオン」

反対側から響いた声の持ち主が彼のもとへと滑り寄る。

「ごめんなさい、遅くなって。待った？」

「いいえ、いま来たところですから。急いでくださったんですね、髪が乱れてしまっていますよ——ミーティアさん」

現れたのは赤い髪の女官ミーティアだった。

あら、と婀娜《あだ》っぽく笑う彼女と手を重ねるようにしてロジオンは後《おく》れ毛《げ》を耳にかけてやる。

「ミーティアと気軽に呼んでくださいな。聖者様に会いたいと言われたのだもの、走ってくるくらいの可愛らしさはあるつもりよ？」

「美しい人からそう言われるとは光栄の至りです」

(————……？)

なんだ、これは。そのやり取りは。それではまるで。

「それで、お願いした件はいかがでしたか？」

「ええ大丈夫よ。問題ないわ。どうぞこの身、あなた様のお好きになさいませ？」

ミーティアはくすくすと悪戯っぽく肩を揺らした。

「悪い人ね。エルカローズには内緒なんでしょう？」

「――……!!」

エルカローズは息を飲み、囁き交わす二人を凝視《ぎょうし》した。

（『まるで』じゃない、これは――浮気！）

やはり王宮勤めの真の淑女たちの方が魅力的だったのだ、とぐらつく意識で、いや待て、と冷静になるよう呼びかける心の声を聞く。

（まだ浮気と決まったわけじゃない。私が好きになった人は、大変なときに異性と戯《たわむ》れたり不貞行為を働いたりしない）

頭を抱えて悶々《もんもん》としていると、裾《すそ》を強く引かれた。

ルナルクスの視線の先で密会を終えたロジオンがミーティアと別れていく。エルカローズは慌てて反転して花宮を飛び出し、いまから帰るところだという態《てい》で門へと歩いた。

「ルナルクスはロジオン様の妙な動きに気付いたんだな」

ルナルクスは右前足で宙を掻く。右足を挙げる仕草は「肯定」、左足は「否定」を表す、三人の間で用いる合図だ。

やがて背後から足音が近付いてきた。

「やっぱりあなたでしたか、エルカローズ」

「お疲れ様です、ロジオン様」と何も知らないふりで応じた。

帰宅して一緒に夕食を摂《と》り、談話室で今日一日の出来事を伝え合った後はしばらくして就寝するのが日課だが、この夜エルカローズは談話室に彼が現れるなりそれまでの演技を振り捨てて単刀直入に尋ねた。

「私に隠し事をしていませんか？」

「隠し事ですか？　秘密はたくさんありますけれど」

どっちも大差ないと思います、っていうかあるんですね⁉

がくりときてしまったが、知り合って一年も経《た》っていないのだから彼の言葉に嘘偽《うそいつわ》りはない。

ロジオンは聖者になって人心の荒廃や過酷な環境を目にしてきただけでなく、予言者に見出《みいだ》されるまで荒《すさ》んだ日々を懸命に生きて命を繋《つな》いでいたという。そうした過去や苦い思い出がどのようなものかエルカローズはまだすべてを知らないままだ。

それでも心を強く持って、できるなら避けたい疑いをぶつけた。

「う、浮気、とか！」

静まり返る談話室で、暖炉の火がぱきんと音を立てた。

軽口のつもりだったのだろうロジオンは、エルカローズが真《ま》っ直《す》ぐ視線を逸《そ》らさないと気付いて「え」と目を丸くした。

「浮気？　浮気ですか？　私が？　誰と？　どうして」

「ミーティア様と、さっき」

まったく心当たりがないという口ぶりに苛立《いらだ》って低い声が出た。

積み重なっていた熾火が割れて、からからと崩れていく。

ロジオンはますます目を見開いた。

「もしかしてあの場所にいたのですか？」

しまったと思ったが、もう知らないふりはできないと判断し、頷く。

「勘違いにしてはすごく親密なように見えましたけれど」

すごく嫌な言い方をしているな、と自分でも思った。当てこすりたいわけでも非難や糾弾《きゅうだん》したいわけでもなく理由を聞きたいだけなのに、一方的に責めている。胸がむかついて苦しい。

（いますごく、ロジオン様の顔を見たくないと思っている……）

「そんな、誤解です！」

次の瞬間、吹き飛ぶ勢いで叫ばれた。

「誤解を招く態度だったかもしれませんが浮気も心変わりもしていません。あなただけです！」

顔色が変わるとはこういうことを言うのだろう。顔面は蒼白《そうはく》で、口調も冷静さを欠いている。いつもの彼と比べると取り乱すという表現がしっくりきた。

黙って凝視しているのは驚きすぎたせいなのに、ロジオンの焦燥《しょうそう》はますます高まっていく。

「本当にミーティアとは何もありません。二人で会っていたのは事実ですが不貞は働いていません。しあなたを裏切ってもいない、婚約の宣言を捧《ささ》げたカーリアへの背信もありません。いまもこれからもずっとあなただけだと心に決めています。あなたとともに生き、苦難を乗り越え喜びを分かち合っていく未来を楽しみにしているのです。それが失われるなんて耐えられません。どうすれば信じてもらえるのか……」

悩める元聖者もまたとびきり美しいが、そこまで動転されると悪い気がしてきた。

そんな希少な姿をさらすくらいなのだから浮気の事実はなかったのだろう。エルカローズはほっと緊張を解いた。

「ええと……すみません、勘違いしてしまったみたいです。わかりました。でもミーティア様には何の用事だったんですか？」

これが落としどころとなるはずだったのに。

ロジオンは動きを止め、瞑目《めいもく》して静かに息を吐いた。

「――すみません、言えません……」

「……え？」

「けれど！　決して浮気ではありません。個人的に頼み事をしただけなのです。納得できないかもしれませんが……信じて、もらえませんか」

何故言えないのかと一瞬感情的になりかける。

けれど不安そうに、目を見つめながら懇願されてすぐに頭が冷えた。

（しつこくして喧嘩《けんか》になったら、お互いにもっときつい）

ひりつく心がこれ以上は無理だと叫び、わかりました、とエルカローズは小さく言った。

「信じます、ロジオン様のこと。信じていますから……」

「ありがとうございます。……不安にさせてしまって本当にすみません」

目に見えてほっとされると許すほかなくなってしまう。

釈然としないものを抱えたせいかお互いにぎこちなく、早々に自室に引き上げてしまった。

「ああ、もう。ベアトリクス様の黄金パンを一緒に楽しく食べようと思っていたのに……」

「くうーん、きゅうぅ……」

鼻先を擦《こす》りつけたりぺろぺろと手を舐《な》めたりして慰めてくれるルナルクスを抱いて、エルカローズはふて寝するみたいに床につく。

こうして主人が思い煩《わずら》う一方、館の使用人たちは全員に分配されたほんの一欠片《ひとかけら》の黄金パンが誰の手によるものかを知って絶叫したり目眩を起こしたり号泣するなどしていたのだが、夜の騒ぎの全貌は最も耳のいいルナルクスだけが知っている。

だが次の日、剣宮の執務室でエルカローズはオーランドにしたたかにやっつけられた。

「浮気だったとしてもやっていないって言うに決まってるでしょ」

「……だよなあ……」

男性側の心情について助言をもらえる相手として最も身近なのがオーランドだと思ったのだが稽古試合と同じく容赦《ようしゃ》がない。優しいモリスは王弟殿下に付き添って不在だったので余計な心労を与えずに済んだが、その分エルカローズは頭が机にめり込む勢いで落ち込んだ。

(気にしすぎたせいか今朝は夢見が悪くて目が覚めたし……はあ……)

「でも……ロジオンが会っていたミーティアって、マヌエル伯爵令嬢？」

「そうだよ。赤い髪の綺麗《きれい》な人」

女性らしい体型と明るい性格の楽しい人で、ロジオンと並ぶと大人っぽい雰囲気でお似合いだった。火遊びであっても宮廷人らしい洒脱《しゃだつ》さで歌劇にでもなりそうだ。

「あー、だったら大丈夫じゃないかなあ」

「どういう意味？」

「彼女、顔が広いんだよ。情報通だから王宮のだいたいのことを知っているって聞いたことがあるんだ。だから本当に何か頼み事をしたんだと思う」

オーランドはミーティアの別の顔を知っているらしい。そして同性だから庇《かば》っているんじゃないよと苦笑して、納得しかねるエルカローズの気持ちを思いやる言葉をかけてくれた。

「まあそれでも不安になるよねえ。婚約者が妙な動きをしていたらどうして何も話してくれないんだろうって考えるし自分の力不足が染みて無力感が増すし。なんでもかんでも正直であれってわけでもないけど、助けたい支えたいって思うのを愛情って呼ぶんだから」

エルカローズは目を伏せた。そう、助けたいのだ。

力になりたい。信じて、頼ってほしい。なのに遠ざけられると途方に暮れてしまう。

「だから助けてって言われたとき絶対助けられるよう準備しておく、でいいんじゃない？」

目をぱちくりとさせると笑われた。

「ずっと助けて支える必要はないでしょ。どっちも一人で立派にやっていけるんだから。それに君はともかくロジオンは助けが必要なときはそう言える人だと思うよ？」

「う、ぐっ……」

最後に痛いところを突かれた。聞き入っていた隙に刺された気分だが助言はしっくりきた。

（ずっと助けて支える必要はない、か……）

すべてから守って、何もかも手助けしたくなるけれど、それではいけないということ。本当に支えたいと思うなら相手をしっかり見て、よろけただけなのか傷を負って動けなくなっているのかを見極め、手を差し伸べる。もし言いたいことが言えないでいるようなら耳を澄ます。

もしそうすることができたなら、お互いに心地よく前に進んでいけそうだった。

「……うん。ありがとう、オーランド。相談してよかった。長居してごめん、そろそろ行くよ」

「頼り甲斐《がい》のある同僚でよかったね。王女殿下のご用事だっけ、何しに行くの？」

エルカローズは遠くを見た。

「……ロジオン様に会いに行くんだ……突然行ってどんな反応をしてどう過ごしたのか詳細《しょうさい》に語り聞かせる役目を仰《おお》せつかったから……」

料理教室は週に三回、一日置きに開かれることが決まった。黄金パンのたね生地の仕込みに時間がかかるため、教室の終わりに生地を作り翌日完成していれば焼成を行うという流れだ。

だがロジオンとエルカローズを観察する機会が減るのでベアトリクスは一計を案じたらしい。

『ロジオンに会いに行ってきてちょうだい。彼の反応や何を話してどう過ごしたか戻ってきたら聞かせて。不意を打ったときの実例を知っておきたいから』

与えられた課題がそれだった。少しでも知識を蓄えようとする姿勢は勉強熱心というかなんというか。訪問許可まで取り付けてくれているので行かないという選択肢《し》はないのだった。

「うわあ。『うわあ』って言っちゃったけど何を思ったかは胸に秘めておくよ」

頑張れ、と握った拳《こぶし》を振られて力なく振り返す。

「まあもしまだ怪しいって勘が働くようなら言ってよ、ぼこぼこにするから」

「オーランドは本当にやるから絶対に言わない」

笑う彼に今度こそ手を振って、通称『王太子の宮』を訪ねた。

装飾の少ない、しかし整然とした剣宮を歩く。剣宮の一区画でディーノは教育を受けつつ政務を行い、側仕えや騎士、教育係もそこで役目を果たしている。多くの女官や侍女が所属しているが花宮と比べて華やかな気配は控えめだ。

「王太子殿下より承《うけたまわ》っております。ロジオンはこの時間図書室にいるはずです」

そこで案内が必要ですかという警備兵の申し出を丁重に断る顔が引きつってしまったのは許してほしい。誰に何がどこまで知らされているか考えるとそうなってしまうのだ。

（昨日の今日でどんな顔をして会えばいいんだろう……）

馴染《なじ》みのある建物の雰囲気に気が安まるどころか、ここにロジオンがいるのだと思うだけで心が騒ぎ立つ。今朝もお互いに言葉少なだったし、すれ違い続けることを思えばベアトリクスの命令はありがたいけれど足取りは鬱々として重くなる。

心を引きずるようにして辿り着いた図書室は開け放たれていた。

入ってみると古い紙の匂いとかすかに人の気配が漂ってきて、ロジオンだろうと見当をつけて姿を探す。声を出さなかったのは少しでも顔を合わせるのを遅らせようという悪あがきだ。

通りすがりに横目で眺めた蔵書は教養となるものが多い。歴史や地理、図鑑、数学、もちろん光花神にまつわる宗教書。読んだ覚えがある題名がいくつか目に留まった。

書見台の並ぶ奥の間の窓から光が差し込み、黒檀《こくたん》の棚や書物を青みがかった灰色に染める。

順に書棚の間を覗き込んでいくエルカローズの耳に男性の話し声が届く。

「手伝ってくれてありがとう、ロジオン。頼まれていた資料作りを忘れていたなんて侍従長様に知られていたら大目玉を食らっていた」

「以前その手の書物に目を通したことがあったものですから。これに懲《こ》りたら締め切りは忘れないようにしてください。いつも助けられるとは限りません」

ロジオンだった。閲覧《えつらん》席にいて、会話しているのは同じ王太子の側仕えのようだ。

「そんなこと言って、語学担当の課題作りに手を貸したり急に具合が悪くなった侍従の代役になったり頼りにされているじゃないか。ディーノ殿下も君の言うことは聞くんだから」

（さすが、もうディーノ殿下の側仕えの重要人物になっている……）

エルカローズは密かに感嘆する。嫌がらせされているのではないかというのは思い過ごしだったか、いやいやでも突き抜けて能力が高い彼を快く思わない輩がいる可能性も……などと考えていると、側仕えの称賛をロジオンは軽く笑っていた。

「一度や二度なら取り繕《つくろ》えますが続けていればそのうちぼろが出ます。私にはまだ胸を張ってこれと言えるものもなければ、教育係として功績を残したわけでもありませんから」

エルカローズは目を見張ってよくよく耳を澄ました。

（この言い方。謙虚になってるんじゃない、本音だ、自分は何者でもないって嘲《あざけ》ってる……）

身近にいるから気付けた、と同時に奇妙な勘も働いて、確信に近くそう思う。

「謙遜《けんそん》が過ぎると嫌味だぞ。なんでもそつなくこなせて顔もよくて気さくな性格で、元聖者の人格者って！　君に愛を告げられて落ちない女性はいないんだろうなあ、羨ましいよ」

だが付き合いの短い側仕えは彼が零したものに気付かなかったらしい。ばさばさと荷物をまとめると「本当に助かった、恩に着るよ！」と言って、隠れるエルカローズに気付かず図書室から飛び出していった。

話し声が止むと急に静かになった。

ぱら、ぱら……と頁《ページ》をめくる音はロジオンがそこに留まっていると教えてくれるが、なかなか姿を現す勇気を出せずにいると、ふっ、と短く笑う声がした。

「ばれた！」とエルカローズは身を固くするが、違った。

「……私が、そんな崇高《すうこう》なものか」

暗く嗤《わら》う独語が響いて、恐る恐る閲覧席を覗き見た。

書物に目を落とすロジオンは近付きがたいほど凛々《りり》しく美しい。爵位持ちでないなんて信じられない貴公子ぶりが絵画のようで、美男子を追いかける宮廷の女性たちの気持ちをちょっとだけ理解できた。エルカローズも普段なら高鳴る胸の鼓動のきらめきで視界が彩られただろうに、いまはただただ悲しかった。

（まるで尊くない自分を汚《けが》らわしいって言っているみたいだ……）

やがてロジオンも図書室を出る。エルカローズは慌てて、なるべく気配を消して追いかける。

回廊を行くロジオンは分厚い本を数冊抱えているのに重さを感じていないように優雅だ。

（それにしても、思ったより気付かれないな。何か別のことに気を取られているとか？）

同じ側仕えと思《おぼ》しき人にはすれ違い様に挨拶《あいさつ》を交わしたり立ち話しているところに一声かけたりしているのに。そうしていると通りかかった侍従に不審の目を向けられてしまったので、エルカローズは愛想笑いを浮かべて会釈した。

（人が多くなってきた。じきに正午だからか）

昼休憩を取るために仕事を片付けた人々が移動し始めたのだろう。ロジオンもある部屋に入って手ぶらで出てきたので、待ち合わせ場所に向かうつもりに違いない。

隠れていたせいでベアトリクスの命令を完全に遂行することができなかったが、このまま剣宮を出てしまうのなら追跡は終わりだ。追いつこうと駆け出した。

「ロ、ッ⁉」

角を曲がった途端、誰かとぶつかりそうになったと思ったら壁に押しつけられ、身動きできないよう背後から顔の真横に手を突かれる。

抵抗したが拘束は緩まない。がっちりエルカローズを押さえ込んでいる。

正午の鐘が鳴り響く。その音にかき消されることのない距離で、声がした。

「――今日は尾行がお上手な方のようですが、いったいどちらの回し、も……の………」

にこやかでいて空恐ろしい囁きはたちまち萎《しぼ》んでいく。

わずかに振り向いて硬い視線を向けるとロジオンが呆然と目を瞬かせていた。

「……花宮の、ベアトリクス殿下の騎士《まわしもの》です」

「エルカローズ？　何故ここに……」

「ロジオン様に会ってこいとベアトリクス様のご命令を受けました。不審な行動を取ってすみません。声をかける機会を窺っていて……あの、そろそろ離してください」

しかし解放されるどころか耳に声を吹き込まれた。

「どういう命令ですか？」

「ぅあっ⁉　ちょ、囁かないで……！」

顔がちゃんと見えないせいで声の低さや響きを余計に感じ取って背中がぞくぞくする。

「答えたら止めます。王女殿下は、私の、何を、調べてこいと仰ったのですか？」

（調べるって、何を……？）

不明な事柄や明らかにしたいことがあって調べるという行為がある。しかしベアトリクスはそんなことを一言も言わなかった。

（疑われるような心当た、り、ぃっ⁉）

問いただす絶好の機会なのに冷たい指の背に耳の後ろを撫でられて、ぴゃっと身体が跳ねた。

「だ、誰かに見られますよ⁉　節度を守るんじゃなかったんですか！」

「だから人気のない場所に誘い込んだのです。尾行に集中して気が付かなかったのですね」

悔しい。相手がロジオンなのも、軽々と拘束されて翻弄《ほんろう》されていることも。本気になれば振り解《ほど》けるだろうが、そうなれば彼も真剣に取り押さえてきて本格的な戦闘になってしまう。

「エルカローズ。正直になってください。でないともっとひどいことをしてしまいそうです」

甘い声に暗い影と毒を感じて、その気になればエルカローズが想像できないような『ひどいこと』ができるのだと理解する。

「…………た……で……」

「すみません、聞こえませんでした。もう一度お願いします」

掠《かす》れた声が怯《おび》えているみたいで思わず唇を噛み、今度はしっかり緑の瞳を捉えて睨みつける。

「ただ会いに来たんじゃ、だめなんですか？」

自分の顔を見ることができないのがエルカローズの手落ちであり、ロジオンへの最大の意趣返しになった——肩を縮めながら苦しげに振り向き眉をひそめて潤んだ目でそのように言われた彼の気持ちを一生知ることはなく、エルカローズはロジオンが表情も言葉も何もかも吹き飛ばしたのを、隙あり、と突き飛ばす。

「せぃやっ！」

「——……っ!?」

体勢を崩したところを逃れて距離を取り、迸《ほとばし》るままに捲《まく》し立てた。

「何をしに来たって、ロジオン様に会いに来たんですよ！　そりゃベアトリクス様のご命令をきっかけにしましたけど、仕事や人間関係が上手《うま》くやれているか気になっていたし、なのに何か隠しているみたいで私に来てほしくなさそうだったし、心配だったんです！　なのに、なのに……やっぱり悩み事があるみたいだし誰かの協力を得ながら秘密裏に行動して私には話してくれない。これで心配しない、会わないなんて無理です！」

思いの丈を浴びせかけられてロジオンはやっと覚醒し始めたらしい。そろりと両手のひらで抑えるような仕草をする。

「あの、怒りはもっともですが、声が大きいです。人が来てしまいます」

「怒ってません！」

「あ、はい……すみません……」

ぴしゃりと言ったエルカローズは「本当に怒っていません」と勢いを収める。

「もし怒って見えるとしたら、それは私がいまとても空腹だからです」

ぱちっとロジオンが瞬《まばた》きをする。

とっくに鐘は鳴っていた。二人で過ごす貴重な昼休憩は刻一刻と過ぎている。

何もかも受け止められたわけではない。彼が何を隠してどんな目的で怪しい動きをしているのか、可能なら問いただしたい。ただ同じだけ信じたいとも思うのだ。もし感情を押し付けてしまうと話してくれるものも話してくれなくなると理解して、ぐっと堪《こら》える。

（無理に聞き出すのは静観できなくなったときだ）

そのための「怒っていない」宣言を、ロジオンはどう受け止めたものか考えている。

「……そろそろ、昼食にしてもいいでしょうか？」

導き出された提案にエルカローズは頷き、庭園の秘密の場所に移動して昼食となった。

薄切りの燻製《くんせい》肉が詰め込まれたパンは、粗挽《あらび》き胡椒《こしょう》と秋に仕込だ酢漬けキャベツの風味が絶妙だ。肉の割合がキャベツのそれを大きく上回っているためどこを食べても肉を堪能《たんのう》できる。

それをぺろりと胃に収める頃には、エルカローズの気分は多少上を向いていた。

「もう行くのですか？」

さすがに口数の少なかったロジオンが、食事と片付けを終えたエルカローズに尋ねる。

「ベアトリクス様のご命令がありますし。……怒っていて早く戻ろうとしているわけじゃないですからね？」

念押しするように付け加えた言葉にロジオンは苦笑する。

(それでも、何を隠しているのかは話してくれないんだな)

明かしてしまえばお互い楽になるだろうに、強情だ。そうしてしまえる強さが羨ましくて、なんだかやりきれない。きっとずっとそうやってきたんだろうと想像できてしまうから。

彼の正面に立ち、困惑する瞳の薄い紗《しゃ》のような寂しさを見つめて、言った。

「今夜は『私だけのスープ』を飲みたい気分なんですが、いいですか？」

野菜を煮込んだ柔らかい薄味のスープは、ロジオンが心身ともに弱り切っていたエルカローズを救ってくれた、初めての料理で特別な一品だ。

緩やかに瞬きしたロジオンは美しい面《おもて》にじわじわと微笑みを滲《にじ》ませていく。

「もちろんです、私の花《ミア・ローザ》。あなたのわがままはいつだって私の生きる喜びです」

エルカローズは「うはあ」と呆《あき》れたため息を吐いた。

「またそういうことを言う……」

「真実ですから」

ロジオンが徐々に調子を取り戻していると感じてエルカローズは苦笑いを返す。

思うところはあるけれど二人で過ごす心地よい日々が少しでも戻ってくるように、これからしばらくは自分の気持ちと上手く付き合わなければならないのだ。

(見守るって、愛情の中でもすごく難しいことなんだな)

送り届けてもらった花宮から剣宮に向かうロジオンにひらひらと手を振って、はたと気付く。

ロジオンに会いに行った目的。自らに課された使命をこれから果たさなければならないのだ。

(…………どうしよう、ベアトリクス様になんてご報告すればいいんだ!?)

ぎりぎりな距離で尋問《じんもん》されました、ちょっと喧嘩っぽいことをしました、などと言えるはずもなく天を仰いで言い訳を探し——ベアトリクスへの報告の出来はともかく、エルカローズとロジオンのぎこちなさが夕食のスープをきっかけに多少和らいだのは命令の対価としては十分だった、はずだ。

第４章　大さじ一杯の信頼が欲しいなら

――また、扉の夢だ。

エルカローズの夢で最も頻繁《ひんぱん》に登場する、静寂に満ちる廊下の開かない扉。立ち入ってはならないと厳命した両親がその扉の向こうに消えていくのを大人《おとな》しく見送っている。何かと大変な両親を困らせないよう、せめて私は聞き分けのいい娘でいなければと思っていて……。

……遠いところから、誰かの泣く声が聞こえる。

『……母上、父上、入れて、入れてよぅ……一人にしないで……』

あの声を知っている。決して開かれないと知りながら扉に手を伸ばす少女の悲しみは、いまも胸の奥底に焼きついているから。

気付けば頬はしとどに濡《ぬ》れ、喘《あえ》ぐせいで呼吸がままならなくなっていた。

苦しい。胸が痛い。もう立っていられない。誰か助けて。誰か――どんなに救いを求めてもなお開くことのない扉に絶望したとき、ふわふわの白い光が流れる音がした。

『がうっ！』

「っ⁉　……ルナルクス……？」

声のした方を振り向いたはずなのにその姿はなく、エルカローズは冬の深緑に覆《おお》われた真昼の庭園で目を開けていた。

梢《こずえ》から降り注ぐ、平和の象徴のような鳥の声。冬にしては暖かい日なのでついうたた寝をしていたらしい。溢《あふ》れ出したあくびを噛《か》み殺すと、頬を突かれた。人間の、男性の長い指だ。

「すみません、ルナルクスでなくて」

「ろ、ロジオン様！　うっ、む、んん」

ぷに、ぷに、ぷに、と指で頬を突かれて別の名前を呼んだことを抗議される。

「す、すみません、いつの間にか寝てしまって……」

「大丈夫です、可愛《かわい》い寝顔を堪能《たんのう》していましたから。ベアトリクス殿下にずっと付き添っているからですね。婚礼の準備が長時間に及んで疲れると、殿下が仰《おっしゃ》っていましたから」

一国の姫君が嫁ぐだけあってドレスは婚約式と結婚式、その後の晩餐会《ばんさんかい》、舞踏会とすべて違うもの、靴や装飾品もそれぞれ準備する支度はかなりの規模になる。そこに寝間着や下着類、外套《がいとう》、帽子といった小物と、日常的に使用する寝台用の敷布や枕などの布製品の支度の進捗《しんちょく》報告が入る。さらに引き出物の話し合いに続くこともあり、勤務は連日長時間に及んでいた。

しかも最近は焼き上がったパンを寄付するという仕事もある。

周りに助けられつつ自主練でたね生地を作っていたこともあってベアトリクスはすっかりこね作業も板についた。いまでは味の違いを確かめようと材料の分量を変えてロジオンを感心させ、彼は香りづけや香辛料を変えてみてはどうかと助言したり、後に回す予定だった乾果パン《パネトーネ》を教えたりと、教室というより開発室の様相を呈《てい》してきている。

そうやって焼いたパンは身寄りのない子どもたちが暮らす修道院併設の養護院や貧しい人々に配給を行う救貧院などに寄付するようになった。王女の名を出すと騒ぎになるし料理をしていると知られるのはまずいとベアトリクスが判断した結果、とある貴族令嬢の慈善事業と偽《いつわ》り、エルカローズは差し入れを届ける役目を続けている。

それに呪いの件もある。仕事も考えることも積み重なって疲労が溜《た》まっているのは間違いなさそうだ。

「祝福の力の効果があればもう少し回復させてあげられるのですが……」

「美味しい食事だけで十分ですよ」

最近の昼食は料理教室で作った黄金パン《バンドーロ》を使っている。牛乳と卵に浸《ひた》してこんがりと焼いたもの、蜜漬けにした果実を添えてパイ風にしたものと甘いもの好きのエルカローズも満足する内容だ。

さすがに塩味が恋しくなっていたら今日はこんがり焼けたチーズに覆われたパンと黒キャベツと卵のパンに変貌させられたものが出てきた。味の工夫を試みるベアトリクスの実験結果である砂糖の分量を少なくした黄金パンを用いていて、甘いのにしょっぱい、という甘味と塩味が同居した未知の美味しさが癖になりそうで思い出しただけで口の中が幸せになる。

「体調が悪いようなら早めに帰ることも考えてください」

「そうですね、大丈夫そうなら早退させてもらいます」

答えたものの、可能な限り職務を果たすつもりだった。

花宮《フィオレ》に戻《もど》るとベアトリクスの部屋の前にいたルナルクスが身を起こした。「見張りをありがとう」と撫《な》でて、許可を得て回廊《かいろう》の小庭で食事を与える。

ルナルクスの昼食は料理教室の件で厨房《ちゅうぼう》の人間と知り合いになったロジオンがもらってきた、スープのために煮込んだ後で捨てる野菜屑《くず》だ。

茹《ゆ》でた後で多少味気ない様子だがもりもり平らげていく。成長期を迎えつつあって恐ろしい量を食べるので、身元を預かっている者としては正直助かっている。

「太陽に当たってふわふわだなあ」

撫でていると獣独特のちょっぴり香ばしい匂いがする。もふもふに触れて気持ちがくつろいだのか、何度もあくびが出てしまった。

「がぁうっ！」

途端に左前足でぎゅむっと足を踏まれた。

怒り顔を目《ま》の当たりにして、エルカローズは深々とため息を吐く。

「気付いていないわけがないか。……そう、最近寝不足なんだ。疲れているはずなのにあまり眠れなくて、嫌な夢を見る」

同じ部屋で寝ることの多いルナルクスには隠せないと諦《あきら》め、ロジオンにも隠している悩みを打ち明けた。

飛び起きて、ぐったりして、もう一度眠ろうにも夢の続きを見てしまいそうで意識がなくなる寸前にはっと覚醒する、ということを毎夜繰り返している。原因は身体疲労と、恐らく心労だろう。思い当たる節が多すぎて力なく笑った。

「ロジオン様には内緒だよ。和解したはずなのに私がまだ気に病んでいるって知れば、がっかりさせてしまうから、……ん?」

ルナルクスが耳を大きく動かすのとほとんど同時に、エルカローズも気付いた。

すぐそこの回廊を女官長と高官と思《おぼ》しき年配の男性が厳粛《げんしゅく》な面持ちで進んでいく。

(ベアトリクス様のお部屋に向かっている)

急務の可能性を考えて速やかに警護任務に戻ると、ベアトリクス直々《じきじき》に報告があった。

「婚約式のためにランメルト王子が我が国を訪れることが決まったわ」

それは関係者一同が速やかに行動を開始する合図だった。

ランメルト王子の来訪が内々に伝えられると側仕《そばづか》えは準備に奔走《ほんそう》した。婚約式のほか、国王と王妃に王太子を交えた昼食会、晩餐会、主要な高位貴族とのお茶会、王子が使用する客室と側近の部屋の支度、料理、着替え、警備態勢の見直しに担当の世話係などなど。

ベアトリクスも婚約式の打ち合わせが密になり料理教室の予定も変更を余儀《よぎ》なくされていた。

「……あら、またお痩《や》せになっておりますね。もう少し詰めてもよろしゅうございますか？」

「任せるわ」

衣装を担当する裁縫師がちらりとベアトリクスの顔に視線を走らせたのを警備に就くエルカローズは見た。

化粧で隠しているが白粉《おしろい》が必要ないほど青白い。目の下の隈《くま》も隠しきれず、眠気と疲れが重なるせいで時折瞼《まぶた》を下ろして微睡《まどろ》んでいる。声をかけられると目を開けてはっきり答えられるのはさすがだが見ている側ははらはらした。

（もしかして症状が重くなって衰弱しているんじゃ……）

裁縫師と弟子たちが仕事を終えて去ると、エルカローズが声をかけるよりも早くカリーナが飛び出してきた。

「ベアトリクス様、奥でお休みになってください。いまお飲み物をご用意いたします」

「ありがとう、頼むわね」

寝室に入るとベアトリクスは椅子に腰掛け、目を閉じて深いため息をついた。

イレイネは何事か指示を受けて部屋を出て行き、護衛のエルカローズのみが残る。いい機会だと思って疑問を口にするとベアトリクスはあっさり頷《うなず》いた。

「ええ、あなたの言う通り。呪いが強まっていると思うわ。悪夢を見るのは変わらないのに以前にも増して体力が奪われている感じがするの。いまにも意識をなくして昏倒《こんとう》しそうだわ。婚約式が近付いて焦《あせ》っているのかしらね？」

かすかな笑みには皮肉が浮かんでいるが何一つ笑えない。

（ロジオン様に祝福の力を込めた何かを作ってもらえないか頼んでみよう）

彼の力を便利に使いたくはないと思うけれど、これればかりは自分一人ではどうにもならないとすでに学んでいる。しかしやり切れない思いがため息となって零れた。

（心当たりを教えてくれれば対策できるのに、ロジオン様は何も言ってくれない……）

そこへ扉を叩《たた》く音がした。

エルカローズが応対に出ると、銀盆を持ったミーティアがぱちんと片目をつぶって笑う。

ロジオンから頼まれごとをしたかと尋ねたとき、彼女はあっさりと肯定した。ただし内容は言えないとも。

身近で仕事をするうちにミーティアに二心はないとエルカローズは判断した。演技の可能性もないと思う。初めて会ったときと変わらず親切にしてくれる、明るく楽しい人だ。

「失礼いたします、ベアトリクス様。ランメルト王子よりお手紙が来ております」

「そちらへ置いて。後で目を通すわ」

ベアトリクスは書き物机を示して目を閉じる。少しでも回復に努めたいようだ。

ミーティアと入れ替わりに、カリーナが茶器とお菓子を載せた台車を押してきた。ベアトリクスに声をかけずお茶の支度をすると一礼し、エルカローズを見る。

「先ほどロジオン様をお見かけしたんですが、もしかしてお約束がありますか？　交代の騎士を呼んできましょうか」

（約束どころか花宮に来るなんて聞いていません……）

また不審な動きをしているらしいが正直に言うわけにはいかないので曖昧《あいまい》に笑っておいた。

「いえ、大丈夫です。お気遣いありがとうございます。時間が合えば探してみます」

会釈してカリーナが退室し、扉を閉ざしながらエルカローズは悩ましく腕を組む。

探ってみてもいいけれど再びすれ違いを起こしそうだし、こちらも隠し事をしている身だ。

もし花宮で騒ぎ、それも男女の縺《もつ》れなんて起こしたら。

（さすがのベアトリクス様も色々な意味で黙っていないだろう……）

横目で様子を窺《うかが》うとベアトリクスは目を閉じて休んでいて、こちらに興味を示さない姿からひどい無茶振りや質問責めの気配は感じられず、心の底からほっとした。

その後ベアトリクスは次の予定に向かったので、エルカローズは別の騎士と護衛を交代し、症状が重くなるような異変が見当たらないか巡回を行うことにした。

（ベアトリクス様に危害を加えようとする何者かが紛《まぎ》れ込んでいないとは限らないものな）

準備に忙《せわ》しない花宮の表も裏もルナルクスが歩き回るのに慣れたらしく、特に裏の若い女中や小姓たちはこぞって食べ物を手に、撫でようと集まってきた。

「ふふ、今日もふかふかねえ、うふふふふふ」

「肉球見せて見せてー」

「黒い！　ぷにぷにだ！」

「………」

撫でられるルナルクスの顔は、無だ。これも仕事……と心を飛ばす、上からも下からもなぶられる中間管理職に比肩《ひけん》する表情に、エルカローズはあわわとなり、手を伸ばす者たちを牽制《けんせい》しつつ話を聞いてみた。

「最近何か変わったことはない？　気になることとか」

「変わったこと……」と誰もがぼんやりと記憶を探り、そういえば、と手を打つ。

「聖者様がよく顔を出してくださいます。重い洗濯籠を運んでくださるので助かっているんです。普段手伝ってくれるのは侍女の方なので聖者様のような男手があるのはありがたいです」

「聖者様がいるところをよく見ますよ。一昨日はお隣の王妃様の棟に近い庭にいて何か探しているみたいでした」

「それ、僕も見た！　昨日王女様のお部屋の窓が見える庭にいました。見かけたのは朝で、正午近くになってもまだいたから、探し物ならお手伝いしましょうかって声をかけたんですけど、大丈夫だって断られました。その後王妃宮の女官様が来たから待ち合わせだったのかなぁ?」

そして最後に「いつも手作りのおやつをくれるんです」とみんながみんな、ロジオンとの交流を話してくれて内心で頭を抱えた。探らない、追いかけないと心に決めたはずが意図せず関わってしまったらしい。

(しかもさらに浮気相手みたいな女性の影があるし!)

王妃宮は花宮で王妃陛下がお住まいになる区画を指す。その女官に何の用があるというのか。

(……、いや、いやいや。浮気問題よりもまず花宮の状況! 警護だけじゃなく不審な事柄を調査して対策を講じるのも私の仕事、ロジオン様のことを知ったのは不可抗力!)

鉢合わせしたらそう説明しようと決めて、考え込みそうになった自分を納得させる。

では彼はいったい何をしているのか、ただ仕事を手伝っているわけではないだろうと、途中で質問を変えてみる。

「女官と親しくお喋《しゃべ》りすることはある? ミーティア様とか」

ロジオンの不審な動きに対応するのは彼女だと思って名前を出したが、首を振られてしまった。「女官の方々とお話しできるのはそれぞれの所属長くらいだから」というのが理由だった。

「カリーナ様のように侍女の方とは話すんですけど……すみません、役に立たなくて」

顔に出したつもりはなかったけれど期待外れだったのが伝わったらしく年下の少女に恐縮されて焦った。あなたは何も悪くないと伝え、お礼と時間を取ったお詫《わ》びを言って、何かあったら相談してほしいと声をかけておく。

それに収穫が一つもなかったわけでもない。

（ロジオン様が目撃された場所の範囲がちょっとずつ狭くなっているような気がする）

エルカローズが剣《スパーダ》宮を歩き回るところを見て、その次に王妃陛下の宮付近、その後ベアトリクスの部屋の近くという時系列だと思われた。疑わしい場所を絞り込んできたということか。

「ルナルクスはどう？　何かおかしなものを感じない？」

引き続き見回りをしながら声をかけると、彼は左前足でちょいちょいと空を掻《か》き、右も軽く挙げて動かした。思わず歩みを止めてまじまじと覗《のぞ》き込む。

「『いいえ』と『はい』……わからない、感じるような感じないような、ってこと？」

「おんっ」

今度は右足を挙げた。その通りだと言っている。

「呪いの力を感じるのか」「魔物の気配はあるのか」「特に強い場所やわかりづらいところはあるか」など質問を重ねて、まとめるとこうだった。

「呪いの力も魔物の気配もあるような気がするけれど、何故か明確に感じ取れない……？」

そして以前はここまでわからなかった、というのが今回判明した大きな変化だった。

だがエルカローズにわかるのは、恐らくロジオンがルナルクスと近しいものを感じ取って花宮を中心に不審な動きをしているという推測までだ。

「ルナルクス、もし変化を感じたら教えてほしい。だから合図を決めておこう。一回転するっていうのはどうかな？」

「あおんっ、おん！」

右足が挙がったので、何か感じたときにはその場で回ると決まった。これでエルカローズが異変を見逃す危険はぐっと減ったはずだ。

（じきにランメルト王子がやってくる。そのときにきっと変化があるはずだ。それまではベアトリクス様の周辺に気を配って……）

途端、急に眠気がこみ上げて大きなあくびが出た。

「……………ふぁ……」

「ゔー……」

目を吊《つ》り上げたルナルクスに唸《うな》られてしまい、ぎくっと首を竦《すく》めつつ「大丈夫」と笑う。

「仕事が忙しくて疲れているだけだから。今日は早めに寝るよ」

「があう、ううぅ！」

嘘《うそ》をつくな、とルナルクスは言いたいらしい。早めに寝ると言っておきながらなかなか眠れず寝返りを打ち、ろくに休めないまま以前よりも早い時刻に起床することを知っているからだ。

「大丈夫、体調管理ができていない私が悪いだけなんだから」

気遣ってくれる彼の頭をわしゃわしゃーっと撫でて感謝を伝える——忠告をまともに受け取

らず、それどころかまるで飼い犬の忠義心を褒めるように扱ったエルカローズが、その夜に悪夢を見たのは必然だったのだろう。

ちょうど目の高さに人の顔に似た染みがあって、やってきたエルカローズににやにやと笑いかける。それがたまらなく嫌だった。

——……気付けば、扉があった。

（そう、兄上の部屋の扉）

伯爵家の屋敷の一室、病弱な兄の部屋の前にエルカローズは立っている。

広い屋敷の中には誰もいない。使用人も、厩舎《きゅうしゃ》に馬の姿もない。何故か。

（これは夢だから。私はまたこの夢を見ている）

病気の兄の療養を妨げてはならないと幼い頃から両親から厳命されていた。勝手に部屋に入ってはいけない。部屋の近くで大声を出したり走ったりしてはいけない。部屋のものを勝手に持っていってはいけないし、花や虫や食べ物を持ち込んではいけない。でなければ兄はさらに苦しい思いをするのだと言われたら従わないわけがなかった。

いま屋敷には誰の姿もない。けれど両親はここにいるはずだ。

扉を、叩いていいだろうか。部屋を覗いて両親の姿を確認することは許されるだろうか。だって誰もいない屋敷は怖くて、ひとりぼっちのエルカローズはどうしていいかわからない。

叱《しか》られるのを覚悟で扉を叩こうとしたとき、声がした。

笑い声だ。部屋の中で父と母が兄と何かを話して、楽しそうに笑っている。

よかった、と安堵《あんど》して扉を叩き、呼びかけた。

「父上、母上、兄上。エルカローズです。入ってもいいですか？」

届くのは明るい声、そこに家宰《かさい》や使用人頭、乳母《うば》といった屋敷の者たちが加わり、まるで夜《や》宴《えん》を開いているかのような賑《にぎ》やかさだ。

エルカローズに、誰も気付かない。

焦って何度も、何度も、何度も扉を叩いた。最初は兄を気遣って控《ひか》えめにしていたけれど、最後には扉を壊そうとする勢いで殴りつけていた。

「父上、母上！　入れて、入れてよ！　兄上！　意地悪しないで！」

泣きながら叫び、扉を殴る。取っ手を思いきり引いたけれどびくともしなかった。扉を破ろうと体当たりしても泣きたいくらい肩が痛くなっただけだった。扉に爪を立て大声で両親と兄、家宰や仲のいい使用人の名を呼んでも、誰も応じてくれない。

エルカローズだけが仲間はずれだ。締め出され、中に入れてもらえない。

「父上、父上。母上、兄上。お願い、お願いだから……」

——私をひとりぼっちにしないで……。

力なく崩れ落ちたエルカローズは、次の瞬間強く腕を引かれた。

「エルカローズ」

ロジオンの声だ、と思ったとき、夢から醒《さ》めた。

燭台《しょくだい》が生み出す薄ぼんやりとした光を受けた彼がエルカローズを覗き込んでいる。

不自然な位置で掴《つか》まれた右腕の痛みがぼやけた意識が落ちるのを留《とど》めてくれていたが、夢の名残《なごり》が胸にのしかかって上手《うま》く呼吸ができないでいると、冷えた額《ひたい》を優しく撫でられた。

「大丈夫です、ゆっくり息を吸って、吐いて……」

慰めるように動く手に心を委《ゆだ》ねて声に従うと息が整っていく。

額も背中も嫌な汗で濡れていた。寝ている間に力を入れすぎて震えが止まらない手をロジオンが包み込んでくれる。それがたまらなくて、嬉《うれ》しいのか苦しいのかわからない涙が滲《にじ》む。

「……夢を……」

「悪い夢を見たのですね。寝不足の原因はそれですか？」

頷くと、潤《うる》む目の下に触れられた。

「隈を作っていたので心配していました。ルナルクスにもお礼を言ってあげてください。私を呼びに来てくれました」

「くうーん……」

呼ばれたルナルクスが寝台に足を置いて立ち上がり、伸ばした手をぺろぺろと舐《な》めて労《いたわ》ってくれる。温かくてくすぐったい感触が硬く閉じた心を溶かして、ほっと笑みが零れた。

「……最近同じ夢を見るんです」

ルナルクスの耳がぴくりと動く。

「実家の兄の部屋の扉が出てくるんです。扉の向こうには両親も使用人たちもいて、私は必死に扉を叩いて呼びかけるけれど、誰も気付いてくれない。それだけなんですけれど……」

夢の中での時間帯やエルカローズ自身の年齢といった部分は変わるけれど、扉が現れ、それを泣きながら叩く展開は毎回同じだ。

根深いな、と我ながらため息が重くなる。

子どもが二人いて、一方が病弱で後継ぎであればそちらを優先するのは当たり前だ。幸いにもエルカローズは健康そのものだったし、あまり構ってやれずに可哀想だからと祖父母に預けられたおかげで伸び伸びと育った。騎士になったのは家のためでもあるけれど、その力があるなら目指してみたいと思ったのだ。

けれどいいことを挙げ連ねていっても心のどこかで、いつも優先されるのはエルカローズではなく兄レーヴェフロルだ、といじける子どもがいる。

(家を出て騎士爵になって、家族になりたいと思う人もできたのにまだ気にしているなんて)

昔から頻繁に見る夢で最近は減っていたが、父の手紙がきっかけだろう。兄の体調を優先して来訪を取り止《や》めて手紙だけが届いた影響がいまになって出てきたのだと思う。しかも気持ちを立て直せず同じ夢を見てずるずると体調不良に陥《おちい》っているのだから情けない。

それでもばらばらになりそうな矜持《きょうじ》を必死にかき集めて笑顔を浮かべた。

「ありがとう、ルナルクス。ロジオン様も」

「ばふっ」

「とんでもありません。飲み物を持ってきますからその間に着替えてください。それから敷布を取り替えますね」

「いえ、このままで大丈夫ですから……」

寝台を整えてもらうほどではないと言う気力がないせいで、ロジオンは軽やかに断りの文句を躱《かわ》してさっさと飲み物を取りに行ってしまう。

残されたエルカローズは澱《よど》んだ息を吐き出し、億劫《おっくう》な身体《からだ》を動かして着替えを始めた。収納には防虫を兼ねたロジオンお手製の香り袋を入れているので、日用品の類《たぐい》は太陽と香草の香りがする。寝具もそうだ。

そうした何気ない当たり前が乱れた心を慰めてくれて、やっと一息つけた。

「ごめん、ルナルクス。助けてくれてありがとう」

「………………」

するとルナルクスは青い瞳でじいっとこちらを見つめながら、その場でくるりと一回転した。

それは今日決めたばかりの、変化を感じたときの合図だ。

「え？　……ええっ!?　ど、どういうこと？　私は呪われているって？」

「うぅー……？」

ルナルクスは首を傾けながら、右足を何度か挙げかけて下ろした。そんな気がするけど確かなことが言えないという雰囲気だがエルカローズはもっとわけがわからない。

（呪われるような機会があったか？　いつ、どこで、誰に？）

だが一つだけ、間違いないことがある。

その呪いは悪夢の形であること――ベアトリクスと同じだ。

（本当に呪いかはともかく、ベアトリクス様の近くにいる者に影響が出る可能性があるんだなら側仕えも安全ではない。それをもたらす何者かも身近に潜《ひそ》んでいるかもしれないのだ。

「急いで確かめないと」

呟《つぶや》いて、制服と外套を求めて衣装櫃《びつ》へ向かったところでちょうどロジオンが戻ってきた。けれどその手は何故か、空だ。

（あれ？　飲み物を取りに行くって言ったのに……）

聞き間違えたのだろうかと首をひねったときだった。

「うぇ!?」

「失礼します」の断りの文句とともにあっという間に横抱きにされ、目を白黒させているうちに部屋の外に運ばれてしまう。

「ろろろろ、ロジオン様!?　ど、どど、どこへ!?」

「お静かに。館《やかた》の者たちが起きてしまいますよ」

廊下に声が響いていると気付き、ぐっと口を噤《つぐ》んだ。

ふわふわと足が揺れるので落ちないよう身を縮め、連れてこられたのはロジオンの部屋だ。彼の寝台に降ろされ、温かい器を両手で持たされた。ふわ、と蜂蜜の香りが漂う。

「火傷《やけど》しないように気を付けて。これを飲んだら横になってください」

「は、はい……いや違う！　休んでいる場合じゃないんです、いますぐ王宮へ行かないと」

不思議そうなロジオンに、ベアトリクスの呪いめいた症状が周りに及ぶかもしれないと伝える。それを聞いた彼は少し考えて、承知したと頷き、安堵させるための微笑《ほほえ》みを浮かべた。

「わかりました。伺うときにはそれを忘れないでおきます。情報をありがとうございます」

「そういうことじゃなくて！」

「心配なのはわかりますがいま誰をお訪ねしてもご迷惑になります。それよりも今夜はゆっくり休んで、明日出仕したときに警告をお願いします。それから他に悪夢を見た方はいないか確認した方がいいでしょうね」

冷めますよ、と両手を重ねるようにして改めて器を持たされる。

(ロジオン様の言うことは間違っていない。しなきゃいけないこともわかってくれている。緊急性が低いと判断したんだとしてもその理由を話してくれないのは……)

なのに蜂蜜入りの牛乳は甘くて、悔しいことにやわやわと強張《こわば》りが解けていく。

向かいの椅子に腰掛けたロジオンも同じものを飲んでいるようだ。ついてきたルナルクスが足元で丸まってうとうとし始めると、さっきまで見ていたものがちゃんと夢だったとわかる。

「どうしてロジオン様の部屋に……？」

「敷布を替える手間をかけたくないようだったので、寝台のある部屋に移動したまでです」

はあ、とわかったようなわからないような理由に頷けたのはまったく頭が働かないせいだ。

飲み終わると器を回収され、寝台に横にさせられていそいそと毛布をかけられてしまう。しかもよしよしとんとん付きだ。悔しく思うべきが不覚にもきゅんとしてしまった。

（……子ども扱いされて嬉しいなんて、重症だ……）

毛布を引き上げたのは赤く染まった顔を見られてなるものかというささやかな抵抗だ。

よっぽど心が弱っているのだと判断して、エルカローズはロジオンに背を向け、目を閉じる。

切れ切れに聞こえてくるルナルクスの寝息が気持ちよさそうで、しばらくすると遠ざかっていた眠気が戻ってきた。そういえば小さな子は規則性のある音や動きを好んでよく眠ると聞いたことがある。そのせいだとしたらやっぱり私は子どもなのか……。

「…………？」

しかし騎士の感覚が、妙な気配を察知して意識を引き戻す。

寝返りを打ち、力なく落ちようとする瞼をこじ開けると、この寝台の本来の持ち主が長い髪を払いながら横になるところだった。

瞬《まばた》きする目と緑の瞳が交差し、にっこりと微笑まれる。

「おやすみなさい。良い夢を」

「見れると思いますかこの状況で⁉」

エルカローズは飛び起き、目眩《めまい》を起こして手をついた。

こんなときでも寝台はふかふか、清潔な敷布と香草で作った芳香剤のいい香りがする。

「……部屋に戻ります！」

「落ち着いてください。理由があってこうしているのですから」

微塵《みじん》も後ろめたさがない微笑は善意以外のなにものでもない。けれど裏に秘めた思惑を見事に隠した顔なのだとうっすら理解し始めているエルカローズだ。きっとルナルクスが警戒しているみたいに毛が逆立っていただろう。

「今夜あなたに危険が及ばないとは限りません。悪夢を見た場合、すぐ起こす者が必要です」

「ルナルクスに頼みます」

「名案ですね。けれどまずはあなたが呪われているか確認させてください。癒やす力は失いつつありますが呪いの力は感じ取れます。そのためにしばらく夜はそばにいたいのです」

「………………」

真っ当だ。すごくまともな理由だった。しかもエルカローズの身を案じてくれているので断るのが困難になってしまった。

「それなら私は長椅子で寝るので、」

「そんなことさせるわけがないとわかっていますよね」

「騎士ですから寝る場所にはこだわらない、」

「だったらここで寝てくださいね」

「ロジオ、」

「何かあったときにすぐ助けたいのであなたの近くは譲れません。軟弱ですみません」

にこにこと、言い分に食い込ませて打ち返してくる。どうしたものかと悩むエルカローズに、焦《じ》れたのだろう、ロジオンがぶわさっと毛布を被《かぶ》せてきた。

「なっ!?」

「聞き分けた方があなたの身のためです。お忘れですか、私が、あなたの何なのか」

毛布が絡《から》みついて息苦しく、もがいて顔を出した隙《すき》を突かれた。

「私の、何……っ!?」

エルカローズは後ろに倒れ、顔の左右に置かれたロジオンの手に縫いとめられる。くす、と笑う顔は悪い男のもので。

「――一晩中起きていたいなら、そうしようか」

「――」

あまりにも刺激が強すぎた。

一迅社文庫アイリス 12月のご案内

IRIS ICHIJINSHA

毎月20日頃発売!! 少女向け新感覚ノベル

公式Twitter iris_ichijinsha

作り出してみせます！
幻獣に愛されまくる少女の
薬師ライフラブコメディ第3弾♥

『まがいもの令嬢から愛され薬師になりました3 竜の婚約と王位継承のための薬』

著者:佐槻奏多《さつきかなた》 イラスト:笹原亜美

まがいものの伯爵令嬢だとバレないように、死んだふりをして婚約話から逃げ出した少女マリアは、隣国の王子レイヴァルトと婚約することに。しかし、王城で歓迎された矢先、女王がニンジンをくわえた変人に襲われて!?

文庫判／定価:730円(税込)

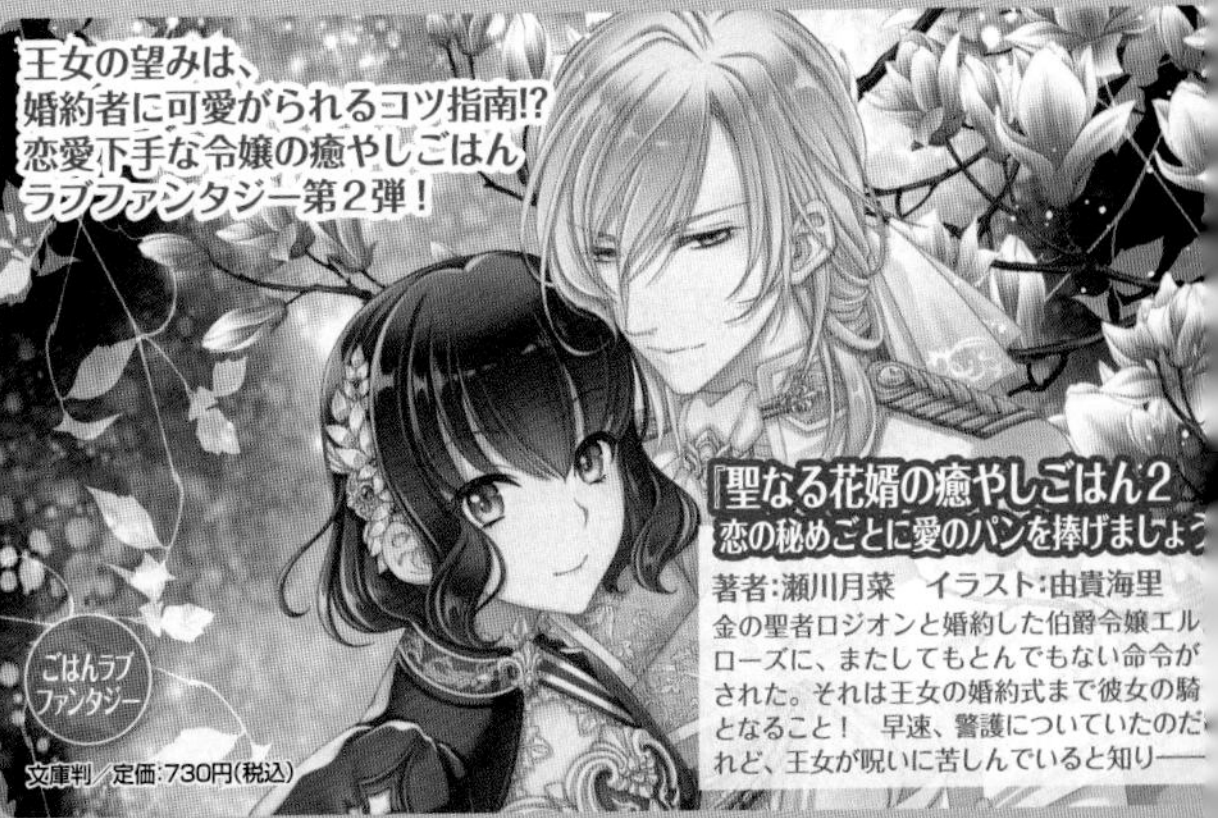

王女の望みは、
婚約者に可愛がられるコツ指南!?
恋愛下手な令嬢の癒やしごはん
ラブファンタジー第2弾！

『聖なる花婿の癒やしごはん2 恋の秘めごとに愛のパンを捧げましょう』

著者:瀬川月菜 イラスト:由貴海里

金の聖者ロジオンと婚約した伯爵令嬢エルローズに、またしてもとんでもない命令が下された。それは王女の婚約式まで彼女の騎士となること！ 早速、警護についていたのだけれど、王女が呪いに苦しんでいると知り――

文庫判／定価:730円(税込)

IRIS NEO

創刊6周年記念フェア実施中!!

小説家になろう×一迅社文庫アイリス コラボ企画

アイリスNEO　12月刊好評発売中!!

『嫌われ妻は、英雄将軍と離婚したい！いきなり帰ってきて溺愛なんて信じません。』

著者:柊 一葉　イラスト:三浦ひらく

成金子爵家令嬢ソアリスは貧乏伯爵家令息アレンディオと政略結婚をした。不満だったのか、その直後にアレンディオは自ら兵役に。それから10年、夫が英雄となって帰還することになり、ソアリスは離婚を決意するが!?

四六判／定価:1320円(税込)

四六判／定価:1320円(税込)

『高飛車皇女は黙ってない』

著者:柊と灯　イラスト:くろでこ

第三王子と男爵令嬢に、その仲を邪魔する悪役令嬢の断罪劇を切り裂くように、帝国皇女クローディアが現れた。そして、圧倒的な存在感を放つ彼女は、あっという間にその場を支配し、彼等に現実をつきつけて!?

四六判／定価:1320円(税込)

『残念令嬢　～悪役令嬢に転生したので、残念な方向で応戦します～2』

著者:西根羽南　イラスト:深山キリ

誰もが引く残念な令嬢になることで悪役令嬢からの降板を狙い、紆余曲折の末、死亡エンドを免れた伯爵令嬢イリス。協力者だった侯爵家子息ヘンリーからプロポーズもされ、晴れて残念装備から解放されるはずが……!?

石像と化したエルカローズに笑ったロジオンは、楽しそうに弧を描いた唇を露《あら》わにさせた額にちゅっと落とす。少し意地悪ないつもの彼だった。

「悪夢を見たら必ず助けますから安心してください。おやすみなさい、今度こそ良い夢を」

そう告げて、ロジオンが横になる。

視界の端で立ち上がった寝ぼけ眼《まなこ》のルナルクスが、どすんと寝台を揺らして上ってきたかと思うと、こちらもおやすみを言うように「ばふっ……」と鼻を鳴らして、エルカローズたちの足元で丸くなった。

二人と一匹で、一つの寝台に添い寝し合い。

悪いことではない、と思う。婚約中だし不義を働いているわけでもないしルナルクスもいる。魔獣を第三者に数えていいかはともかく、不届きな状況になってはいない。

そこまで考えて、エルカローズは頷いた。

（うん。寝よう）

すべて考えるのを放棄して目を閉じる。足元にかかるルナルクスの重みと体温、隣にいるロジオンの静かな呼吸と寝姿、温《ぬく》もりを感じながら、安らぎが漂う眠りに沈んでいく。

昨日までなら沈み切る瞬間に急に怖くなって引き返していたけれど、今日は大丈夫だ。

――ひとりじゃない。

その夜はもう悪い夢は近付かず、久しぶりに深く深く眠る。

——……安息が満ちる中、静かに開いた緑の瞳が隣に眠る姿を映して愛《いと》おしげに細まる。

「……あなたに手を出されたのなら、もう遠慮する必要はありませんね……」

眼差《まなざ》しとは裏腹に、呟きは陰鬱《いんうつ》で不穏だった。


そろそろ花宮にも通い慣れ、始業時間より早くやってきたエルカローズはルナルクスを連れて庭園に足を伸ばした。ここ数日の十分な睡眠で心身は健やかで、朝の散策はさぞ気持ちがいいだろうと思ったのだ。

薄い銀雲と太陽の光が混じり合う空を見上げて深呼吸をする。多くの貴族が眠る午前中の庭は仕事をする庭師たちの姿だけがある。ロジオンとルナルクスのおかげで気持ちのいい朝だ。

(寝ている私の様子を気にしなくちゃいけないのにこの時間から出仕って。大丈夫かな……)

エルカローズのために睡眠不足気味になっているであろうロジオンのことを思っていたせいだろうか。声が聞こえた気がして視線を巡らせる。

(ロジオン様と……女性の話し声?)

「わぉん!」

走り出したルナルクスについていくと庭の円柱回廊に人影があった。

近付いて耳をそばだてると穏やかな声は確かにロジオンのものだった。相手は若い女性で、見覚えはないけれど上品で華麗な服装から女官だと思われた。

「本当にお料理がお上手でいらっしゃるのですね。とても美味しゅうございましたわ」

「ありがとうございます。貴族の方々が抱える料理人に比べると素人《しろうと》の味でお恥ずかしいですが、本当にお口に合ったのならよかったです」

「嘘なんて申しませんわ。まさかここで懐《なつ》かしい揚げ菓子《チェンチ》に巡り合えるなんて……聖者様との出会いがもたらしてくれたのですね」

うっとりとした視線と口調で絡みつくようにして女官はロジオンに接近する。

エルカローズはむむっと身を乗り出したが上着の裾《すそ》を咥《くわ》えたルナルクスに止められた。

「ま、待って。揚げ菓子って。気になる……」

「のぉおぅ！」

だめだ、と後ろに引きずられるのに抵抗していたが、ぱっと日差しに目を射られた。先ほどより太陽の位置が変わり、日が射《さ》して明るくなってきていた。

「うわっ、まずい、遅刻する！」

「ぅおんっ！」

叫んだ途端に解放されてつんのめるエルカローズをルナルクスがそれ見たことかと両足で、てててててっ、と叩く。

（ロジオン様は、……まあ、いいか）

しばし考えたものの問題ないと判断し、ルナルクスにごめんと言いながらエルカローズは急いで花宮に向かった。

無事遅刻は免《まぬが》れ、身なりを整えて心を鎮《しず》め常態に戻ってからベアトリクスに仕事始めの挨拶《あいさつ》をしに行くと、出会い頭に「ぐわしっ」と肩を鷲掴《わしづか》みにされた。

「最近ロジオンと何かあったでしょう。報告なさい」

（全部が全部ロジオン様が絡んでいると思わないでください……）

だが悲しいことに関わっているのだ。ベアトリクスの嗅覚《きゅうかく》と執念が怖い。

掴まれた肩の痛みをさすって和《やわ》らげつつ、違って見えるのは睡眠不足が解消されたからだと説明すると、ベアトリクスはすぐに察してエルカローズを奥の寝室に招いた。イレイネとカリーナは空気を読み「後でお茶をお持ちします」と頭を下げて退室していく。

「わたくしと同じ呪いなのね？」

二人だけになるとベアトリクスが切り出した。

「断定はできませんが、それらしい気配をルナルクスが感じているようです」

「睡眠不足が解消されたのなら眠れているのね。何か対策をしたの？」

すぐさま答えられなかったのはどう説明しても誤解を招くからだ。

そしてベアトリクスはそうした変化を見逃さない。

「エルカローズ？」

「……対策というか、その……夢を見た場合起こしてくれる者が近くにいまして……」

冷淡とも評される美貌は、まるで礼儀作法の教師のような渋い顔になる。

「感心しないわね、いくら婚約者とはいえ」

「仰ると思いました！」

だから言いたくなかったんです、と呻《うめ》く。婚約しているとはいえ正式な夫婦ではないのだから褒められたことではないのは百も承知だ。だが今回ばかりは事情がある。

「近くにルナルクスもいます。後ろめたいことは一切ないので誤解なきようお願いいたします」

ロジオンは約束したように悪夢を見始めたらすぐ起こしてくれたし、ルナルクスは呼吸の変化なり声にならない呟きなりを拾うと目を覚まさせてくれた――足の裏を舐められた感触と、叫び声を聞いた隣のロジオンが飛び起きたことは一生忘れられそうにない。そんな調子なので間違いなど起こりようがないのだ。

「そんなことだろうと思ったわ」

ベアトリクスはあっさり引っ込んだ。すっかり扱い方を習得されている。

「あなたも呪いの対象になったのかしら。ロジオンの見解は？」

「私は本来の標的でなく、原因となる者の気に入らないことをした結果の警告なのだろうと」

心当たりはありませんが、と付け加えると、ベアトリクスは「そうでしょうね」と頷いた。

「他にもそのような方がいないか気になったので側仕えの皆様に悪夢を見たり睡眠不足が続い

たりしている方はいないかお話を伺ってみました」

「結果は？」

首を振った。

「誰も。悪夢を見たり眠れない日々が続いていたりする方は一人もおりませんでした」

話を聞くと同時にこの花宮の建物と人々を見ていた。違和感のある場所はないか、不審な行動や妙に激しく感情を起伏させる人はいないか。問題を抱えて思いつめている者はいないか。

だが想像するような陰湿な思考や暗い闇は誰からも感じ取れなかったのだ。

「ベアトリクス様と私に共通するのは他人が決めた結婚を控えていることだと思うのですが、それが何を意味するのかまではわからず……」

けれど偶然で片付けるには夢の内容が的確すぎる。心の一番弱いところを毎夜抉《えぐ》ってくるのは寝不足や疲労よりも辛《つら》い、まるで拷問《ごうもん》のようだ。

(以前私が呪われたのは、ルナルクスの力の制御が上手くいかなくて思いが呪いになっていたからだった。それに当てはめるならベアトリクス様と私に何らかの感情を抱《いだ》いている魔物がいることになるけれど)

呪い『かもしれない』。魔物の気配を感じる『ような気がする』。何故そうも曖昧になるのか。

(呪いでなければ何だ？　呪いを解くのはロジオン様のような祝福の力で……)

くすり、と笑い声がした。

巡る思考を止めるとベアトリクスが面白がるように目を細めている。

「あなたは考えない人なのね。結婚できない人間に嫉妬《しっと》されているのではないか、なんて」

「はい？」

目を瞬《また》かせるとベアトリクスは遠い目をした。

「王女の立場上、様々な方と交流を持つのだけれど、女性の話題の中心は恋愛沙汰か結婚のことなの。みんな格上の結婚相手を望んでいるから伯爵令嬢の結婚相手が公爵家の者だなんてことになると大変な騒ぎようよ。星椋鳥《ほしむくどり》の群の方が大人しいわ」

星椋鳥は休むときも食事するときも群れ、特に木に止まっているときの鳴き声は数の暴力という表現がぴったりなほど凄《すさ》まじい。それを大人しいと言わしめるご令嬢方の騒ぎようとは。

「わたくしも『降嫁でなく隣国の王族にお輿《こし》入れでよかったですわね』と言われたわ。誰と結婚しようとわたくしの価値は変わらない。だから結婚相手によって自分の価値が上がるわけでないと気付かない女の多いこと……けれどそれを常識として生きてきたのなら仕方がない。幸せは人それぞれだものね」

そうは言ってもベアトリクスは寂しそうに目を伏せた。国を代表する王族の女性として自国の同性に思うものがあるのかもしれない。

「でもあなたは違うようね。騎士だからかしら。花宮の者にわたくしや自分の結婚が羨まれているとは思わない？」

「考えたこともありませんでした……」

社交界から距離を置いている状態なのでご令嬢方の動きはいつも王弟殿下付きだったときの上司モリスの妻アデライードからの伝聞になる。多少なりともロジオンとの結婚を噂《うわさ》されているとは聞いていたが、それに嫉妬が絡んでいるとは思わなかった。

「私はご令嬢の知り合いが多くないのでなんとも言えませんが……ベアトリクス様付きの方々はお話しされたような感情は持っていないと思います」

「あらそう？　何故そう思うの？」

「お言葉を借りれば、自分の幸せはベアトリクス様にお仕えすることだと仰る方々だとお見受けしましたから」

側仕えたちも裏の人々も、いま自分が何をしたいか、ここにいて何ができるのかを楽しんでいる。大なり小なり悩みながら毎日するべきことをして、日々のちょっとした変化を見つけて面白がる女性が多く、異性の騎士に堂々と意見するのもそうした楽しみの一つなのだろうと感じるようになった。

「お輿入れの後に側仕えが解散することをどう思うのかも尋ねたんです。みんな『残念だ』と言いつつ最後まで勤め上げるつもりだと笑う方が大半でした。思い入れの深い方は寂しいと涙ぐみながらベアトリクス様の幸せを祈っていました」

ベアトリクスを呪う者はここにはいない。

それぞれの思いと誇りを胸に行動する人々を見て、エルカローズはそう判断した。

「ベアトリクス様の側仕えの方々はいつも生き生きとして見えます」

「あなたもね」

「え？」

「ひとときのこととは言えあなたもわたくし付きでしょう。あなたは自分の仕事が好きで誇りを持っている、そうじゃなくて？」

ベアトリクスが微笑し、エルカローズの胸がじんと痺《しび》れた。

生き生きとして、見えるのか。騎士として誇りを持って仕えていると感じてくれている、そう思うと自然と頭が下がった。

「はい。……はい、そうです。ありがとうございます、ベアトリクス様」

「お礼を言われるようなことはしていないけれど、心に響いたなら何よりだわ」

本当のことを言ったまでという素っ気なさがベアトリクスらしくて笑ってしまった。そんなあなたの言葉だからとてつもなく嬉しいのだと、きっと彼女はわかっていない。

「呪いの件は様子見でいいわ。わたくしが上手くやれば収まるはずだから、それまで辛抱《しんぼう》してちょうだい」

なにかおかしいな、と思い、数秒遅れて理由に気付く。

「ベアトリクス様はまだランメルト王子をお疑いなんですか？　その言い方だと、ベアトリクス様が呪いの原因と向き合うことで問題が解消すると考えているように聞こえます」

「…………」

青い瞳がふっと逸《そ》れた、と同時にベアトリクスはどうやら小さく笑ったようだった。

「……そうね。そうしなければならないと、わたくしは思っているわ」

ますます謎めいた物言いをして、次の瞬間には冷徹な王女の仮面を被っている。

このときエルカローズの勘が告げた。――来るぞ、何かとんでもない要求が！

「わたくしの目下の課題は婚約式を無事に終えること。そのためには少しでも眠っておかなければならないわ。だからルナルクスを貸してちょうだい。ロジオンは無理でもルナルクスならいいでしょう？」

「勘弁してください！　この世のどこに王女殿下と魔獣を一緒に寝かせる人間がいますか！」

予想通り突き抜けて非常識な要望だったので突っ込まざるを得なかった。

イレイネたちの苦労を思いつつ、事前に用意しておいたものをちらつかせる。

「ロジオン様に焼き菓子を作ってもらえるようお願いしたのでそちらで我慢してください。苦痛が和らぐよう祈りを込めてくれるそうですから」

「よろしい。それで手を打ちましょう」

鷹揚《おうよう》に言ったベアトリクスは、ふと気付いた様子で呟いた。

「そういえばお茶が来ないわね。エルカローズ、カリーナの様子を見てきてちょうだい。彼女のことだから誰かに捕まって頼まれごとをしているかもしれないわ」

「かしこまりました」

　部屋の外にいるジェニオと交代だなと考えて踵《きびす》を返し、思い出し笑いをして立ち止まる。

「そういえばベアトリクス様はカリーナと同じ時期に学院で学ばれていたそうですね？」

「ええそうよ。それがどうかして？」

「先ほどの仰り方が、いかにも上級生が一生懸命な後輩を気にかけるものだったので微笑ましい気持ちになったんです」

　地方出身ゆえに肩身の狭い思いをしながら努力を重ねて、ときには損な役回りを引き受けざるを得ないカリーナ。彼女の存在に気付いたベアトリクスがその奮励《ふんれい》を認めて、それとなく手助けをする。そんな学院生活が思い浮かんだのだ。

「わたくしはともかく、カリーナはその頃から一生懸命だったわ。森鼠《もりねずみ》みたいでね」

「も」――森鼠、はさすがに年頃の女性をたとえるのに不適切ではないだろうか、と感性が発達していないエルカローズでも思うが、ベアトリクスは戸惑いを別のものと捉《とら》えたらしい。

「見たことがなくって？　手のひらに乗るくらい小さくて丸いの。薄茶色の毛並みにいまにも落ちそうな大きな深い色の目をしていて、カリーナにそっくりなのよ」

　小さな毛玉のような森鼠が短い前足でくしくしくしっと顔を洗う姿を想像して、ほわんとした気持ちになった……なってしまうのが、きっといけないところなのだろう。

しかしベアトリクスはほらねとどこか誇らしげに言うのだ。

「似ているでしょう？　昔からそうなのよ。わたくしのわがままで侍女にして、次は結婚などという身勝手な理由で放り出すのだから憎んで当然なのに、骨身を惜しまず働いて……」

「ベアトリクス様……」

しかしエルカローズの慰めなど必要としないベアトリクスは、行け、と手を振った。

心身ともに疲弊《ひへい》しているから漏《も》れた弱音を、彼女はきっと恥じた。だから黙って頭を下げ、ジェニオを呼びに廊下に出ようとした。

（……ん？）

抱いた違和感は、日頃から完璧に整えられている王女の部屋だからこそ気付けたものだ。

丸机の上に、茶器が一揃《ひとそろ》え、無造作に置かれていた。引き返して、磁器の茶瓶《ちゃびん》の側面に触る。

（ぬるい。放置されて冷めたのか）

蓋を開けると茶葉の蒸らしすぎで水色《すいしょく》は黒く濁っていた。運ばれてくるときには飲み頃のはずだから、放ったままにされているのは間違いない。そしてお茶を用意すると告げたカリーナの姿がないのならば、彼女がこれを置いて立ち去った可能性は非常に高かった。

もしかしてベアトリクスとの会話を聞いて？

（いやそんなはずはない。だって理由がない）

頭の中で恩があると言ったカリーナと罪悪感に目を伏せたベアトリクスの顔が交互に浮かぶ。

形は違えどそれぞれ親しみと愛着を抱く主従なのだ。いつも主人を気にかけて一目散に飛んでいって休むよう進言するようなカリーナが呪いに関わっているとは思えない。

しかし忘れるには強烈すぎる違和感だった。

ひとまずこの件は黙っておくことにし、ジェニオとカリーナを探しに出る。

婚約式が迫り、何かが動き始めた。その予感は予言者がもたらすものと同じく確かに思えた。


ランメルト王子を迎えた日の空は、冬らしく透き通った青だった。

目の回るような忙しさの合間を縫って側仕え一同も身なりを整える、このときばかりは制服があることを感謝せずにはいられないエルカローズだ。衣装の色が被らないようにし、華美にならず品位を保った髪型や装飾品を選ぶなんて高度な技術を持ち合わせていないからだ。

着飾った貴族の女官や侍女たちの間を、市井《しせい》出身のカリーナもおしゃれをして、誰よりもちょこまかと働いている。森鼠にたとえられるのも納得だ。

(頼りになるから仕事を任されるんだろうけれど、今日くらいは控えめにしてもいいのに)

あの日、すぐお茶を運ぶつもりが頼まれていた用事を思い出して引き返してしまったのだとカリーナは警備を交代して探しにやってきたエルカローズに申し訳なさそうに説明した。話し込んでいる気配もあったので後でお茶を淹《い》れ直して持っていくつもりだったという。実際そのとき別の茶器一式と軽食を運ぶ台車を押してベアトリクスの部屋に向かう途中だったので、エルカローズは内心で疑ったことを詫びながらカリーナの代わりに台車を運んだ。

その後、異変らしきものは見られなかった。ベアトリクスは祝福の力が込められた菓子類を食べ、エルカローズはロジオンとルナルクスと一緒に寝る対策を施したおかげかもしれない。

ついに迎えたこの日、初めての顔合わせが行われた。

謁見《えっけん》の間には両陛下とディーノ王子、王弟殿下をはじめ王家に所縁《ゆかり》ある人々と高位貴族、そしてロマリア王国一行が集まっており、そこにベアトリクスが側仕えを連れてやってきた。

今日の彼女の出で立《いた》ちは一国の王女らしく高貴かつ華麗だ。氷色の衣装は首回りを大きく開き、胸の高い位置で絞った形で、ぴったりした袖は腕の細さを強調しながらその上に重なった薄紗《はくさ》の膨らみが幻想的な雰囲気を醸《かも》し出す。立ち姿勢が美しいがゆえに、硝子《ガラス》玉を用いた雪の結晶のような刺繍は一際麗《うるわ》しくきらめいて、たっぷりと揺れる裾にも散らされた銀糸の縫い取りも星の瞬きのように彼女の歩みに光を振りまいた。

金の髪は結わずに流し、額を出して黄金の髪飾りをつけている。小さな耳飾りに、首飾りは大振りのもので、大輪の花は光花神フロゥカーリアを表している。

前を見据える青の瞳は恐ろしいほどに落ち着いているけれど、その胸中は如何許《いかばか》りか。

エルカローズがイレイネたちに続いて広間の隅に控えると、向かい側の列に王弟殿下の側仕えとして待機するモリスとオーランドがこちらに目配せをしてくれた。それに少し緊張を和らげつつその他の高貴な人々の側仕えに交ざって背景の一部となる。

しかし背景になりきれず光り輝いている人物が、一人。

（……最後列にいるのに目立っているなんて、さすが……）

嬉しいような困るような微妙な気持ちでいると、当人がするするとこちらに移動してきた。

「…………」

「…………」

何も言わないのは場所が場所だからだ。ちらりと左隣に立つロジオンを見やる。

膝《ひざ》まである紺色の上着を黒革の帯で留めた彼は、同じお仕着せを身に着けた誰よりも恵まれた体格を明らかにしていた。とにかく足が長いのだ。下衣が黒なのでさらに引きしまって見え、無個性であれと与えられている制服が意味をなしていない。髪をまとめているとどこぞの若様に見えるので、彼を知らない女性たちの視線が頻繁に突き刺さってくる。

（……私も、もっと制服が似合っていたらよかったのに……）

女性騎士の制服はなく小柄な男性用のものを詰めて着ているのでどこかちぐはぐな印象になっているだろう。いままで気にしなかったのに急に残念な気持ちになる。

そして不思議なのは、こうして王宮で互いの立場にいるときや、同じ寝台に横になるときといった言葉を用いない時間の方がロジオンをとても近く感じることだった。秘密を抱えて暗躍しよく知らない王宮の者とやり取りをする彼を見る度《たび》に心がざらつくのに、毎夜エルカローズを寝かしつけるロジオンはどこまでも優しく甘い。とりわけ寝入り端《ばな》に額や頬を撫でる手が心地よくて幸せで、だから、距離を感じる日々が辛い。

(どっちが本当のロジオン様、なんて言うつもりはない……けれど私が欲しいのは……)

言葉もなく触れる温かい手。拒絶の言葉で遠ざけられる秘密。どちらを選ぶと問われたら。

そのとき、ロジオンの右手がエルカローズの左手をするりと撫でた。

まさか心を読まれたのかと驚き、緑の瞳とばっちり目が合ってしまったが、視線の動きの意味するものに気付いて慌《あわ》てて広間の中央に意識を戻す。そこでは自国の王女と隣国の王太子が初めて言葉を交わすところだった。

「わたくしはベアトリクス・ファルファッラ・アルヴェタイン。ご機嫌よう、ランメル……」

ベアトリクスが言葉を途切れさせたのはランメルトが彼女の手に口付けたせいだった。

「……驚いた。ちゃんと温もりがある!」

「……は?」

場違いに大きく、しかし輝くような声で言い放つランメルトは彫りの深い顔立ちの美男子だ。焦《こ》げ茶色の髪を後ろに撫で付けながら、きらきら光る灰色の瞳は子どものように無邪気で、がっしりした体格も相まって農村部にいるがき大将のようだ。裏地付きの外套も袖がたっぷりした豪奢《ごうしゃ》な詰襟の上着も脱ぎ捨てて駆け回っていそうな雰囲気がある。つまるところ少々空気が読めない押しの強さの持ち主だと感じられた。

「それはわたくしが冷たいと思っていたということですか?」

一瞬にして声も表情も凍ったベアトリクスにランメルトはどこまでも明るい。

「ああ、私の友人の女性はみんな、心が凍っているだとか氷から生まれたのだとか、はたまた魔物に生贄《いけにえ》を捧《ささ》げて美しさを得たのだとか言っていたな！　だが実際に会って触れてはっきりした。あれは嫉妬だな、うん紛れもなく後ろ向きの羨望《せんぼう》だ！　あなたのように美しくもなければ感情を律することもできない、己の欲望に忠実な者たちだ」

ははは、と笑い声が響く中、エルカローズは恐々とランメルトの近くに控えている人々を見やり、ああと内心で呻いた。

全員が沈痛な面持ちだった。具合が悪いのでいますぐ席を外したい、叶《かな》うならば心臓が毛玉になっている主の口をいますぐ塞《ふさ》ぎたい、そんな顔色だ。

(なんとなく……なんとなくだけれど、この方はベアトリクス様とよく似ているのでは……)

「だがその者たちは強力な後ろ盾と権力を持っている。無視することは難しい。だから私にはそれらと上手く付き合い、ともに戦ってくれる妃《きさき》が必要だ」

胡乱《うろん》なものを見る目をしていたベアトリクスが目を覚ましたように瞬きをする。

ランメルトは手を差し出し、笑った。

「私はランメルト・ノルベール・ロマリア。あなたならきっと大丈夫だ、ベアトリクス。どうか私の一番の同志になってほしい」

ベアトリクスはその手とランメルトの顔を見比べる。

「同志と仰るからには遠慮はいたしませんが、よろしいのですか?」

「もちろんだとも!」

「では……」とベアトリクスはにこりともせずに言った。

「先ほどの発言はいけないわ。足元を掬《すく》われてよ。もう少し考えてものを仰いな」

ベアトリクスの側近たちがランメルトの側仕えと同じ様相を呈し、エルカローズの胃も急にしくしくと痛み出す。

挑戦的なほど強気な物言いにランメルトは目を丸くし、まじまじと目の前の婚約者を覗き込む。怒り出すか不愉快な顔をするか、見守る人々の前で彼の声が大きく響いた。

「信じられない……予想以上だ! これからもそのようにびしばし言ってほしい! 私の側近たちは言い飽きたと言って放置するんだ。それがもうつまらなくてなあ……」

「側仕えも暇《ひま》ではないわ。わかっていて困らせるのはお止めなさい」

やり取りが馴染《なじ》み始めたせいか固唾《かたず》を飲んでいた人々は気を緩め、近くの知人と囁《ささや》き始める。エルカローズも肺に溜まっていた空気を吐き出し、肩にかかる疲労感に項垂《うなだ》れた。けれど安堵ゆえの重さは心地いい。初対面で険悪にならないか心配だったけれど杞憂《きゆう》に終わりそうだ。

(イレイネ様たちは大変だろうな。あの様子だとお輿入れまで再教育ってことになりそうだ)

嫁ぎ先で暴走しないよう徹底的に言い含められることだろう。けれどランメルトの周りの人々は対処に慣れていそうなので、案外快適な新生活となるかもしれない。

「思っていたより愉快、いえ、明るい方でよかったですね」

「そうですね。もしかしたらお二人とも名君になられるかもしれません」

隣にいるロジオンに囁きかけると微笑みとともにそう返ってくる。

「いやあ、めでたい。実に喜ばしい。我らがカーリアもこの初々《ういうい》しくも麗しき二人の愛の芽吹きを言祝《ことほ》ぐだろう。太陽の王子と金の薔薇《ばら》姫に祝福を！」

「!?」

広間に響く、朗々《ろうろう》と仰々《ぎょうぎょう》しい言葉には聞き覚えがあった。

ロマリア王太子の背後からひょっこり顔を出したのは白髪と赤い瞳の妖しげな美貌の持ち主。

「予言者様《ユグディエル》！」

光花神教導師、フロゥカーリアの代弁者で予言者である彼をユグディエルと人は呼ぶ。ロジオンにとっては自身の人生を決定付ける恩人でいて悪縁で結ばれた師友《しゆう》、エルカローズには自分の結婚を予言で強制した張本人でもある。

人々は跪《ひざまず》き、エルカローズとロジオンも膝をついた。

（ユグディエル様がここにいるのは、やっぱりベアトリクス様のことがあるから……？）

エルカローズは知っている。この予言者は予言の力ですべて見通しているからなのか、どうにも人を食った言動をする少々癖のある人物なのだ。

横目で窺ったロジオンは笑みを消した顔でユグディエルを見ているので、やはりと思う。

(呪いの件を承知で、それぞれの思惑を持った人間が集まる場で結婚を祝福するって……)

ああ、と嘆息したエルカローズの胃がきゅうっと縮こまって痛みを訴える。

(犯人なり原因なり心当たりのある人間をめちゃくちゃ煽《あお》ってますね!?)

そう、この人が現れた時点で『何かある』のだ。

挨拶が終わり、各々解散となった。エルカローズとロジオンはそれぞれの主人の所属に戻ったが、ふと振り返ったとき、にたにた笑うユグディエルといまにも彼と決闘を始めそうな鋭く静かな佇《たたず》まいのロジオンが居並ぶ人々を挟んで対峙《たいじ》しているのを見る。

エルカローズは鐘の音を聞いた気がした。けれどそれは晴れ渡る空に響く祝鐘《しゅくしょう》ではなく、遠い異国の古い言い伝えにある嵐を呼ぶ音だったように思う。

＊

歓迎の宴《うたげ》は夜半過ぎには御開きとなった。到着したばかりのランメルトを慮《おもんぱか》ったのと、これからしばらく顔合わせだの晩餐会だのが夜明けまで続くようになるのだから初日くらいはゆっくりしようという廷臣たちの考えだろう。

ベアトリクスも早々に部屋に戻り、ミーティアを通して約束を取り付けていたため、深夜であっても滞《とどこお》りなく取り次いでもらうことができた。二人きりになることを避けるため、開いた扉の向こうにはミーティアが近付く者を排除するために立ってくれている。

夜半の秘密の会談はベアトリクスの短い問いから始まった。

「どう思って？」

「違うと思います」

彼が原因ではないと端的《たんてき》に告げると、ため息が返ってきた。

呪いに縁がない人物がいるならランメルトはまさしくそれだ。明るく豪快で無邪気なほど自分の気持ちに正直、呪うくらいなら真正面から「あなたが嫌いだ」と告げるだろう。それはベアトリクスも同じ考えだったらしい。

「想像の斜め上を行く人物だったわ。よくあれで王太子になれたわね」

突然彼女は「何を笑っているの」と咎《とが》める目をした。無意識に口元が緩んでいたようだ。

「お言葉とは裏腹に好感を抱かれたご様子でしたので」

「……そうね、悪い人間ではないようだったわ。ロジオン、腹黒性悪なあなたと違ってね」

ロジオンが「宮廷人に遜色《そんしょく》ないと評価していただいて光栄です」と微笑むとベアトリクスはますます嫌そうに目を眇《すが》めた。幼い頃から腹を読む能力を磨いてきた王女にはロジオンが単純な人間でないなどお見通しなのだろう。密会を重ねる度に接し方に遠慮がなくなり、こちらのやり方もあって嫌われたようだが、ロジオンが見込んだ通りそれも必要だと割り切れる考えの持ち主だったのであけすけなやり取りができてずいぶんやりやすくなった。

「害がなければ腹の中身が紫色でも問題ないと存じます」

「それで婚約者を傷付けていては世話はないわ」

さすが、痛いところを突く。

近頃エルカローズと過ごす時間が誰よりも長いベアトリクスが言うのだから、彼女の苦悩は日に日に重くなっている――ロジオンが隠し事をしているせいで。

今夜だって剣宮の当直を利用して来ている。密会の日は当番になるよう調整していることをエルカローズは知らない。最近多いですねと心配そうに見送られると罪悪感に駆られるけれど。

(その胸の痛みを甘く感じるなんて、知られてなるものか)

だから何を考えているか決して表に出さず、笑って受け流した。

ロジオンにとって表情は生きる術《すべ》、武器でも防具でもある。好意的に読ませる、あるいは何を考えているか曖昧にして、光花神教会に拾い上げられてからずっと我が身を守ってきた。

だからなのか、ここ数年、自身でも心にかけるものが時々わからなくなるときがある。

「そのように仰いますが、腹の色が悪いとそれはそれで利点があります」

ベアトリクスが興味を惹《ひ》かれたように視線を向ける。

「最も美しいものを見出《みいだ》すことができるのです」

ロジオンにとってそれはエルカローズだった。

咲き初めの花のような若く可憐《かれん》な騎士は咲くことに懸命になるようにひたむきに己の務めを果たそうと、常に誠実で正直だった。純朴で健気《けなげ》で、人の善性を信じる真《ま》っ直《す》ぐな黒い瞳を何度美しいと思ったか、あまりに多すぎて数えることができない。

いまその瞳をロジオンが曇らせてしまっている。

ベアトリクスは救いがたいものを見る顔になって乗り出していた身体を再び椅子に預けた。

「そう思うのなら隠し事などしなければいいでしょうに。彼女を愛しているのなら何故自らすれ違うようなことをするの？　不和の原因を理解できないほどあなたは愚かではないはず」

「恐れながら王女殿下。愛しているからこそ、絶対に知られてはならないものがあるのです」

太陽を見上げて咲く花のような彼女が落ち込んで萎《しお》れていると、いますぐ駆け寄って雨風を防いで、大事に抱え上げて暖かいところに連れて行きたくなる。

ロジオンがいま何をしているかを明かせば彼女はきっと瑞々《みずみず》しさを取り戻すことだろう。

だがどんなに己の心が痛み、彼女に嫌われたとしても言えるわけがない。

だからベアトリクスを襲うものの正体に思い当たったとき、速やかに解決すると決めた。この事件に関わることで、糸を手繰《たぐ》るようにロジオンの秘密が露見する恐れがあったからだ。

「真実が想いを断絶することもある。すべてを詳《つまび》らかにすることが真《まこと》の愛とは限りません」

エルカローズに隠し続けている理由はそれ一つきりだ。彼女の心の傷の責はすべてロジオンにある。その覚悟がなければ彼女に黙って館を抜け出してここに立ってはいない。

「そういうものかしら。……でも、そうなのかもしれないわね」

ベアトリクスは遠くを見るように呟くと、強い眼差しでロジオンに焦点を合わせる。

「わたくしを悩ませる呪いの正体はわかったわ。その上であなたはわたくしに何をしろと言うの？」

言葉にする推測が相手を不安にさせないよう微笑みを浮かべて、ロジオンは話し始める。

もはや一刻の猶予《ゆうよ》もないと、脳裏に白い髪と赤い瞳の予言者を思い浮かべながら。

*

ハイネツェール館《かん》は一般的な貴族の館の生活とはかけ離れている。

主人であるエルカローズとロジオンに早起きの習慣があるので、朝から使用人たちが働く間にロジオンは朝の祈りを終えて厨房《ちゅうぼう》へ、エルカローズは軽く鍛練《たんれん》した後は菜園の手入れをする。

白い冬の朝の空気に縮こまるような固い月桂樹《ローリエ》の弱った葉をむしる。付き添うルナルクスはやはり眠いのか、日の当たるところを見つけ出してうとうとしていた。

襟巻《えりま》きや手袋などでがっちり防寒していたのに冷気は時折緩むようになった。そのうち外套一枚、それも薄くなる春が来る。

（ベアトリクス様は昨夜ちゃんと眠れただろうか）

まずはその確認をしようと思っていると「わん、わんっ！」と激しい声が響いた。

「うぅー……ぅおんっ！　おん！　おんっ！」

警鐘めいた尋常《じんじょう》ならざる吠声《けんせい》は異変を知るには十分だ。

エルカローズは園芸鋏《ばさみ》を隠し持って館へ向かった。庭の入り口でルナルクスが光の瞬きのように落ち着きなく動いて吠えている。凄まじい勢いで吠声を浴びせるルナルクスから庇《かば》うようにロジオンが案内してきた誰かは、ここで見るとは思ってもみない顔だった。

「ジェニオ様？」

「朝早くからすまない、ハイネツェール。万が一のときは君を呼ぶように殿下が仰《おお》せだったと、イレイネ様に言われたんだ」

王女の近衛騎士の長が口にした、万が一、という言葉に背筋が震えた。

（まさか……）

「ベアトリクス様が目覚めない。どれだけお呼びしても揺さぶっても眠り続けている」

予感していたのに、聞かされた途端に目の前が真っ黒に塗り潰された。

「いったい何が起こっているんだ？　教えてくれ、君は事情を知っているんだろう。どうすれば目を覚まさせることができる？」

縋《すが》るように伸ばされたジェニオの手は、次の瞬間割り込んだロジオンに優しく制される。

「ジェニオ様、どうか冷静に。実際にご容態を拝見しなければ何一つ断定はできませんし、事情をご説明していいのかもわかりません。王女殿下のご様子も含め、いまどのような状況ですか？　誰にどこまで知られているでしょうか？」

柔らかなロジオンの冷静な物言いにエルカローズも少しずつ落ち着きを取り戻してきた。

そうだ、現状を把握しないまま思考を止めていては何もできない。

ジェニオも動揺を抑えて考える必要があったせいか、先ほどより口調はしっかりしていた。

「殿下は、離宮の厨房で料理をするために早朝に起こすよう不寝番だったイレイネ様に申し付けていたらしい。言われた時間にイレイネ様がお部屋に伺うとまだ眠っていらっしゃったので、起こすために呼びかけたそうだが返事がなかったようだ」

寝不足が続いていることを側仕えはずっと気付かないふりをしている。だから呼びかけて返事がないのは珍しく、彼女は無礼を承知で寝台の天蓋《てんがい》をめくった。

ベアトリクスは安らかに眠っていた。安らかすぎた、とイレイネは言ったそうだ。

嫌な想像が過《よぎ》って不安に駆られ、名前を呼んで身体を揺らした。深く眠る子どもでも目を覚ますくらい強く。

その後はジェニオがエルカローズのもとに遣わされたことから明らかだ。

ひとまず側仕えの間で情報統制が行われ、ベアトリクスの異変は花宮の外に漏れないようにされた。国王陛下にはイレイネがご報告に上がったらしい。国王陛下は宮廷医師の診察を受けさせるよう命じられ、ベアトリクスの意思に従うよう告げてロジオンとルナルクスの花宮への立ち入りを許されたという。

「わかりました。私も参りましょう」

元聖者としての能力を期待されていると理解してロジオンが承諾するとジェニオは王宮に舞い戻っていった。

エルカローズもすぐ花宮に上がる支度を始めた。着替えようとして、服の隠しに押し込んでいた園芸鋏が落ちる、ごとんっ、という音に驚く。持っていたのをすっかり忘れていた。

拾い上げようとしたが、震える手では上手く掴めなかった。

「…………っ」

怖いんじゃない。ただただ、悔しくて、泣きたい。

込み上げるものを飲み込んで制服に袖を通す。剣を帯びて玄関広間に行くとロジオンとルナルクスが待っていた。

「馬車を使おうと思うのですが、構いませんか？」

ロジオンの問いに頷く。人目につくと噂を呼びそうなのでそれを避けるには有効だろう。

執事のゲイリーと使用人頭のセレーラには急な呼び出しを受けたとだけ説明した。ロジオンとルナルクスが来てから何かしらの騒ぎが発生することに慣れつつある彼らなので、御者を含め、無駄口を叩かずエルカローズたちを王宮へと送り出してくれる。

「…………」

「…………」

静かだった。外ではまだ多くの人が眠りについているし、車中の会話もない。ルナルクスは状況を理解して、構えと要求することなく身を伏せて目を閉じ、周囲の音を聞いている。

夜明けを迎えても世界は薄暗く、すぐそこに来ていた春が遠のいたように感じられて、エルカローズは無意識に白く冷えた手を握り固めていた。

「寒いですか?」

静かな問いかけにエルカローズは喉を震わせた。目の奥が熱くて、何か言っただけで零れてしまいそうだった。

「……大丈夫です」

なんとかそれだけ言って口を閉ざす。

頭を上げたルナルクスと横顔を見つめてくるロジオンの視線から目を背け、長い沈黙に揺られて王宮に到着する。話はすでに通っていて、制止されることなくルナルクスとロジオンを連れて花宮に辿《たど》り着くことができた。

側仕えの大半が控え室と待機所にいて、ベアトリクスの部屋にはミーティアとジェニオの姿があった。いつも花を咲かせているようなミーティアが不安な面持ちになっている。

「遅くなりました。ジェニオ様から状況は聞きましたが、ベアトリクス様はいま……？」

ミーティアが答えようとしたとき、何かに気付いたロジオンの顔色が変わった。

どこか苛立《いらだ》ったように眉をひそめ、服の隠しから取り出したものを寝室の扉の方へ――。

「はっ」

「私が聖者様を呼、」

投擲《とうてき》されたそれは同時に扉を開けた人物の頬を掠《かす》め、「がっ」とすごい音を立てた。

しーん、とその場が静まり返る。

「こらこら危ないだろう。硬貨とはいえランメルトに当たったらどうする。本気で投げたせいで壁を砕いているじゃあないか」

硬直したランメルトの背後から聞こえた、どこか戯《おど》けた男の声。

身を低くしたルナルクスが「ゔー……」と険悪に唸り、ロジオンは迷惑そうに言った。

「だから直前で逸らしたでしょう。もしくは、そういうなるとわかっていいいのだからあなたが扉を開ければよかったのです。違いますか――ユグディエル？」

光花神教の予言者が赤い瞳でにいっと笑った。

ランメルトの背中を押してきた彼は、いまにも飛びかからんとするルナルクスを見下ろして笑うと、窓辺の長椅子に座ってしゃあしゃあと言う。

「私はここで休んでいるから、気にせず話を続けるといい」

（無理です……）

「無理ですね」

「わンッ！」

エルカローズの心の声、ロジオンの声、ルナルクスの吠《ほ》える声が見事に重なる。

にやにやしている予言者はひとまず置いて、エルカローズたちは姿勢を戻すと、驚きで瞬きを繰り返すランメルトに呼びかけた。

「恐れながらランメルト王子殿下、どのようなご用件かお伺いしてもよろしいですか？」

「……ん？　あ、ああ、そうだった！　予言者様からベアトリクスが禍害《かがい》に遭ったと聞いて駆けつけたのだ。私にも協力できることがあるはずだと思ってな」

エルカローズの視線にイレイネは軽く首を振る。アルヴェタイン王国の内情に関わるので遠ざけるべきなのだが、恐らく国王陛下の意向もあるのだろう。彼女自身は無表情の裏でこの介入を苦々しく思っているのかランメルトに対して慇懃《いんぎん》だった。

「お申し出はありがたく存じますが、御身を危険にさらすわけにはまいりません」

「何を言う。婚約者の一大事だぞ。それにベアトリクスは私に贈り物があると言っていたのだから、目覚めてもらわねば困る。これでも楽しみにしていたんだからな！」

子どもか、とベアトリクスなら容赦《ようしゃ》なく断じただろうが、あいにくと他国の王太子に意見できる者はいない。話を引き戻したのは側仕えの本分をいかんなく発揮したイレイネだ。

「ところで予言者様。姫様はどのような状態なのでしょう？　診断結果をお聞かせください」

するとユグディエルは何故かロジオンを見た。

「……確認しなければならないことができたのでしばらく外します」

視線を受けた途端さらりと告げて外に向かうロジオンに驚いて咄嗟《とっさ》に腕を掴む。こちらを見るまでの刹那《せつな》、彼の表情がひどく険しかったのをエルカローズは見逃さなかった。

「大丈夫ですか、私も一緒に」

「大丈夫です。あなたはここをお願いします」

目星がついているなら教えてほしい。そう言うつもりが、柔らかな微笑みを添えた手にあっさり振り解《ほど》かれた。残されたエルカローズに投げかけられたのは、くつくつという笑い声。

「あからさまに逃げんでもよかろうに。『後ろめたいです』と言うようなものじゃないか」

こういうことを言うから硬貨を投げつけられるのだが懲《こ》りない人だった。それとも予言者として何か言わずにいられないのだろうか。お前のすべてを見通しているぞと脅《おど》しつけて、相手を試すかのように。

（……いつも微笑んでいるからわかりづらかったけれど、ロジオン様、顔色があまりよくなかった。ユグディエル様の重圧もあってかなり無理をしているんじゃないだろうか）

夜はエルカローズの様子を気にかけ、日中は仕事、一方でベアトリクスの異変に関係する何かで動き回り、家にいるときは細々とした作業をしている。疲れない方がおかしいのにそこへユグディエルが来たものだから事件解決まで気が休まる暇もないはずだ。

（それでも頼ってくれないのは、私の方に問題があるのかな……）

解かれた手が痺れて冷たい。掴んだところで彼の心に届かなかった無力な手を握りしめていたが、気にかけることができたのはそこまでだった。

「さて。私が診《み》たところ、ベアトリクスの昏睡《こんすい》は呪いによるもので間違いない」

ユグディエルの宣告にイレイネとジェニオは息を飲み、ランメルトは重いため息をつく。

「ひどく衰弱しているようだが、よくこれだけ保《も》ったものだ。何かの守りでもなければもっと早くに倒れていてもおかしくはなかった」

どうしようもない幼子を語るような口ぶりでユグディエルは言う。

「魔物が姫様を呪っているのですか？　魔物を討てばいいのでしょうか？」

「その魔物がどこにいるか教えてください。ただちに討伐に向かいます」

「何も教えることはできない。そうすることで私が視《み》た未来が変わってしまう可能性があるからだ。だが安心するといい、ベアトリクスはじきに目覚めるし一連の出来事は終息に向かう」

予言者の言葉、すなわち未来を語る予言にイレイネとジェニオはひとまず勢いを収めた。ユグディエルがそう言うのならそのような結末に至るのだ。

けれどエルカローズは顔色を失い、彼らのやり取りを遠くの出来事のように聞いていた。

（……寒い……）

先ほどからずっと心の中で大嵐が吹き荒れていて、冷えた手を握っている。

（ベアトリクス様をお守りできなかった。相談されていたのに。助けてほしいと言われたのに！　何もできなかった、騎士としてお守りすると誓ったのに！）

ロジオン様のせいだ、と思う心を抑えきれない。

後ろめたいから追求を逃れようと逃亡したのだと、彼を詰《なじ》る言葉ばかりが浮かぶ。倒れたのは王女だが突き詰めれば一人の人間だ、そこまでして沈黙する理由はなんなんだと掴みかかってしまいそうだった。

「お願いですユグディエル様、ベアトリクス様を助ける方法を教えてください……！」

だから己の心の澱みから目を背けるための問いは、まるで縋るようだった。

「ロジオン様もルナルクスも『呪いのような気がする』と曖昧なんです。本当に魔物の呪いでしょうか。婚姻を阻止したい何者か、反逆を企む者、または光花神教を敵と見なす者といった悪意ある人物によるものではありませんか？」

「少なくともロマリアではないな」とランメルトは口を開く。

「王の外戚になりたい貴族は快く思っていないだろうが、私とベアトリクスの結婚は両国の絆《きずな》を強固にするためのもの、婚約阻止まではすまい。下手人である可能性は低い」

「何故ですか？」

「やり方が手緩《てぬる》すぎる。ロマリアの者ならベアトリクスが魔物に呪われていると吹聴《ふいちょう》して民を扇動し、国交断絶、ひどければ魔の領域を監督下に置くために戦《いくさ》を仕掛けるぞ」

半ば訝《いぶか》しんで尋ねたエルカローズは聞かされた答えにごくりと唾を飲み込んだ。

ロマリア王国は宗教色が強い国である一方、魔の領域という特殊な場所の恩恵を望んでもいる。ランメルトの言うような理由でベアトリクスを排除しつつ望むものを手に入れようとする輩《やから》がいたら、もっと大きな事件となって王宮全体が対処に追われているはずだ。

「先ほども言ったが、私の知ることは何も教えられない。理由はたとえ話にしてやろう」

ユグディエルの瞳は窓の外、しんと冷えた灰空へと向けられた。

「あるところに子どもがいた。親もなくその日の食べ物にもことを欠く有様だが、その子が特別であることを私は知っていた。だがお前は哀れに思い、家に連れ帰って身を清めて新しい衣服を着せ、食事をさせて寝床をやった。そのまま放り出すことはできないので行き先を探してやり、善良な夫婦に託した。かくしてその子はごく一般的な幸福を享受《きょうじゅ》しありふれた人生を生きた。――特別な聖者となってこの世を救う未来は潰《つい》えたのだ」

エルカローズは身体を揺らす。金色の彼の姿を思い浮かべて心臓が忙しなく早鐘を打った。

「未来が変わるとはこういうことだ。それを防ぐために私は黙しているのさ。変化が生じた際、それを修正するのはひどく苦労するんだぞ」

行動した結果、一人の人間の幸福な未来が閉ざされる可能性がある。

大掛かりな修正を加えたところで思い描いた形に戻せる保証はない。なら避けるに越したことはないのだと、ユグディエルが何も語らないわけは理解できる。一部の人間が不利益を被《こうむ》るのは見過ごせないと思っても正論と正義感を振りかざすにはエルカローズは無力に過ぎた。

わかっているから、身の内で冷たい風が吹き荒れて止まないのだ。

（……寒い。寒くて、胸が痛い……）

エルカローズが内なる大嵐に耐えているとき、騒々しい足音が響いてきた。足音の主と警備中の騎士が押し問答をする声を聞いて、ジェニオが細く開けた扉から「どうした？」と尋ねると、その隙間に手を差し入れた赤髪の人物が無理矢理身体を捻《ね》じ込んできた。

「っ、ロジオンとルナルクスが取っ組み合ってるわ！　エルカローズ、止められる⁉」

ミーティアの声にエルカローズは一瞬棒立ちになったが、気付けば外へと走り出していた。

背後からの「彫刻庭園よ！」という声に従い、立ちすくむ人々が慌てて譲る道を全力で駆け抜ける。侍女や兵士たちが遠巻きにしていたので無闇《むやみ》に探し回ることなく現場に行き着いた。

「っ⁉」

ばしん、と空気が弾《はじ》ける音、踏み込みかけたエルカローズは強風に煽られて空足《からあし》を踏む。

「グウァアゥッ！」

「ふっ！」

庭園は、以前訪れた場所とは思えないほど様変わりしていた。

飾り柱にはいくつも、それもとても人間には届かない高さにまで斬撃の跡があり、欠けて落下した残骸が転がっていた。辺りには焼け焦げたような臭いが漂い、突風を受けたのか深緑の葉をつけたまま折れた枝や踏み荒らされた地面がかつての景観を損なっている。

「ガァッ!」

ルナルクスが牙を剝《む》く、途端に発生した球状の風の渦《うず》がロジオンを狙って飛んでいく。

「は!」

ばしん。先ほどの破裂音はこれだったようだ。どこから持ってきたのかわからない長剣でロジオンがその渦を打ち返し、果実を割るように風を散らすときに鳴り響く。

そしてルナルクスは生み出した風の形を自在に変えられるらしい。薄く削《そ》いだ刃《やいば》のようなそれをロジオンが避《よ》けると下生えの草花が断ち切られ、柱の傷の理由を知った。

凄まじい跳躍力でルナルクスは柱や壁の上に飛び上がってロジオンを翻弄《ほんろう》し、鋭く吠える声で足止めをする。聞く者の意識に働きかける力がある声らしく、見ているだけのエルカローズが耳鳴りめいたものを感じてくらっとくるのだから、ぶつけられているロジオンには頭を殴られているような衝撃だろう。

(って、いつの間にかルナルクスにできることが増えてるんだけど!?)

突然の成長に驚くが、喜ぶのは後だ。

風が野菜でも切るように鋭く地面を削ぎ、エルカローズは悲鳴を上げる見物人に叫ぶ。

「危険です！　誰も近付かないで、離れてください！」

言われずとも人々が安全圏に退避したことを確認して、剣を鞘《さや》ごと剣帯から外し、戦いのただなかを目指す。ルナルクスが鋭い牙を剥き、ロジオンがそれを叩き伏せようとするその狭間《はざま》に、エルカローズは一足飛びで割り込んだ。

「ゥガァッ！」

「っ！」

がきっ。ががっ。ルナルクスは鞘を噛み、ロジオンの剣はエルカローズのそれとぶつかる。

「そこまで！　どっちも離れて。早く！」

指図するエルカローズを挟んで動きを止める二人の険悪な視線は変わらない。

「ウゥウウ、ガウッ！　ガウゥ!!」

「弱い犬ほどよく吠えるという言葉を知っていますか？」

「いい加減にしなさい！　王の御座《おわ》す宮の秩序を乱す行為、騎士として許すわけにはいきません！」

エルカローズの剣幕に先に退いたのはルナルクスだ。食いしばった歯から未《いま》だ唸り声を漏らすものの戦闘態勢を解いてロジオンから距離を取る。対するロジオンは幾分か髪や服装を乱しているものの、エルカローズの厳しい目にいつも通りの微笑で応じた。

「どうしてこうなったか説明してください。ルナルクスには難しいので、ロジオン様」

「ルナルクスが怒った様子で追いかけてきて、襲いかかってきたので応戦していました」

「理由に、心当たりは？」

「私が気に食わなかったのでしょう。私は彼に嫌われていますから」

ルナルクスが唸り声を大きくする。それを警告と取ったエルカローズは一歩前に出た。

「嫌われるようなことをしたんですね？」

「私は彼の恋敵《こいがたき》です。あなたに接近する私を好ましく思えないでしょう。ルナルクスはこんな風にあなたに触れられません」

冷たい指が頬に添えられる。

けれど鳴り止まない鐘のような鼓動は、いまは凍りついた鉛のようにぴくりとも動かない。

（ロジオン様の言う通りでもそれだけの理由で戦うことはないだろう。ルナルクスがそんなに単純じゃないのは私たちがよく知っている）

襲われた理由は他にもあるはず。エルカローズが視線を走らせた先で、ルナルクスが険しい顔をしながらも尾を振った。もし感情を優先させていたならエルカローズは怪我《けが》をしていただろう。双方ともに介入するこちらに気付いて手加減したのだ。

（寒い）

ここまで来て、何も言ってくれない。それが胸をぎゅうっと引き絞る。

ベアトリクスは昏睡状態に陥り、イレイネたちは主人の身を案じて不安がっている。両陛下は両親としても娘を心配しているだろうし、平和を望む重臣たちは頭を悩ませているはずだ。

ロジオンなら何もかも上手く解決に導いてくれるに違いないけれど、心身を毒している人たちがいま、ここにいる。

(信じる、見守ろうって決めた。……でも……)

——この悔しさ、辛さ、胸の痛みに耐えてまでそうしなければならないのだろうか？

(わかってほしい)

心の中でその思いが瞬き、気付けば口を開いていた。

「……私は、ロジオン様ほど知性と人徳を備えた人を知りません。出会ったときからずっとあなたはなんでもできてしまう。あまりに万能すぎて心配になるくらいに」

何故気がかりに思うのか。

ロジオンは必ず期待に応え、さすがは聖者だと称賛されるものから決して逸脱《いつだつ》しない——できない。『手のかからない健康な娘』であったかつてのエルカローズと同じだからだ。

だからずっと心にあった言葉に思いを乗せて、彼のために告げる。

「——私は、完璧でなくてもあなたが好きです」

一人で責任を負って何もかも救う必要はない。万能にならなくていい。期待に応え続けて疲弊するより、不完全でも間違っていても、健やかで笑っていてくれる幸せに勝《まさ》るものはない。

大きく目を見開くロジオンの幽魔のように青白かった頬にわずかな赤みが差す。

そんな彼をエルカローズはきっと目つきを鋭くして睨《にら》んだ。

「だからロジオン様が私を事件から遠ざけようとするのが許せない。私は騎士です。爵位と立派な館を賜《たまわ》っていても、ベアトリクス様を守るという誓いを果たせなければ意味がない。もし私を本当に大事に思ってくれるなら、ロジオン様のやり方は間違っています！」

冬空の高みで嵐のように吹く風が、エルカローズのもとに舞い降りる。

荒々しさは強さに、冷たさは澄んだ清らかさとなって短い黒髪を遊び、太陽を呼んで黒い瞳を銀光で飾った。微笑みに秘めた凛々《りり》しさと柔らかさが、言葉で包んだ思いを丁寧に送り届ける。『あなたを想っています』『あなたが大事です』『あなたに知ってほしいのです』と。

「どうか教えてください。あなたはいま、何を思って、何をしようとしているんですか？」

真っ直ぐに問うたとき、ロジオンを覆《おお》うように欠けた柱の影が伸びた。

「……あなたは私の本心を知らない。知ったら好きだなんて言えません」

「それは、」

思い込みだ、言葉にならなかったのはロジオンの瞳の暗さに驚いたからだ。

光る緑の瞳に魅入《みい》られて、え、と声を上げたとき、彼の手はエルカローズの腰に回っていた。

「――私だけを見て。私を一番にしてほしい。いっそどこにも行けないよう閉じ込めて、私がいなければ生きていけないようにしてしまいたい」

本当はね、と唇が甘く弧を描く。

「呪いなんて解かなければよかったと思いました。だってそうすればあなたはずっと私に身を委ねてくれる。朝も昼も夜も、思う存分甘やかさせてくれるでしょう？」

全身が蜜に浸されるような感覚にぞくりと背中が跳ねた。

同時に、あっと閃《ひらめ》いた衝撃で我に返る。

「そういうことかっ、あ痛っ！！？」

「っ!?」

ごっちーん！　と視界に星が散り、雪塊《せっかい》の重量を伴ったものと衝突した腰がじいんと痺れる。

痛みは二ヶ所。ロジオンと顔をぶつけたのが一つ。もう一つはルナルクスに突進されたのだ。

悶《もだ》える二人にルナルクスは怒り顔で、服越しに爪を立て尻尾で地面をばっと掃いている。

「ぐうぅぅうー」

「……すみ、ません……距離を、測れていなくて……」

「いえ……おかげで我に返りましたから……」

長く深く嘆息したロジオンはなんだか落ち込んでいる。何かに似ていると思ったら酔っ払って失敗した翌日の騎士仲間の様子にそっくりだった。下手《へた》に慰めるとますます落ち込むあれだ。

ともあれエルカローズは先ほどの気付きを口にする。

「あの、私、わかりました。ロジオン様が隠していたのってつまり、周りに思われるほど自分は聖人賢者じゃないってことですね？」

仄暗《ほのぐら》く濃い甘さを含んだ囁きはその最たる例、光花神を思って人々を救う使命を負う聖者が抱くはずのない感情だ。知られたくないと思うのは当然だろうし、エルカローズは盲目的に尊信していて、そうではないのだと告げても信じさせるのは難しかっただろう。

だから握りこぶしを作って精一杯励ました。

「大丈夫、清廉潔白《せいれんけっぱく》でなくてもロジオン様はロジオン様です。元々ただものじゃないことはわかっていましたし、新しい一面を知れたってことで問題ありません！　そういうわけなのでベアトリクス様の件で何をしていたのか、教えてもらっていいですか？」

「…………」

力説すればするほど、ロジオンはみるみるうちに力を失い、肩を落としてついには目元を覆い深く長いため息をついた。

「ロジオン様？」

「……優しくしないでください。いまの私にそうされる資格はありません」

そう言うロジオンが、とても弱々しく見えたので。

エルカローズはそっと手を伸ばし、綺麗《きれい》な髪をなぞるように頭をゆるゆると撫で下ろした。

途端、いまにも宝石になって零れ落ちてしまいそうなほど大きく瞳を見開いたロジオンの腕がエルカローズを包んでいた。

少しずつ少しずつ縛《いまし》める力が増すのは、幼子がよすがを見つけたように絶対に離さないと思い定めたみたいだった。体格の隔たりを忘れてかかる重みが、繕《つくろ》い損ねた隙間から心の内側を覗き見るようでなんだか無性に愛おしい。

(受け止める。全部)

腕が緩み、お互いの顔を近くに見る。今度頬に触れた指はわずかに震えていてぎこちない。

「私の花《ミア・ローザ》」

光花神教の信徒は愛しい人やかけがえのない存在を花になぞらえる。

形を確かめるように呼ばれて胸が震えた。芽吹いたものが大きく花開く、甘い予感がして。

「わぉおっ！」

「んぐっ!?」

だが足元にまとわりつかれるという思いがけない接触に仰《の》け反《ぞ》ったせいで全部吹っ飛んだ。

腰に掴まったルナルクスが「俺を忘れるな」と視線から尻尾に至るまで激しく主張している。

抱き合う二人としがみつく魔獣、という状況に、エルカローズとロジオンはゆるゆると見つめ合い、同時に冷静になって大きく吹き出した。

一頻《ひとしき》り笑うと、大きく息を吐いてロジオンが言った。

「……すみません、取り乱しました。聖都に駆け込んでくる方々のようになっていましたね」

救いを求めてくる光花神教の信徒たちの激しいこと、と苦笑する。衰弱しているはずの女性が宥《なだ》めようとする聖職者の首に下がるカーリアの紋章を引き千切《ちぎ》ったり、男性が数人がかりで運ぶ石の祭壇をひっくり返したりなど日常茶飯事なのだという。

だがエルカローズは首を傾《かし》げた。

「そこまで感情的には思えませんでしたけど……」

「心を乱していなければ煽られただけで戦うことはありません。ルナルクスは、あなたを傷付けている私に激怒して決闘を申し込んできたのです。自分が勝ったらあなたをもらうという意図もあったようですね。今回は彼の言い分が正しかったのでなおさら頭に来てしまいました」

微笑みながら『頭に来た』と言われても説得力がないが、思い当たる節はあった。ルナルクスと戦った理由だ。

（半分本当で半分嘘だったんだな、あれ）

また向き合ってもらえず、しかも誤魔化《ごまか》されるところだったらしい。終わったことだけれど心がつきりとした。

「ルナルクスは私のために怒ってくれたのか」

思い悩むエルカローズをずっと見ていたから行動してくれたのだ。しゃがんで抱きしめたもふもふはかなり乱れていて激しい戦いだったことを物語っている。後で毛を梳《す》いてやらねば。

「決着がついていないので現状維持ですね。エルカローズは渡しません」

「ゔぅうう……おンッ！　ゔぉン!!」

「わかっています、あなたの望みはエルカローズが悲しまないこと。私がすべてを告白すれば解消されます。ですから向こうへ行っていてください。私の秘密は彼女だけが知ればいいので」

微笑するロジオンと憤然と抗議するルナルクスを見て、エルカローズは場違いにも安堵する。

（よかった。いつものロジオン様にちょっとだけ戻った）

ルナルクスは大人しく離れ、見えなくなったところで一吠えした。人の気配が散り散りになったので、どうやら残っていた見物人を散らしてくれたらしい。なんてよくできた魔獣《こ》なのか。おかげで安心して話ができる。

「思いきりぶつけてしまいましたね。痛みませんか？」

「大丈夫です。頑丈なのが取り柄ですから」

額に手が伸びた。エルカローズが元気よく言って振る舞うほどロジオンは悲しそうにする。

「頑丈であることと痛み苦しむことは別の話です。いくら丈夫でも痛まないわけではありません。……本当にすみませんでした。痛かったですよね」

額に触れた指はエルカローズの胸の奥を指す。途端、ぽろっと瞳から雫《しずく》が落ちた。

「思う存分泣いてください。私にはそれを見て後悔する責任があります」

「いや泣き止みますよ!?　す、少し時間をください、すぐに落ち着きます……」

戸惑いながら濡れた目元を拭《ぬぐ》うけれど、理由はわかっていた。安心したのだ。穏やかでいて強固に遠ざけていたロジオンが向き合ってくれたこと、近付くなと追い返される恐れがなくなったことで鈍麻《どんま》していた感情がやっと波立った。

（勇気を出して、よかった。ここで拒絶されなくて、本当によかった……）

見守ろう、助けを求められるまで待とうという決意を翻《ひるがえ》して行動したのだ。これまで以上のすれ違いや喧嘩《けんか》、嫌われる可能性もあったけれど自分の気持ちを優先して、やっとロジオンの心に触れられたのだからほっとしないわけがない。

またロジオンに抱きしめられ、身を固くしたエルカローズは何度か口を開け閉めし、むぐむぐと言葉を飲み込んで赤く染まった面《おもて》を伏せると「すみません」と呟いた。

「どうして謝るのですか？　それは私の台詞《せりふ》でしょう」

「私がこんなだから、ロジオン様は本当の自分を見せられなかったんだと思って。もっと堂々と構えて簡単に動揺しない強い心を持っていたら不安にならなかったし、話してくださいってわがままを言わずに済んだんだろうなって、……ロジオン様？」

彼は何故か胸を押さえて柳眉《りゅうび》をひそめている。

「……十対零《れい》の割合で自分に過失があると胸が抉られます……エルカローズ、お願いですから自分が悪いともう言わないでください。謙遜《けんそん》も過ぎれば毒です。主に私にとって」

「はあ、そうなんですか……？」

よくわからないが胸が痛むらしいので先ほどのように頭を撫でると呻き声が大きくなった。

「あなたの優しさが辛いです……」

「あっ、すみません！　もう撫でません」
「いえそれは是非続けてください。とても気持ちがいいので」
そう言われたので額の辺りや横髪の周辺を撫でていると、陶然《とうぜん》と目を閉じていたロジオンが
緑の瞳にはっきりとエルカローズを映す。とくん、と胸が鳴った弾みで言葉が零れた。
「それを言うなら我慢できるのと痛くないのも別の話ですよ。ロジオン様」
万能と思えるほどの才能と強い心、多くのものに恵まれた彼はあらゆる災いや不幸から人々
を守り導くだろう。そうして誰かの代わりに傷を負って、大丈夫だと微笑むのだ。
（聖者でいたら自分の心がぼろぼろになっているのに気付かないまま笑っていたんだろう）
微笑みを絶やさず人々を救ったと語り継がれ、像まで作られたかもしれない。けれどいま触
れているロジオンは、ちゃんと生きて、揺れる瞳でエルカローズを見る一人の人間だ。
聖者が傷付かない、胸が痛まないなんて、そんなことがあるわけがない。
緑の瞳が震えて、迫ってくる、と思ったら、こつり、と額が合わさった。
「……あなたが傷付いたり誰かを傷付けたりするのは見たくない、そう思って行動しました。
けれど本当にあなたを思うなら、己の秘密を知られることになっても正直に打ち明けて互いに
傷付くべきでした。あなたは恐れにうずくまるだけの女性ではなく、力の限り立ち向かおうと
する人なのですから、問題から遠ざけて戦うことすら奪った私の行為は不誠実極まりなかった。
本当に、申し訳ありませんでした」

「ロジオン様……」

「すべて話します。私が何をしていたのか。ベアトリクス王女殿下にまつわる一連の出来事と、原因と思しきものについて」

事実上の降参だった。

白旗を揚げたロジオンが語り始めたのはエルカローズにはとても思い至らない未知と不可思議に位置する真相で、早々に打ち明けられたところで対処しあぐねたことだろう。そのくらい、聞き終えた後には頭を抱えてしまった。

「――――と、いう流れを想定して動いています。協力してもらえますか？」

「もちろん協力はします。しますけれども…………言いたいことが山のようにあります……」

でしょうね、と頷くロジオンは一人でこんなに大それた秘密を抱えていたとは思えない余裕の表情だ。けれども先ほどの落ち込みぶりを思うと、恐らく彼は、エルカローズが言葉の限りを尽くして怒り、または衝撃を受けて泣き、あるいは眼差しや態度で責めるのをとてつもなく怖がっていたのだとわかるから、ため息が出た。

「……揚げ菓子の謎が解けました」と言うとロジオンはあっという顔で苦笑いした。

「確かに人の気配がありましたが、それも見られていましたか」

朝の庭で見知らぬ女官と話していたときのことだ。彼女の発言に「おや？」と思ったので関わりがあるに違いないと確信していた。

「思ったより大きな事件で誰に相談したものか悩みますね。駄々《だだ》をこねてすみませんでした」

「その程度を駄々とは言いません。あなたの場合、嫌われるだろうかと思うくらいでちょうどいいと思いますよ。その方が私はやる気が出ます」

「……やる気、って何の……？」

自らの浅慮《せんりょ》を恥じているとロジオンは恐らく今日一番の甘い笑顔をくれた。

「ぐちゃぐちゃに甘やかしてとろとろになるまで愛《いつく》しんですべて忘れさせて差し上げますから、どうぞ遠慮なく」

「だから何のやる気なんですか!?」

今度こそ元通りになった二人の騒がしいやり取りを聞きつけたルナルクスが「……ばふぅ……」とため息を吐いていたなんてエルカローズは知る由《よし》もない。実際近くにいたのならやれやれと言いたくなるのも無理はないと納得しただろうが、これから起きる出来事が予想できていたからこそじゃれ合いが過ぎてしまったのだとも思ったはずだ。

このやり取りを最後の安らぎとして、エルカローズはその日のうちにロジオンとともに、このことを終わらせるために動き出したのだった。

第5章　あなたのためにと想うなら

花宮《フィオレ》の静かな夜に、あちこちで燭台《しょくだい》の光が浮かぶ。

騎士や兵士が巡回し、女官や侍女が残った仕事を片付けに、あるいは夜更《よふ》かしな主の命令のために、もしかしたら冷えた身体《からだ》を温める食べ物や飲み物を求めて……短い間過ごした人々が務めを果たす姿をエルカローズは想像する。

その主が深い眠りについていても役目を疎《おろそ》かにしない、それが全員の誇りであり同じ主に仕える者同士を繋《つな》ぐ絆《きずな》だ。

私室の扉を守っていたエルカローズは、揺れる波のような暗闇に包まれた回廊《かいろう》で、うずくまっていたルナルクスが起き上がったのを見る。

(誰か来る)

魔獣の青い目が見据える回廊の向こうの闇を注意深く探っていたが、やがて、とこ、とこ、とこ、という足音が耳に届き、小柄な人影がゆっくりと姿を現した。

「ご機嫌よう。遅くまでお疲れ様です」

そっと声をかけると影は動きを止め、ちょこんと頭を下げた。

「エルカローズ様もお役目お疲れ様です。何か変わったことはありませんでしたか？」

「いまのところは大丈夫です。あなたが来たくらいですね――カリーナ」

森鼠《もりねずみ》にたとえられた侍女は「エルカローズ様も冗談を言うんですね」とおかしそうに笑った。

「ベアトリクス様にご用ですか？」

「はい。汗を掻《か》いていたらいけませんので着替えと、逆に冷えていると困るので交換用の温石《おんじゃく》を持ってきました。焼いたばかりのものを持ってきたんですけれど、エルカローズ様も必要ですか？　夜の警備は冷えますよね」

小さな手が、布に包まれた手札ほどの平たい石を渡してくれる。

「ありがとうございます。本当に温かいですね。これは厨房《ちゅうぼう》で作るんですか？」

「はい。控《ひか》え室だと灰が飛んだり汚れたりして一緒の当番の方のご迷惑になりますから」

「ほほう、いいものを持っているな。私にも一つくれないか？」

そこへ思いがけず大きな手がにゅっと伸びて、二人して飛び上がった。

「ランメルト殿下!?」

いまから夜会に赴くような出《い》で立《た》ちのランメルトが、輝くばかりの笑顔で手をにぎにぎとさせる。温石を求める仕草にカリーナは慌《あわ》てて懐《ふところ》に入る大きさの袋を差し出した。

「おお、温かいな。さすがにこの時期の夜会は寒くて参ったぞ」

いったいどこに潜《ひそ》んでいたのか。声をかけられるまで気付けなかったことに歯噛《はが》みしつつ、エルカローズは慎重に尋ねた。

「失礼ですがランメルト殿下、何故こちらに？　伴《とも》の者も連れずにいらしたんですか？」

「ああ。予言者様に行けと言われた」

その答えには十分すぎるほど納得させられた。

「せっかく来たのだから見舞っていいか？　静かにすると約束する。顔を見せたくないなら天《てん》蓋《がい》を下ろしたままで構わない」

時間が時間だけに断っても問題ないだろうが、ユグディエルが絡《から》んでいる以上追い返すのは得策ではないだろう。エルカローズは目に見えて恐縮しているカリーナに、控え室に詰めているイレイネから許可をもらってくるよう使いを頼んだ。

「エルカローズ・ハイネツエール」

「はい」

二人きりになった途端に呼ばれ、反射的に返事をするとランメルトが笑った。

「女性の騎士かと珍しく見ていたがやっと思い出した。『金』の聖者様との結婚を予言されたのは君だな。聖者様と一緒にいたときに気付くべきだった」

「名乗らずにいたご無礼をお許しください。その、ロジオン様のことを……？」

「ご挨拶《あいさつ》したことがある。といっても流れ作業であちらが覚えているかはわからないが」

ロマリア王国の王族なので光花神教の拠点である神都は頻繁《ひんぱん》に訪れるのだとランメルトは話

した。新年と光花祭の時期には高位聖職者との挨拶に出向くが、各国各地から身分の高い信徒が集まるせいで、時間を短縮するために、一歩動いて頭を下げ一歩動いて頭を下げ、と規則正しく流れるような動きをするらしい。そのときにロジオンの顔を見覚えたそうだ。

「予言者様も極端な予言をされたものだとカーリアのなさりように心乱されたが……」

じっと観察されて思い至った。

エルカローズは予言とはいえ、光花神教を信仰する人々にとってかけがえのない存在である聖者をただ人にして結婚しようとしている人間なのだ。それだけでも受け入れがたいだろうに、神都に詣《もう》でて高位聖職者と挨拶を交わす身分ならばなおさら『金』の聖者の伴侶にふさわしい人間か品定めせずにはいられないはずだ。

緊張しながら答えを待っていたものの、急ぎ足で戻《もど》ってきたカリーナがイレイネを伴っていたので続きを聞くことはできなかった。

「ご機嫌麗《うるわ》しく存じます、ランメルト殿下。お見舞いくださったとのことですが、恐れながら時刻をご承知の上でのことでしょうか？」

「もちろんだとも」

暗に「人を訪ねる時間ではない」と断っているのだがランメルトは意に介さない。表情を出さないイレイネから冷えた空気を感じ取ってカリーナはあわあわと視線を彷徨《さまよ》わせている。

結局イレイネは「かしこまりました」と頭を下げて入室を許可した。

「エルカローズ、姫様に付き添っていただけますか。私は少し席を外します。あなたの代わりを寄越してもらうよう伝えておきますので、よろしくお願いいたします」

国王陛下にご報告に上がるのだろう。そしてしっかりお目付役を置いていくことは忘れない。

承知してエルカローズはカリーナとランメルトを寝室へ案内する。その後ろにルナルクスが続いた。

カリーナは天蓋をめくると寝台の足元に温石を入れ、水盆に加密列《カモミール》を浮かべて、軽く室内の埃《ほこり》を払う。ベアトリクスが眠っていてもよく働く。いや眠っているからこそいつも以上に主を思って動き回っているのか。

一方ランメルトは寝台の傍《かたわ》らに立ってじっと耳を澄ましている。明るさとは無縁の佇《たたず》まいは、本来の性格は別物ではないかと疑いを抱《いだ》かせる。ロジオンが微笑を用いるのだから、明るく強引な言動を身に付ける人がいてもおかしくはない。

カリーナが花瓶《かびん》の花を整え、いつ目覚めてもいいよう水差しの水を替えるなど細々とした仕事を果たして部屋を出る後始末をする。そうして最後にそっと天蓋の内側に滑り込むと、眠るベアトリクスに囁《ささや》いた。

「失礼いたします、ベアトリクス様」

小さく息をつく気配。涙を堪《こら》えた、震える声がかすかに届く。

「……たとえ、一生お目覚めにならなくても、私がおそばにおりますから……」

出てきたカリーナは俯《うつむ》き、泣き顔を見られないようにしたまま裾《すそ》を摘《つま》んで優雅に一礼する。侍女として黒子に徹して声はかけない。ランメルトもそれを見送る——はずだった。

「待て」

宮廷儀礼を破ってカリーナを呼び止めるランメルトに、エルカローズはぎょっと硬直した。

「ベアトリクスの侍女か？　名は何という？」

「は、はい。カリーナ・アレッサと申します」

カリーナは精一杯優雅に膝《ひざ》を折る。何故声をかけたのか、驚いて成り行きを見守っていたエルカローズはランメルトが放った一言に息を飲んだ。

「カリーナ。それは呪いだ」

「……え？」

「ベアトリクスを本当に思うのなら、たとえ仮定であっても口にしてはいけない。君がそれを望んでいるように聞こえてしまうぞ」

おそばにおりますと誓った忠誠心の厚い侍女はいまや真《ま》っ青《さお》になって、姿勢を保てなくなるほど足を震わせている。エルカローズは慌てて二人の間に割って入った。

「ランメルト殿下！　カリーナはベアトリクス様を心から慕っています。そのような意図は決して、……カリーナ？」

「…………う……」

ランメルトの青い目に見据えられた彼女はひゅっと息を飲んだかと思うと、まとわりつく何かを振り払うように大きく叫んだ。

「違う……違う、私じゃない！　呪ってなんて……ただ、私は……！」

「……ウゥウウ……グウゥウウ……ガウッ、ガウゥッ!!」

ルナルクスが地の底が鳴るような唸《うな》り声を発し、激しく吠《ほ》えた。

鼻先に皺《しわ》を集めて牙を剥《む》き出しにし、怒気を燃やした青い視線の先には扉がある。

エルカローズは反射的に柄《つか》に手をかけると、カリーナとランメルトに短く「下がって」と告げて隣室へ移動した。

果たして室内の闇の中に立っていたのは、王女の近衛騎士隊長であるジェニオだった。

「ジェニオ様？　もしかして警備の交代に」

話しかけたものの言葉を止める。

同じ仕事を生業《なりわい》にする人間には共通する雰囲気がある。エルカローズは聡《さと》い方ではないが、それでも自分と同じように剣を扱う者、特に騎士は姿勢や仕草、話し方がみんな似ていると感じるときがある。アルヴェタイン王国における理想の騎士像を共有するとそうなるのだろう。

だから肩を巻いてだらりだらりと足を引きずって歩くジェニオは明らかにおかしい。

直後、エルカローズは室内に漂う妙な臭気に気が付いた。

水と土と、色々なものが混濁する濡《ぬ》れたものの臭い。懐《なつ》かしいようでいて恐ろしく、不快な。

(泥……沼か？)

「グルルルゥウ……ッ」

ルナルクスの顔が引きつってわななく。ジェニオに明確な敵意を抱いていることを横目で確認して、エルカローズは冷静に声をかけた。

「ジェニオ様。私の声が、聞こえていますか？」

「…………」

答えがない。刃を解き放つべく抜剣した、そのときだった。

——ぎぃぬやあああぁぁああ！

袋状のものを踏み潰したような奇妙な音が響き渡る。

不安や不快を煽《あお》る赤子の泣き声めいた叫声《きょうせい》にエルカローズは思わず怯《ひる》んだ。あっと思ったときにはぐんにゃりと腕ごと投げるように振りかぶられたジェニオの右腕が迫っている。

「ウォンッ！」

だが鋭く駆けてきたルナルクスがエルカローズに体当たりし、横に倒れたおかげで攻撃を受けずに済んだ。

代わりにジェニオが姿勢を崩して倒れ伏す。手足をぐにゃぐにゃと粘土のように投げ出した姿は正常な意識があるとは思えない。エルカローズは素早く姿勢を立て直し、今度こそ抜き放った剣を向けた。

『むず、が、じぃーな。うまぐ、うごが、ねー』

潰れた声は彼本人とはかけ離れている。もがきながら不格好な人形のように不安定に立ち上がったものに鋭く誰何《すいか》した。

「お前は『誰』だ？」

『だれぇでぇも、いーい、だろ。おまえ、に、ようは、ないー。ささげもの、ずれば、べつ、だげど、もなー』

「捧《ささ》げもの……？」

『ねがい、がなえで、やる。ざざげもの、よごぜば、なぁ』

「つだめです、耳を貸さないで！」

飛び出してきたカリーナがけひけひ、と笑う声を打ち消そうとするように血相を変えて叫ぶ。

「ごめんなさい、エルカローズ様！　私、私は……」

『そいづも、ねがっだ。ねがい、ずっどぞばに、いるごど。おれに、蔓苔桃《つるこけもも》ぐれだ』

「……蔓苔桃？」

エルカローズの問いにカリーナは震えて頷《うなず》く。

「故郷に帰っていたとき……ジャムを作ろうと蔓苔桃を採りに沼へ行きました。お城に戻ったらベアトリクス様に召し上がっていただくつもりだったんです。ご結婚が決まったすぐ後で少しでも何かしたくて、ずっとお仕えしたいのに許されないんだと思うと、私、寂しくて。泣いていたら摘《つ》み取った実が広げた前掛けから落ちて……」

——地方の、薄曇り空の下、生い茂る草に囲まれた鈍色《にびいろ》の沼地に赤い実がぱらぱらと零《こぼ》れ落ちる。水面に浮かび運ばれていくそれを、黒い目をしたなにものかが掴《つか》み取る。別れの予感に悲しみうずくまる少女に、それはぎゃらぎゃらと笑って、願いを叶《かな》えてやろうと囁いた……。

『ねがい、がなえる。ずっどそばにいられるよぅーに。殺せば、いっしょう、どごにも、いがねーもん、なー?』

「——!」

ぎゃにゃにゃ、ぶじゃぶじゃ、と不愉快な笑い声が耳の奥を掻《か》き回す。「そんなこと言ってない!」という叫びを楽しげに嘲《あざけ》ったかと思うと、まるで呪うように声が低くなった。

『でも、ねがっだぐぜに、どーしで、邪魔する? なんどもなんども、邪魔、ざれるの、おれ、きらい。きらい、きらいきらいきらいきらいきらいィイイイ!』

滑らかな動作で抜かれた剣はカリーナを狙う。

がきん、と剣を受けたエルカローズの背後でカリーナがへたり込む。ぐらりと顔を傾けてジェニオがにたりと笑った。いや、いまはジェニオではない。

「お前は魔物だな」

軽々しく物を言うべきでないという寓話《ぐうわ》がある。他愛ない望みを曲解し惨事を引き起こすものの存在を警告するものだ。今回の場合『ずっとベアトリクスのそばにいたい』というカリーナの願いを歪《ゆが》んだ形で捉《とら》え、ベアトリクスの命を奪うことで叶えようとした。

性質《たち》の悪い魔物であるのは、人の住む場所に現れて害をなしたことではっきりしている。お互いの領分を侵《おか》さなければ攻撃しないという禁を破ったのだから。

「人の願いや心の隙《すき》に付け入って悪事を働いた。自身の蛮行を証言したお前は明らかな討伐対象だ。アルヴェタインの騎士として討たせてもらう！」

「ベアトリクスの守りは任せろ！　魔物など絶対に通さん！」

同時に咆哮《ほうこう》したのは、帯びていた装飾過多な剣を騎士物語の古強者《ふるつわもの》のように突き立てて寝室の前に陣取ったランメルトだった。

「殿下をお守りしながら戦う余裕がございません！　避難してください。御身が危険です」

「王女の騎士ならそんなはずはあるまい。主を守れず何を守る？」

この状況下ではさすがに苛立《いらだ》った。

「操られている騎士は私より長く勤めている者です、油断していい相手ではありません」

「ならば油断しなければ勝てるな」

「っ、屁理屈《へりくつ》をこねないでいただけますか!?　命がかかっているんですよ！」

いい加減にしろ、と語調荒く怒鳴りかけたときだった。

「ガウッ！」

唸りとともにルナルクスが先制攻撃を仕掛ける。

しかしにたぁっと嫌な笑い方をした魔物の意図を悟り、エルカローズは反射的に叫んでいた。

「だめだ！　ジェニオ様を傷付けるな！」

言葉を理解できるからまずかった。

目を見開いたルナルクスが勢いを落とした、その瞬間を狙って蹴《け》り飛ばされる。

「ぎゃうっ！」

「ルナルクス！」

倒れることなく体勢を立て直したものの、激しく痛むのか顔が歪んでいる。ごめんという謝罪とともに零れ落ちてしまいそうな後悔をぎっと噛みしめ、怒りを向けるエルカローズに、魔物はますます楽しげにジェニオの身体を揺らした。

『あぁ、やっと、慣れできだあ』

(卑怯《ひきょう》な。操っている人間を盾にするなんて)

繰り出される斬撃《ざんげき》を受けると、ぎこちなさが消えて微妙に力加減が変わっていると感じた。

操る側が手慣れ、押し返しても二撃目を繰り出せるようになっている。

もし先ほどのように急に身体能力が向上したら、受け止めきれる自信がない。

「ルナルクス。ジェニオ様と魔物を分離したい。弱らせれば、いけるな？」

「あおっ」

右足が床を掻く。了承の声を聞いたエルカローズは決着をつけるべく地を蹴る。

（まだ身体の軸がぶれている。なら体勢を崩すまで！）

斬りかかったのを避《よ》けられた、そのすれ違いざまに腕を絡めて遠心力で突き飛ばす。だが。

（重い！）

操られている力のない動きを見ていたせいか思っていたよりも重量があって、体格に恵まれた近衛騎士を上手《うま》く放り出すことができず、エルカローズは自らも体勢を崩して床を這《は》う。

その隙を逃さず攻撃が来る、だが頭上をルナルクスが跳躍して防いだ。

ジェニオは体当たりを食らい、姿勢を崩して膝をつく。一方くるりと回転して身軽に降り立ったルナルクスは尾を立て、じわじわと追い詰める円を描くような動きと唸り声で相手を威《い》嚇《かく》している。その間にエルカローズは身を起こし、肩の具合を確かめた。

「痛めたか？　離脱するか」

ランメルトの問いに首を振る。

「いいえ。肩が外れる前に離しましたので問題ありません」

そして一つはっきりした。ジェニオには意識がない。眠っている人間は意識があるときより重く感じられるから、抵抗されたわけではないのに振り回せなかったのはそのせいだ。

そのとき座り込んでいたカリーナが転がるように控え室の扉に手をかけた。

「っ!?　開かない、どうして!?」

扉はびくともしないらしい。だからこの異変に誰も飛び込んでこないのだ。

いまのルナルクスが様々な力の使い方ができるように、呪いの力で壁らしきものを作って獲物を閉じ込めたのだろう。そしてこの充満する不快な臭いは魔の領域に満ちる魔の気と同じものかもしれない。

「エルカローズ。君がここにいるのなら、聖者様はどこだ?」

扉を叩《たた》き、掴んだ取っ手を揺さぶるカリーナがランメルトの問いを聞いてはっとなった。

「そ、そうです、あの方なら!」

「ロジオン様は来ません」

一方は青く、もう一方は不思議そうに「何故」と言う。

「そ、そんな、仲違《なかたが》いですか!? エルカローズ様が危険な目に遭っているのに!」

「違います。逆です、カリーナ」

肩にも剣にも異常がないことを確かめてエルカローズは勇ましく笑う。

「ロジオン様は私を信じてこの場を任せてくれたんです。だから私も私ではできないことをお任せしました。いまロジオン様はロジオン様で戦っています。だから来られません」

仕掛けを施し、思い定めた人物の罠《わな》にかかって動き出す日を推定して人員を配置した。すべては極秘裏に解決するために。そしてこの夜、目論見《もくろみ》通りに事が起こったのだ。

たとえカリーナが信じていいものか不安で瞳を揺らしていても。ランメルトが値踏みするように注視していても。魔物と戦闘になることを予測していても。

ロジオンが信じて託してくれた。その喜びがこの瞬間エルカローズを誰よりも誇り高い騎士にする。

「『頼みます』と言ってくれたロジオン様のためにも、私はお前を討つ！」

理解できない言葉と宣戦布告を捲《まく》し立てられ、ただただ不愉快そうに小刻みに身体を揺らす魔物に、エルカローズは剣を差し向けた。

瞼《まぶた》を下ろして感覚を研《と》ぎ澄ませていたロジオンは、王宮内部から強い魔の気が発生したのを察知して目を開けた。

(魔物が現れた。やはり内部に潜り込んでいたのか)

呪いの対象であるベアトリクスの近くに出現するはずだと踏んで、エルカローズとルナルクスが守りを固めている。今頃戦闘になっているだろう。彼女の力量は知っているので心配はしていないが、傷を作ると思うと心穏やかでいられなくなる。

(傷付く度《たび》に完治するまで閉じ込めれば気を付けてくれるようになるだろうか)

その間に接するのは自分だけ、という生活を想像し、存外悪くないと思っていると、暗い道をロジオンのいる門へ向けて一台の馬車が走ってきた。心躍《おど》る甘い想像を強制終了させられた真顔に瞬時に微笑を貼り付け、「来ました」と詰所へ呼びかけて道の真ん中に立ち塞《ふさ》がる。

驚いた御者が馬車を停めると「何事なの？」と咎《とが》める声がした。

「夜分遅くに恐れ入ります。少々ご協力いただいてもよろしいでしょうか？」

にこやかにロジオンが尋ねると、小窓から女性が顔を出した。

「まあ、聖者様。ご機嫌よう、いったいどうされましたの？」

先日庭で話していたところをエルカローズに目撃された王妃宮の女官だった。

「お急ぎのところ申し訳ありません。王宮を知るようにというディーノ殿下のご命令で、門番の仕事を体験させていただいているのです。お時間をいただきますがお付き合いください」

女官はくすくすと笑って「構いませんわ」と御者に協力するよう言いつける。

門を出る人間の数、運び出す品物の聞き取りなど丁寧に時間をかけていると、退屈したらしい女官が再び顔を覗《のぞ》かせて話しかけてきた。

「王太子殿下の教育係も大変ですわね、まさか門番の仕事の研修だなんて」

「いい機会をいただいたと思っています。私は王宮がどんなところかわかっていませんから、王妃宮の女官がこんな夜更けにご帰宅されるとは知らず……」

そこでロジオンは言葉を切り、いま思い出したという顔をした。

「失礼しました、確か王宮に部屋があるとお聞きしましたね。だとするとこんな時間にどちらへ？　お一人では危険ですし明るくなってからになさった方がいいと思います」

「いま出ないと予定の時刻に着きませんの。それに知人と向かいますから大丈夫ですわ」

「そうですか。心配ですが、私では引き止められませんね」

記録簿に書き込みを終えたロジオンは微笑《ほほえ》み、持っていた包みを差し出した。

「夜食に持ってきたものですが、よろしければどうぞ。故郷の味と仰《おっしゃ》っていましたね？」

「あら、揚げ菓子《チェンチ》ね。いただきますわ」

包みを受け取って車内に戻る彼女に、ロジオンは心を込めて別れの言葉を贈る。

「ここで別れることを残念に思います――故郷に戻れず協力者の知人と合流もできないあなたの最後を、見届けることができないのですから」

大きな物音を立てて詰所から、道の向こうから、暗がりから続々と現れた騎士と兵士たちが馬車を取り囲む。丁重な物言いで外に出るよう促《うなが》したが聞き入れられず、最後には引きずり出すことになった女官は、暴れるところを取り押さえられて憎々しげに言った。

「離しなさい！　わたくしが何をしたと言うの⁉」

「王宮の護《まも》りに細工をしたでしょう」

心当たりがないとは言わせない。それがベアトリクスを取り巻く事件を複雑化させたのだ。

微笑んで見下げるロジオンに彼女は顔を歪めて笑みを形作ろうとする。

「証拠があるの？　それに細工をしたところで罪状は何になるのかしら？」

「それは私の関知するところではありません」

勝ち誇るような笑いは、続くロジオンの言葉にがたがたに崩れていった。

「私は、アルヴェタイン王国では『キアッケレ』と呼ぶ揚げ菓子が地域によって異なる名を持つこと、それを『チェンチ』と呼ぶのが光花神教の神都近辺であること、その呼び名を用いた人間が王族を危険にさらすような動きをしたことを、然《しか》るべき方にお知らせしただけです」

それだけと言いながら行いの大半を指摘された女官は表情と血の気を失っていく。

事件に関わるのがアルヴェタイン王国外の人間だと気付いたとき、予想を確信に変えるためにロジオンは揚げ菓子を用いた。波型に切った生地を揚げた祭り菓子は素朴ゆえに、同じものでも地域によって異なる名で呼ばれて親しまれている。彼女が『キアッケレ』を『チェンチ』と呼んだこれがエルカローズの言った『揚げ菓子の謎』だ。

結果ほぼ確定的になったがこの女官が本当にロジオンの考える一派に関係する者なのかは、もうどうでもいい。協力者もいるようだが宣言通りこれ以上の処置は与《あずか》り知らぬことだ。

馬車を曳《ひ》いていた馬を解放して騎乗すると、証拠品を乗り物にするロジオンを剣《スパーダ》宮の騎士が慌てて制止にきた。

「ちょ、どこへ行くつもりですか!?」

「この戦《いくさ》は終わったので次の戦場へ向かいます。後はよろしくお願いします」

そう告げて馬車用の輓具《ばんぐ》があるだけの裸馬《はだかうま》を操り、花宮を目指す。たとえ出番がなくとも、愛する人の戦いに駆けつけて勝利を祝す誉《ほま》れは誰にも譲るわけにはいかないのだ。

右に左に、また左に。避けて背後に回ろうとすればぐるりと回転して剣を跳ね上げられる。相手の動きはますます人外化していた。骨をなくしたように無茶苦茶に振られる腕が繰り出す剣は、まるでしなる鞭《むち》のようで予測が難しい。攻撃を打ち上げるとがら空きになった正面に飛び込まれそうになり急いで後方へ飛ぶ。だがそれよりも早く敵が迫る。

『あ、あはは、おも、じろい！　おもじろいなあ！』

「つく」

咄嗟《とっさ》に弾《はじ》く。目前で打ち合う刃は光を散らすようだ。

刹那《せつな》にして呼吸を整えてそのまま切り込むが剣を縦にして止められる。そのまま力で押し切ろうとしたが、甘かった。ぎりぎりと軋《きし》む刃を流され、突きが来た。

これはあえて受けずに躱《かわ》し、真《ま》っ直《す》ぐに突き出された剣がこちらを向かないよう、刃を押し当てるようにして滑らせる——ぎゃぁああっ、と鋼が鳴いた。

「はっ！」

刃零れは必至、鍛冶屋《かじや》が泣く使い方で肉薄したエルカローズの渾身《こんしん》の蹴りが入る。

体術がくるとは思わなかったのだろう、ジェニオは吹き飛ぶように後ろへ転がったが、一瞬のうちに勢いを削《そ》いだ両手両足でもって飛び上がる。そして身体を空中で回転させたかと思うと、天井を蹴って矢のような速度で襲ってきた。

（なっ⁉）

一瞬言葉を失ったが、両手で振り下ろされた剣は単純な攻撃ゆえにすぐに躱せる。

だがそのまま這いつくばるでもなく、今度は斜め右に飛び、壁を蹴って迫ってきたのには驚いた。ルナルクスのよう、いやそれよりももっと柔らかい生き物の動きだ。

『ふ、ぐふっぐふふ、〇※××※※、ころぜば、おれ、つぎの、もりのおう』

「グルゥウ……ガウッ！　ガゥガウガウッ、ガアァッ！」

不明瞭《ふめいりょう》な言葉が奇妙な音に変わり、ルナルクスが激しく吠える。理由はすぐに思い出せた。

魔物が発する『〇※××※※』という音は彼の本当の名前だ。

「知り合いか？」

「がぁぅ！」

激しく頭を振られ、こんな悪質な輩《やから》が知り合いなわけあるかと睨《にら》まれて、だよなと思う。

黒の樹海を統《す》べるつもりで森の王などと言うのなら、なおさら倒す理由ができた。ルナルクスも上半身を沈めて肩を持ち上げるようにし、前足でがしがしと床を掻く。

魔物はエルカローズの攻撃を学習して、蹴り技、それも顔面を狙ってくる。手加減を知らない魔物に操られた成人男性の蹴りだ、当たれば確実に顔が歪む。恐れを見て取った魔物は調子に乗って顔を掴もうと手を伸ばし、斬撃に邪魔されて不可能と悟るや今度は腕を振り回すような連続斬りで顔をずたずたにしようとしてくる。

（越えなければいけない課題は三つ。魔の気を払うこと。ジェニオ様を無力化すること。そして魔物本体を討伐すること）

問題は人外じみた身体能力、それから武器の違い。彼の剣はエルカローズのものより幅広で長く、重量があるため斬るより叩き潰すのに向いている。重さの分だけ動きが鈍《にぶ》くなるはずが、魔物の力で弱点を補う形になっている。

（でも、ロジオン様が言っていた通りなら、いける！）

動きが速く、翻弄《ほんろう》される。息が上がる。

手足が悲鳴を上げる。強い力で振り下ろされる剣を受けて、もう痛みすら感じられない。

――魔物の多くが人間のことを知りません。弄《もてあそ》ぶつもりが命を奪ったり、人の言い分を鵜《う》呑《の》みにして自分が騙《だま》されたり。

ジェニオを操る様はまるで新しい玩具《おもちゃ》で遊ぶ子どもだ。剣の切れ味を確かめるみたいに人形を自在に動かそうと試みている。ロジオンが教えてくれたように、人間を知らないせいで加減を知らないのだと思わせる。

（もう少し。もう、少し……！）

歯を食いしばり、眉間《みけん》には皺《しわ》が刻まれ、必死すぎて表情を取り繕《つくろ》う暇《ひま》もない。喉がひりつき、収縮を繰り返す肺がそのうち破れてしまいそうだ。集中のあまり、音すら聞こえなくなって。

（もう少し、あと、少し――）

いつの間にか心は過去に飛んでいた。

叙勲《じょくん》されたとき、騎士見習いの訓練時代、祖父母のもとから実家に戻ってきた頃まで。

そのとき病弱な兄を後継者に指名するべきか否か、両親が縁者の介入を受けていた。

貴族の子弟が家を継ぐには騎士になる義務がある。終戦後、貴族が己の特権を保持するからには社会的責任を負わねばならないという考えが広まり、指揮官相当の訓練を受けて有事に備えるようになったのだ。

だが兄はその訓練に耐えうる身体の持ち主ではなかった。季節の変わり目に一月ほど寝込むのだから教練を受けると命が危うい。それを踏まえて、兄を後継者から外すべきだという意見と手を尽くして継がせるべきだという意見がぶつかり、親類は両親を挟んで毎日揉《も》めていた。

見ていることしかできないのだろうか？　いいやそんなことはない、身体の弱い兄上よりお祖父様《じい》に剣を教えてもらった私の方が騎士の訓練に耐えられるはず。そう思って、名乗り出た。

『私が騎士になります。兄上の代わりに騎士を務め、兄上の子どもを騎士にしますから』

瞬《まばた》きのうちに追想は消え、いま。

技術があったのなら。身体に恵まれていたのなら。経験を積んでいたのなら。家の後継ぎになれる男性に生まれていたのなら、きっといまよりずっと楽に勝てたのかもしれない。

けれどこうして戦うことができるところまで諦《あきら》めずにきた自分だから、ベアトリクスの騎士に選ばれたのだ。オーランドのような剣技、ジェニオのような体躯《たいく》、モリスのような経験を積んでいたらここにはいない。ロジオンと結婚を予言されることも恐らく起こり得なかった。

未熟で頼りなくて臆病で令嬢らしい可憐《かれん》さを持たない私。

けれども意地でも剣を離さず愚直になりふり構わず走る騎士《わたし》。

騎士という、身命を賭《と》せるほど思い入れるものがある自分を、誇りに思う。

「ヤッ！」

振り上げた剣を四つ足の跳躍で避け、無駄だと魔物がにやついた、瞬間。表情が一変した。

『うぅ――うご、がね……っ？』

――今回の魔物は恐らくそれほど強くありません。隠れ潜んで対象を呪うことが非効率だと判断した場合、己の分身となる者を適当に選び出し、操ってくると考えられます。戦闘になれば身代わりにして戦うでしょう。

――その無知識が、勝機です。

普通に生活する上で骨、関節、筋肉は完全な力で使用されているわけではない。そこへ魔物の動きを模倣《もほう》してそれらを酷使《こくし》するのだ。操っているのは騎士ゆえに頑強であっても人間の身体、負荷がかかって機能しなくなるに決まっている。

（そうロジオン様が教えてくれた！）

思った通りに飛べず、体勢を崩して中途半端な高さから落下する魔物へ剣を走らせる。

「あ、ぁあああッ！」

『や、やめ、っ』

止めろとかこいつがどうなってもいいのかなどと言いたかったのだろうが、あいにく聞く耳を持たないエルカローズは、剣を逆手に持ち替えると、柄頭《つかがしら》でその顎《あご》を打ち上げた。

『────』

鮮やかな一撃が魔物の気配を弱める。

「ルナルクス！」

「おんっ！　おおぉおおお────」

好機と呼ぶ声に応え、ルナルクスが高らかに吠える。

遥《はる》かに遠くまた近いところに御座《おわ》す女神の力を求めて、遠吠えの残響が光になる。

夜の闇をより深くしていたものが一掃《いっそう》され、青い光が波のようにさあっと押し寄せてくる。

『げっ、げっげっ』

仰向《あおむ》けに倒れたジェニオから飛び出した何かが陰の中に逃げ込もうとした。

「待て！」

エルカローズが叫び、ルナルクスが追おうとして──廊下側の扉が開いた。

格好の退路だった。大きな黒いものがべちゃりという重苦しい音を立てて跳ね、逃亡を図る。

『うあひゃひゃ！　ざぁんねえぇんん！』

歪んだ笑い声が迸《ほとばし》る。だがエルカローズはその先に誰が立っているか知っていた。

「ロジオン様！」

刃のような薄い微笑みが応える。

「――私の騎士の仰《おお》せのままに」

『ぎゃっ!!』

黒い塊《かたまり》は一瞬にして剣に叩き落とされ、長い足に踏みつけられる。

『げええっ、げえええぇっ』

そうしてエルカローズは魔物の姿を初めて見た。

でろりとはみ出した黒く長い肉厚の舌とぎょろぎょろ動く離れた両目が不気味な顔相を形作っている。泥色の皮膚はぶよつき滑《ぬめ》っていて、水かきのついた短い手足がじたばたと床を叩く。小型の若牛くらいの大型だが、汚泥《おでい》の臭気を帯びる蛙《かえる》の姿をした魔物だった。

「あなた程度の魔物が、よくも彼女を痛めつけてくれましたね？」

『いでっ、いでえよぉおお！』

無様な悲鳴とは真逆の麗しいロジオンの紡ぐ言葉だが、笑っているのに緑の目は怒りに燃えている。番《つが》えた矢を射るような剣呑《けんのん》な目つきだ。もがくからなのかわざとなのか、その足が苦痛を与える動きをして泥の魔蛙は耳障りな声で鳴いている。しかもその上にルナルクスが乗り上げ、粘《ねば》ついた皮膚に真珠のように輝く爪を立てるのでますます悲鳴が大きくなった。

「定められた領域を越えて人に危害を加えた、何よりも私の大切な人を危険な目に遭わせた報いを、どうぞ受け取ってください」

「がふ」

『いやだぁあああああ――――!!』

剣は垂直に、魔蛙の頭部を貫いた。

ぎょろついた目は急速に濁り、どうっと身体が倒れて長い舌が床に放り出される。泥色の皮膚が漆黒《しっこく》に変わってまるで炭のようになった。

魔物の死は動物のそれと異なるというが、黒の樹海では死んだ生き物はすべて森とそこに生きる魔物に取り込まれるので、こんな不気味な落命をエルカローズは初めて見た。

魔物を倒した剣を一振りして鞘《さや》に収めるとロジオンが手を差し伸べてくれる。

掴まったものの疲れ果てた足が萎《な》えてしまっていて、よろけたところを抱き留められた。

「すみません、足が、……ロジオン様？」

はあ、とため息が耳を掠《かす》める。

「信じていましたがやはり心配で胸が押し潰されそうでした。無事でよかった」

「大丈夫だから任せてくださいって言ったでしょう？　それよりもそっちはどうでしたか？」

実はちょっと危なかったとは言わないで尋ねると、ロジオンは当然頷いた。

「予想通り王宮を出て行こうとする女官を呼び止めました。騎士の方々が事情を聞いていますが裏を取るのは難しいでしょうね――王女殿下の悪い噂《うわさ》を流すよう指示されていた、そして宮中の護りに細工をした、とは」

「入ってもよろしいですか？」

そこへ響く、凛《りん》と固い声。様子を窺《うかが》う他の側仕《そばづか》えと騎士を押しのけてイレイネが立っている。

「どうぞ。念のため、安全確認を行ってからお入りください」

「べあ、ベアトリクス様……っ！」

部屋の隅で身を小さくしていたカリーナがはっと立ち上がり、寝室へ駆ける。ランメルトが「入っていいぞ！」と道を譲り、彼女とイレイネが飛び込んだ。

天蓋の内側でベアトリクスは眠っていた。彼女の世界では何の騒ぎもなかったかのように。

「ご、ごめ、ごめんなさ……ごめんなさい、ベアトリクス様……！」

途端に泣き崩れたカリーナにロジオンが声をかける。

「カリーナ、あなたに話さなければならないことがあります」

目を上げたカリーナは大粒の涙を零しながら頷いた。

集められたのは当事者であるカリーナ。同席するのはエルカローズにイレイネとランメルトだ。ランメルトの姿があったことで一騒ぎあったものの、負傷したジェニオは医務室に運ばれ、他は人払いされて執務室を検分している。

「何故聖者様の姿がないのか疑問に思っていたが、裏切り者を捕らえていたんですね？　その者がベアトリクスを貶《おとし》める噂を広めていたと」

ランメルトの問いにロジオンは頷いた。

「はい。魔物が潜伏するにはいくつかの条件がありますが、そのうちの一つが人為的に行われたものだと判断したので、関係者が逃亡するのを待ち構えていました」

「よく今日この頃合いになったものだが何をしたのか今後の参考にお聞かせ願えますか？」

「特別なことは何も。その者たちが施した細工に手を入れるところを見てもらっただけです」

慌てた関係者ができるだけ早く行動するよう働きかけたのだと微笑するロジオンに気負いはない。呼び止められた方も何の疑問も感じずに応じただろう。

「今回の出来事は、本来なら早期解決して然るべきものでした。ですがいくつかの要素が絡み合ったために複雑化してしまった。いまからそれを紐解《ひもと》いていきましょう」

何が起こっていたのか知りたいという顔をしている一同を見回して、ロジオンは語り始めた。

「出来事の中心はベアトリクス王女殿下が呪いを受けていることでした。ただこれを呪いと断定できなかったことが最初のつまずきになっていたのです。何故なら花宮は呪いを呪いと感じられない状況にあったからでした」

「宮中の護りに細工をした、という？」

「はい、殿下。王宮のような古い建築物には光花神教にまつわる文様や図画が用いられています。装飾だけでなく、ある種の結界を構築する効果があると考えられてきたためです。経年劣化等で施したものが欠損したとき、結界は綻《ほころ》びます。花宮にあるそれに手を加えた者がいたため、この場所の結界が薄れ、魔物の侵入を許してしまいました」

　どの装飾が該当するのかは悪用を防ぐために伏せると言ってロジオンはカリーナを見る。

「結界が機能していればカリーナに付いてきていた魔物は弾かれますが、そうはならなかった。かくしてあの魔蛙は王女殿下を呪いで苦しめるようになったのです」

「なるほど。ではその侍女はいったい何をしたのですか？　後ろめたいことがあるようだが」

　ランメルトの視線を受けてカリーナの肩が跳ねる。

　だがロジオンは隣国の王太子の言葉をやんわりと諫《いさ》めた。

「そのような物言いはいけません。彼女は王女殿下の命の恩人ですから。そうですね、カリーナ？」

「カリーナ」

　感情の薄いはずのイレイネが痛ましそうにわずかに目を細めると、カリーナは小さな手に勇気を握りしめて、口を開いた。

「恩人なんて、大それたものではありません……ただ私は、幼い頃不思議な力を持っていて、それを思い出しながらおそばにいただけです……」

「その力はどんなものですか？」

「誰にも尋ねたことがないので恐らくなのですが……名前を呼んだものを眠らせる力、です」

　最初はただの偶然だと思っていた、とカリーナは追想する。

「故郷で私は両親と弟妹《ていまい》と飼い猫と暮らしていました。年の離れた弟妹のお守りが私の仕事で、私が世話をすると弟も妹もよく眠ってくれて助かると両親は喜んでいたんです」

だが活発なせいで何かとやらかしてしまう弟妹から目を離せなくなった頃。

前日の雨で近くの川や沼が増水していた。子どもだけで水辺に行ってはいけないというのがこの辺りの決まりで、破る悪童も多かったけれど、カリーナは手のかかる二人を連れていけば何が起こるかわからないと思い、遊びに行きたいと暴れる弟妹にだめだと言い聞かせていた。

しかし弟妹は共謀し、二人が汚した床や壁をカリーナが片付けている間に抜け出そうとした。気配に気付いて妹はなんとか確保できたけれど、弟は捕まるまいと逃げ出した。手を離せば妹も駆け出す、けれど弟を止めなければ。そう思ったカリーナは強く思った。

——止まりなさい！

弟の名を呼ぶ声に乗せられた思いは、届いた。

次の瞬間弟は転び、そのまま動かなくなった。何が起こったのか呆然《ぼうぜん》としながら駆けつけるとぐっすり眠っている。やがて泣きわめく妹の声に目を覚まして何が起こったのかわからない顔をしていたけれど、カリーナの方こそどうなっているのか教えてほしいと思ったという。

「両親に話して、村の司祭様に相談することになりました。そうしたら司祭様はしばらく様子を見ようと仰ったんです」

「成長するにつれて能力を失う可能性が高いから、ですね」

「はい。でも不安で仕方がなかった。眠らせたくないのに名前を呼ぶとそうなってしまうかもしれないと思うと怖くて……それも犬や猫といった動物にも及ぶんですから、誰にも知られてはいけないと思いましたし、両親もそう言いました。だから友達付き合いができず家に引きこもるようになったので、勉強することだけがその頃の私の唯一の遊びでした」

孤独な少女のたった一つの慰めが、やがて仕えるべき主のもとへ導いた。

「力が消えたのはいつ頃ですか？」

「王立学院に上がってからです。ベアトリクス様に名前を呼ぶように言われて、そのときに」

カリーナも、聞いていたエルカローズも苦笑いした。ベアトリクスが「名前で呼んでごらんなさい」と強要するところが目に浮かぶ。

王女の命令に従わなければならない義務感と能力が発動する恐怖感は、前者が勝《まさ》った。カリーナはベアトリクスを呼び、何も起こらないと気付いて驚いた。学院内で飼育されている馬や犬を呼び、次は人の名前を呼んで、やっと能力が消えたと知った。

「ベアトリクス様が眠れないでいると知ったとき、消えた力のことを思い出したんです。それからできるだけおそばにいて、お休みになれるよう祈りながらお名前をお呼びしていました」

「許可をいただいて業務日誌等を拝見しましたが、頻繁に当直に入り、出仕日以外にも王女殿下をお訪ねしていたのはそのためだったのですね」

側仕えは一般的には私事として秘されることも主人を守るために記録する。

ベアトリクスは自由な人だが、たとえ信頼できる人間からの差し入れであっても口にするものや身に着けるものは必ず報告していたらしい。ロジオンの焼き菓子の記述も、報告を受けて昨日分《さくじつ》に書き足された異なる筆跡の記録もあった。

その書き足しは一定の時期から顕著になる。

その頃にベアトリクスの悪夢が始まり、睡眠不足に周りが気付いて少しでも気が休まるよう温かい飲み物を差し入れるようになったと思われた。その書き足しと勤務記録を照らし合わせて浮かび上がったのがカリーナだったのだ。

「その行為が王女殿下を救《たす》けたのです。何故ならあなたが持っているのは祝福の力、それも一度失ったカーリアの恩寵《おんちょう》を再び手にした稀有《けう》な例です」

「祝福……？」

呆然と繰り返すカリーナに、そうです、とロジオンは頷く。

「光花神に代わって人々を救《たす》ける。あなたは聖女候補です、カリーナ」

ルナルクスがまるで祝うように尾を揺らした。

大きな団栗《どんぐり》の目がいまにも零れ落ちそうなほど見開かれる。エルカローズは事前に聞かされていたので動じないでいられたが、イレイネは言葉を失い、ランメルトは信徒として驚愕《きょうがく》しカリーナを凝視《ぎょうし》している。

「わた、私、私が、聖女候補ですか⁉　な、何かの間違い……」

「そう思いたいのはわかりますが、諦めてください。祝福の力の持ち主は見つかり次第神教会の預かりとなります。多くは幼少期に力を失い、再び顕《あらわ》れることはほとんどありません。それゆえにもう一度祝福の力を手にした者はとてつもなく強い聖性を持つ。ですからユグディエルが来たのです。彼が迎えに来たのなら絶対に逃げられませんから」

経験者は語る。慌てふためき動揺するカリーナに困り顔で絶望を与えると、ロジオンは居合わせた人々に真剣な表情で向き直った。

「このカリーナの祝福の力が、王女殿下を救う一方で呪いを弱めて特殊な状況を作り出したもう一つの理由です。指導を受けていないために祝福の力が不完全な形で作用し、呪いと等しく引き合う形で、王女殿下に不眠という症状をもたらしたと考えられます。祝福の力と呪いの力が絶えず打ち消し合うので私のような者が上手く感知できなかった。これが真相です」

そこにイレイネが手を挙げる。

「では姫様が昏睡《こんすい》したのは何故ですか？」

「そうなるよう、私が調整しました」

イレイネとランメルトは訝《いぶか》しげになる。恐れていたときが来てエルカローズは胸元を握った。

「早々に片をつけたい旨《むね》をお伝えし、王女殿下に許しを得てご協力いただきました。事態が動けば関係者が一斉に動き出す、そのときにすべて解決するので囮《おとり》になってください、と」

「っ、ベアトリクス様を危険にさらしたんですか⁉」

誰よりも早くカリーナがロジオンに噛み付く。

真相を聞いたときに同じことを思ったので気持ちはよくわかる。いくら早く解決したいとはいえ護衛対象に危険を強《し》いるなんて。

（解決する自信があるからなんだろうけど手段を選ばなさすぎだ）

隠密行動の理由の一つにそうした強硬な方法がエルカローズに発覚することを恐れていたからだと悟ったときには、頭を抱えるほかなかった。もしかしなくても冷徹なところがあるのかもしれないと、ロジオンに対する認識ががらっと変わった瞬間だ。

それでも彼が責められるのが辛《つら》くてエルカローズは前に出ようとしたが、ロジオンの手に阻《はば》まれた。視線を合わせると手出し無用とばかりに微笑まれ、引き下がらざるを得ない。

「そうです。御命が危うくなりますが魔物の呪いを受けてくださいとお願いしました」

「……こ……このっ‼」

激昂《げっこう》したカリーナが振りかぶった手をロジオンは甘んじて受けようとした。

だがそれが届く前に、イレイネが彼女の行く手を阻む。

「イレイネ様！　どいてください！」

「ロジオン殿を殴ったところで時間は巻き戻りません。それに姫様がこうすると決めたことに異を唱える無意味さを、私たちはよく知っているでしょう？」

それでもロジオンを見る瞳は冷ややかで、叶うならカリーナと同じことをしてやりたいと思っているのが伝わってくる。

同時に、小さなため息には敢《あ》えて語られなかったものを察している雰囲気があった。

（イレイネ様、ロジオン様が言わなかったことに気付いて……）

その様子を横目で見ながら「それで」とランメルトが確かめるように話をまとめていく。

「侍女の他愛のない望みを歪めて叶えようとする魔物がいて、それに不届き者が気付いた。その者の目的はベアトリクスの評判を下げることで、魔物と呪いをも利用しようと企《くわだ》てた。それを可能にするのは、光花神教に詳《くわ》しく、魔物の生態を知ることのできる者。我が国の者でなければ――光花神教の聖職者か」

場が、冷たい沈黙に包まれた。

何故光花神教の聖職者がそのような企てをしたのか。ロジオンはエルカローズにだけ、自らの考えを教えてくれた。

（ベアトリクス様が王妃になることで、ロマリア王国民の魔物に対する考えが変わるかもしれない、という……）

光花神教の影響力が強いロマリアでは、この世から魔物を排除すべきだという強硬派の勢力がかなり大きいのだそうだ。

だが人の心を惹《ひ》きつける魅力を持つベアトリクスなら、駆逐《くちく》ではなく共存へ、流れを変え得る力がある。それを恐れた強硬派が、光花神教の干渉を困難にする可能性があるベアトリクスを取り除こうと画策したのではないか。

「そこまでは存じ上げませんが、心当たりがおありならそうなのでしょう」

関与することではないとロジオンは物柔らかにそれ以上の追求を拒んだ。

ロジオンが言うに各国の要所に光花神教の間者が潜伏するのは当たり前のことだそうだ。実行犯は神都に近しい人物のはずだがそれだけでは証拠不十分で、すべては憶測に過ぎない。そして深入りは危険だと、エルカローズに聞いたことを全部忘れるように言い聞かせた。

だが今後の方針を見定めたらしいランメルトは重々しく頷き、再び力強く剣を突き立てた。

「うむ、十分すぎるほどの働きであった！　騎士エルカローズと魔獣ルナルクスの義戦、そして聖者ロジオンの英略、このランメルト・ノルベール・ロマリアがしかと見届けた！」

感動した！　とでも続きそうな気迫で告げたそこへ叩扉《こうひ》の音が響く。

姿を現した近衛騎士が一同の注目に震えながら恐る恐る言った。

「お話し中のところ誠に恐れ入ります。司祭様がおいでになったので魔物の亡骸《なきがら》を片付けようと思うのですが、問題ありませんか？」

その申し出が解散の合図になった。

騎士たちがやってきて、浄化のために呼ばれた城内の神教会に籍を置く聖職者たちを室内へ促す。とんでもない要人をこれ以上巻き込めるわけがないと考えた人々に群がられたランメルトは、あれよあれよと連れ出されていってしまった。

いても困るが、いなくなると妙に静かで寂しい。エルカローズは苦く笑う。

彼がこの国に来た目的にはルナルクスのことも含まれていたはずだとロジオンは言っていた。予言によって結婚する元聖者と騎士が魔獣と暮らしていることは、各国上層部や情報収集を必須とする商人など耳聡い人々には知られている。彼らは常にこちらの動向を窺っているのだから、次期ロマリア国王のランメルトがそのつもりだったとしても不思議ではない。

エルカローズは炭化した魔蛙を見る。領域を離れて悪事を働いた者の末路だが、哀れだった。

もしルナルクスが道を誤ったら、と考え、すぐに打ち消す。

想像なんてしない、絶対そんな未来を迎えさせない。そのために力を尽くすのだ。

「ロジオン様。弔いの、鎮魂《ちんこん》の祈りを捧げてやってくれませんか？　住処《すみか》から離れた場所で命を落としたのは報いを受けたにしてもあまりに……」

ロジオンはゆるりと瞬きして、微笑みを零した。

「あなたが願うなら何なりと。我らの騎士がお望みですよ、ルナルクス。カリーナも手伝ってください」

「私、ですか？　でも私、鎮魂の祈りなんて……」

「私が教えます。合わせて、かつて聖者だった者として力の使い方のこつを伝授しましょう」

現役の聖職者たちに断りを入れると、ロジオンは剣を杖《つえ》代わりにカリーナとルナルクスに打ち合わせを始める。漏《も》れ聞こえてくる穏やかな声は自信に溢《あふ》れて安心感があり、聖者だった頃に後進を指導する風景を彷彿《ほうふつ》とさせた。

いつの間にか周囲も動きを止め、これから始まる死者のための祈りを見届けようとしていた。

やがてロジオンとカリーナ、ルナルクスがそれぞれ位置につく。

「光花神フロゥカーリアよ、光と花をお与えください」

ロジオンによる静かな呼びかけから、その祈りは始まった。

「安息の光明と癒やしの花を彼にお与えください。花の咲く愛《め》でられた地からあなたの御許《みもと》へ帰る者をお導きください」

ロジオンに続いてカリーナが繰り返す。

彼の手にした長剣が描く軌跡が空を切る。汚れや澱《よど》みを浄化するゆったりした動きだ。

ルナルクスはぴんと尻尾を立てると高く伸びやかな遠吠えを響き渡らせた。思わず天を見上げてしまうような、祈りの言葉を導く声だ。褒めるように淡い笑みを見せたロジオンは目を伏せると、低く静かに何かを唱える。それはやがて旋律を伴った歌へと紡ぎ出されていく。

低く。緩やかに、空気に溶け込ませるように。伸びやかな声はどこまでも遠くに響いて。

しゃーん、と楽器の音が重なった。

司祭とお付きの者たちが持参した浄化の道具を鳴らす。水晶と銀の音叉《おんさ》、打楽器、鈴が付いた振り香炉。儀式と同じく祈りが届くことを願い、慎《つつ》ましやかに、凛と音を鳴り渡らせる。

同じ旋律を繰り返すロジオンの歌声は朗々《ろうろう》として聞く者の心をも包み込む。死せる者の生前の汚《けが》れを清めながら送り出す、明るさに満ちた祈りだ。恐る恐るだがそれに寄り添うカリーナ

の女声がさらに祈りを美しく純粋なものにしていく。

宗教語以上に古い言葉の響きなので何を言っているのかわからないのがひどく惜しい。

「光花神教の祭礼はすべてカーリア語だ」

「っ、ユ……!?」

いつの間に入ってきたのか、隣に立つユグディエルがエルカローズににっと笑う。

「いまでは紙の上でしか使われんような古い言葉だが神都では公用語だ。聖職者が習得すべき冠婚葬祭をはじめとした儀式の祈りはカーリア語で記述してあるし、位階を上がる際の問答など重要な場面で使用されている。言語の源ゆえ遠い異国であっても多少通じるんだぞ」

楽しそうに教えてくれるが「はあ」としか言えない。祈りを最後までしっかり見届けたいので、光花神教でも特別な地位にある人に抱く感情ではないが少々、邪魔だ。

くつくつと笑った予言者はエルカローズの意を汲《く》んでか独白めいた調子で話を続けた。

「鎮魂の祈りはおおよそこんな意味だ。――『憐《あわ》れみ給《たま》え。芽吹き、育ち、咲き、枯れて、種を残して逝《い》く我らに慈しみの雨を』」

憐れみ給え、憐れみ給え。

芽吹き、育ち、咲き、枯れて。種を残し逝く我らに、慈しみの雨をくださいますよう。

再びあなたの愛する花となり、愛《いと》しき地に咲きますように。光と花を我らにお与えください。

死せる者への安息の祈りはカーリアに許しと浄化を請《こ》う。そうすることでいつしか清らかなものに転じ、巡り巡ってこの世界のどこかで何かの一部になるという。だからもしかしたら今度は別の生き物の一欠片《ひとかけら》になるかもしれない。

ふと、誰かの声が聞こえた気がして振り返る。

（あ……）

白とも金ともつかない、ただただ眩《まばゆ》く美しい生まれたての光。

いち早く空を染めていた太陽が建物の間から顔を出して、窓から祈りの景色を覗き見ている。

そうして長い夜は終わりを告げた。繰り返される『光と花をお与えください』という古い言葉の祈りが、まるで朝を連れてきたようだった。

＊

特別休暇中に知らせが届き、エルカローズは急いで花宮に上がった。宮中を走るなんて有事でもなければ不調法この上ないが、隣を行くルナルクスが走り出そうとするので自制が働き、魔獣と競争する状況を回避してその部屋に辿《たど》り着く。

「おはようございます！　エルカローズ・ハイネツェール、参りました！」

部屋の前の騎士に取り次ぎを頼むとミーティアがひょこっと顔を出した。

「おはよう！　さあさあ早く入って！」

「はい！　失礼いたします！」

そうして足を踏み入れたそこに。

「休暇中に呼びつけて悪かったわね。けれどそんな泣きそうな顔をせずともいいのではない？」

真っ直ぐな金の髪、淡々とした青い瞳。刺繍《ししゅう》の金色の花がちりばめられた南の海のような深い碧《あお》の衣服を纏《まと》い、書き物をするベアトリクスがいた。

「これはベアトリクス様がお元気そうで嬉《うれ》しいからで……申し訳ありません」

涙ぐむ顔を元に戻そうと俯くが、周りでも数人がこっそり涙を拭《ぬぐ》っているので、ベアトリクスは少々居心地が悪そうに顔を背《そむ》けた。

「……そう思ってくれるのなら、ありがとう」

頬に果実のような赤みが差し込んでいるのを見て、エルカローズはまた泣き笑ってしまった。

ルナルクスには見張りを頼み、ベアトリクスとエルカローズは奥の部屋で二人きりになった。

「意識がない間の出来事を聞いたわ。ロジオンは最も重要な部分を秘したようだけれど、あなたは知っていて？」

エルカローズはちょっと苦いものを飲み込んで、頷いた。

「はい。ベアトリクス様のご協力をいただく上で取引を持ちかけたそうですね」

ロジオンはただ囮を頼んだわけではなく、そして見返りもなく己の身を危険にさらすほどベアトリクスは純粋ではないし無責任でもなかった。

事件の早期解決を望むロジオンはベアトリクスに、彼女の懸念を指摘した。

『ご成婚に際して解散する側仕えのため、能力に適した新しい所属先を可能な限り斡旋《あっせん》していると伺いました。そこで最も案じておられるのはカリーナのことだと拝察いたします』

貴族出身でなく大きな後ろ盾も持たず、唯一の拠《よ》り所であったベアトリクスと離れるカリーナ。いくら彼女自身が優しい性格の一途《いちず》な働き者でも、新しい配属先でいまのように上手くやれる保証はない。王宮はそんなに甘いところではなく、例外が己の庇護《ひご》下であるという自覚がベアトリクスにはあったようだ。

『もし協力してくだされればその懸念を取り除くことができます』

このときロジオンはカリーナが祝福の力を持っていると勘付いていた。

ユグディエルが来たならなおさらその可能性が高く、今回の件が片付けば彼女は光花神教会の所属となるだろうと思われた。祝福の力がいずれ消えてしまうものであっても聖職者になるのだ。そこがどんなところなのか、何が必要でどんな手段が有用か、彼ほど知る人はいない。

『便宜《べんぎ》を図ります。彼女のこれからを、私の持てるものすべてで後押ししましょう』

還俗《げんぞく》して『金』の聖者の権力は失ったものの、聖職者時代に繋いだ縁や得た手づるは未《いま》だ生きている。もしカリーナが聖職者になればむしろいまよりもずっと強力な後ろ盾となるだろうそれを与えようと言うのだった。

すでにこの件にカリーナが関係しているとロジオンから聞かされ、納得したベアトリクスだった。利害の一致があり、二人は手を組んだ。

(何を引き換えにしたかを知ればカリーナは自責の念に駆られるし、ベアトリクス様もそれを望まないだろう……だからって自分だけが悪者にならなくてもいいのに)

それだけ無茶苦茶だと自覚があったのか。ユグディエルが来たことでばらされたくないことを吹き込まれるかもしれないと焦《あせ》ったらしいが、もうそんな強引な手段を取らないでほしい。

ため息を吐くエルカローズにベアトリクスは少しばつが悪そうな顔をする。

「ロジオンとこじれたのではない？　わたくしが言うのもなんだけれど一応諌めたのよ。わざわざすれ違うようなことをしなくてもいいでしょうと」

ベアトリクスが言う。何故ならロジオンに花宮を自由に歩き回って調査することやミーティアが彼に協力する許可を与えたのは他ならぬ彼女だったからだ。

「ルナルクスは彼と違ってあなたのために怒ったのでしょう？　破談にして彼に乗り換えたくなったとしても不思議ではないと思うわ」

彼はあなたを慕っているようだし、と言われて改めてベアトリクスの観察眼に恐れ入った。

「いいえ、破談も乗り換えもしません。むしろ私がよく見ていないといけないと思いました。ロジオン様は何もかも救えないと知っているから、誰かが傷付いたり何かを犠牲にしたりすることに躊躇《ためら》いがないんでしょう。でもそのことで自分が一番傷付いているはずなんです」

どっちつかずになって多くの被害を出すくらいなら、謗《そし》られるとわかっていても割り切って行動する方が有益だ。

迷って迷って、やっと決めてもまだ振り返ってしまいそうになる私と正反対、とエルカローズは自嘲の笑みを零す。

「自分の心の傷に気付かないままぼろぼろになってしまう前に誰かが止めなくては。そのためにカーリアは私とロジオン様を引き合わせたのかもしれないと思うんです。その役目を担えると光花神が思《おぼ》し召《め》したのなら、これほど光栄なことはありません」

エルカローズの微笑みに、ベアトリクスは無垢《むく》な仕草で首を傾けた。

「もしかして惚気《のろけ》られているのかしら？」

「え……え!?　いえそんな！」と焦るエルカローズを「冗談よ」の一言がばっさり斬る。

「あなたたちの観察ができるのも残りわずかだけれど、実はもう一つ頼みたいことがあるの」

ロジオンを含めた『あなたたち』の呼びかけに姿勢を正す生真面目《きまじめ》さに小さく笑うベアトリクスの打ち明け話を聞く。やがて目を見開くと、叫び出しそうになった口を両手で覆《おお》った。

それはなんて――なんて！

「協力してくれるわね？」

「もちろんです！」

他にも手を貸してくれそうな心当たりを思い浮かべながら、頷く。

こうして知識と教養、発想と行動力、常識に囚《とら》われない思考と独特すぎる考えを持つ王女ベアトリクスの最後にして最大の計画が、迫る婚約式の裏側で動き出したのだった。


そうして寒天が続く春待ちのある日、ベアトリクスとランメルトの婚約式が執り行われた。

底冷えのする寒暁《かんぎょう》から動き回る人々、とりわけ王女の側仕えは頬を赤くして額《ひたい》に汗を掻き、あるいは主の晴れの日とあって目や鼻を真っ赤に染め、仕事に戻ったかと思えば自分の支度に必死になっていた。巡回しながらやっぱり制服があってよかったと思うエルカローズだ。

「ちょっと、どうしてこれがここにあるの！　担当は!?」

「自分、手が空いているので持っていきます」

女官の余裕のない声が響くと通りかかった騎士が示された木箱を軽々と持ち上げる。

「ごめん、ありがとう！」

「いえいえ。お気になさらず」

すると今度は正面の廊下を急ぎ足で行く侍女があっと声を上げて、別の騎士を呼び止めた。

「それ！　道具箱を貸してください！　髪飾りが壊れた子がいるんです！」

「よかったら持っていってよ。必要だろうと思ってあちこちに配ってるんだ。使い終わったら待機所に戻してくれればいいから」

普段は上下関係のある女官と侍女、騎士の派閥なのに、多忙すぎるせいか不思議と連携が取れている。騎士たちはいつも怯《おび》えて萎縮《いしゅく》しているのが嘘《うそ》のように大らかだ。

（調和が取れているってきっとこういうことだな）

頬を緩めてそう考えながら、エルカローズは王宮内部に建つ教会へ向かい、見張りに挨拶をして控え室に赴く。式の準備中なので裏からひっきりなしに関係者が出入りし、哨戒《しょうかい》しているのは精鋭の中の精鋭である国王の近衛騎士だ。

この教会は王都でも古い建造物で、増築や改修が行われた結果、ごつごつと角張った長方形の元の建物と円蓋《えんがい》と呼ばれる丸い塔という新しい部分が混在している。統一された見た目に反して内部は異なっていて、後年付け足された部分は伝統ある荘厳《そうごん》な装飾ではなく線や図形を組み合わせた幾何学《きかがく》模様をあしらったいまどきの意匠だ。

古くからある控え室は前者で、明るい晴れの日に見ると威厳が感じられて身が引きしまる。扉の前を警護するジェニオのきりりとした立ち姿は誂《あつら》えたようだった。

「お疲れ様です。ベアトリクス様のお支度はいかがですか？」

「騒がしいが滞《とどこお》りなく、だ。そっちはどうだった？」

「不審なものは見当たりません。側仕えの方々もなんとか身支度を終えつつあるようでした」

式に参列するのは王族と一部の高位貴族と重臣、聖職者、ロマリア王国の関係者のみだが、めでたい日なので今日一日はみんな礼装を纏う。身分の高いイレイネや快活で色っぽいミーティアなど異なる魅力を持つ女性たちが着飾ると華やいで美しい。

「ジェニオ様、具合は大丈夫ですか？　辛ければ代わりますので遠慮なく言ってください」

ジェニオは苦笑する。魔物に操られていた彼を思いきり叩きのめしたのは必要だったとはいえ申し訳なさすぎて、顔を合わせる度に具合はどうか、大丈夫かと尋ねてしまっているからだ。

「私が魔物に取り憑《つ》かれたのが悪いし、君は騎士としての責務を果たしただけだ。予言者様が治療に尽力してくださったからもう問題ない。それよりも君は支度をしなくていいのか？」

「支度？　制服は着ていますが……」

エルカローズが首を傾《かし》げるとジェニオの方も訝しげになった。

「聞いていた話と違うな……もしかして何も知らないのか？」

がっちゃん、と重い音が響く。

ぎぎ、と軋む扉の向こうに白い面のイレイネが佇んでいて、二人でびくっと肩を揺らした。

「ジェニオ殿。それ以上の発言を禁じます。エルカローズ、ちょうどあなたを呼びに行かせるところでした。姫様がお待ちです」

何やら秘密事項を漏らしかけたらしい、ジェニオに「すまない」と声に出さずに手振りで謝罪されたのに大丈夫だと首を振り、イレイネに続いて部屋に入る。

こちらに気付いて向き直ったベアトリクスの裾が箒星《ほうきぼし》のように流れて輝いた。

銀の刺繍と真珠で飾った氷色のドレスだった。長方形に開いた首回りを細やかなレースで飾り、真珠で幾何学模様を描いている。肩の膨らみは豪華な印象なのに腰が細くて美しく儚《はかな》い妖精《まもの》のようだった。頭上に小さな宝冠がなければ本当にそう勘違いしただろう。

花弁を模した窓と彫刻の花々が咲き乱れる下、エルカローズは自然と膝をついた。

「おめでとうございます、ベアトリクス様」

「ありがとう。この日を迎えることができたのは、わたくしを支えてくれた者たちの献身があってこそだわ。もちろんあなたもそのうちの一人」

「光栄です」と深々と頭を下げると、ベアトリクスは粧《よそお》った頬にかすかな笑みを浮かべた。

「わたくしはあなたに報いるべきだと思う。だからこれを受け取ってちょうだい」

なんだろうと顔を上げると輝く微笑みにぶつかる。

しかしその手は軽く握り合わされていて何も持っていない。さらに疑問符を浮かべて周りを見回そうとしたとき、左右からがっと腕を掴まれて強制的に立ち上がらされた。

「抵抗は止《や》めて大人《おとな》しくついてきてください」

「大丈夫、優しくしてあげるから！」

「イレイネ様、ミーティア様!?　べ、ベアトリクス様！　これは!?」

ベアトリクスはびしりと隣室を指差した。

「やっておしまい」

ええええぇぇえ、というエルカローズの困惑の悲鳴が教会の古鐘よりも高く響いた。

それからは何が何やら。脱衣を命じられ、強制的に脱がされそうになるのを断り、押し付けられるままにそれらを身に着け――再びベアトリクスの前に引っ張り出された。

「あ、あの、いったいどういうことなんですか……?」

戸惑うエルカローズを検分し、ベアトリクスは満足げに頷いた。

「よく似合っている。ミーティアの意匠画は実物になっても素敵だわ」

「お褒めに与り光栄です。ですがその賛辞は彼女の婚約者にこそふさわしいですわ。細かな調整はあの方の助言あってこそでしたから」

「エルカローズ、こちらに姿見があります」

二人が盛り上がる理由がわからないまま、イレイネに呼ばれてよろよろと赴いて、そこに映る姿に大きく目を見開いた。

黒い衣装だった。上部は詰襟で、肩の部分が丸く膨らんで切れ込みから下に着ている白い布を見せる流行の形だ。漆黒よりもわずかに甘い色の黒革の鎧《よろい》が胸元から足の付け根までを覆い、手首から肘《ひじ》までの籠手《こて》、編み上げ靴の足首から膝に装着した足具と揃《そろ》えてある。腰から下は裾が大きく広がり、全体に大きく描くような黒糸の刺繍が飾っている。

ドレス、だけれど剣と剣帯の尾錠《びじょう》も騎士の装備だ。いつの間にか整えられていた髪をいじると、鏡の自分も片側をまとめて控えめな飾りで留めた頭にそわそわと触れた。

「実務には向かないけれど儀礼用にはちょうどいいでしょう? 気に入ってもらえたかしら」

尋ねるベアトリクスは優しい顔をしている。だがどうしてという気持ちが消えない。

「素敵です。けれど私の仕事の報酬には高価すぎます」

「そんなことはなくってよ。三人分の褒賞をまとめるとそのくらいだから」

わかっているわよね、とベアトリクスはおかしそうに目を細めた。

「ロジオンとルナルクス、彼らから頼まれたの。あなたに女性騎士の儀礼服を作ってほしいとね。いい提案だと思ったから彼女たちにも手を貸してもらったわ」

騎士の女性制服がないので案を出すところから始まり、基本となる意匠はミーティアが決めたそうだ。既存の男性騎士の儀礼服に比べて華美すぎないか動きづらくないかはジェニオたちの意見を取り入れ、革装備の仕立ては彼らの助言が大きかったらしい。

最終的に可否を下したのはロジオンとルナルクスで、特にロジオンは刺繍の模様や裾の長さなど口出ししていったようだ。

決定した意匠画は貴族が懇意にしている仕立屋に持ち込まれ、装備の類《たぐい》は看板こそ出ていないが凄腕《すごうで》と密《ひそ》かに噂の鍛冶屋に依頼した。靴や靴下、髪飾りといった細々したものも、ここなら腕は確かだと保証する女官や侍女、騎士たちの馴染《なじ》みの職人が作ってくれたという。

「あなたに感謝しているのはわたくしだけではないとわかってくれたわね？」

エルカローズは胸をいっぱいにして、涙ぐんだ目を伏せて頷く。

王女の騎士になった成果。それが多くの人の手を借りて自分を飾ってくれているのだった。

「失礼いたします、ベアトリクス様。定刻です。迎えが来ております」

扉を細く開けてジェニオが告げる。ベアトリクスは「わかったわ」と答え、再びエルカローズを見つめ、耳元で囁いた。

「もう一人分は事前報酬よ。最後までよろしく頼むわね」

そうして次の瞬間には毅然《きぜん》とした姿で一同に告げた。

「行きましょう。案内をなさい」

イレイネとミーティア、支度を手伝っていた女官と侍女たちが裾を摘んで頭を下げて見送り、エルカローズは定められた通り騎士仲間たちとともに教会の門前に並ぶ。

がらぁんがぁん、がらあん、と鐘が鳴る――婚約の儀が成されたのだ。

――……うおぉおお…………おおぉぉん……！

抜刀した剣を掲げたときだった。狼《おおかみ》か、と騎士たちが身構えたので吹き出しそうになる。

(ルナルクスの遠吠えだ)

これは歌だ。今日のことは話してあるから彼なりの祝福のつもりなのだろう。鐘が鳴る空にうおん、うおおんと伸びやかに響く歌声のなんて明るく楽しげなことか。

天を示す白刃《しらは》の光が結び合って祝福の橋と門を形作る。飛び去る白い鳥、青色に溶けず己の色を保ち軽やかに羽ばたいて飛びゆくそれが、ベアトリクスのように思えてならなかった。

輿入《こしい》れの日が決まると荷造りは本格的になった。家具など嵩張《かさば》るものはすでに運ばれており、ロマリアの王城に到着したときにはすでに部屋が整えられている予定だ。同時に側仕えの任が解かれることもあって全員が片付けに引越しにと忙しく、着任して日が浅く一度の往復で剣宮の以前の部屋に私物を運び終えたエルカローズが、自然とベアトリクスの相手をしていた。

「エルカローズ、ベアトリクスの夢の話を聞いたか？」

当たり前のように同席しているランメルトの問いに首を傾げると、ベアトリクスが「お止めになって」と不機嫌に言う。何が気に障《さわ》るのかエルカローズがますますわけのわからない顔をしていたせいか、結局彼女は渋々口を開いた。

「……夢に白銀の髪と青い瞳の見知らぬ少年が現れたのよ。彼は爪の長い手でわたくしの手を握って『行こう』と連れ出して、見知らぬ雪原に辿り着いたの。真っ青な空にどこまでも続く銀色の世界。そこに漆黒の石造りの城が建っていて、少年はそちらに向かって歩いていくように告げたわ。そうしたら目が覚めた、そういう夢よ」

「雪原の城、それはまさしく我がロマリアの北にあるイステリア城に違いない！　夏も青々として美しいが冬の荘厳さは格別で、静かに過ごすにはいいところだ。私の好きな場所の一つでもある。夢に見てくれて嬉しいぞ！」

「偶然です。わたくしはそのイステリア城を存じません」

「だから嬉しいんじゃないか」

無邪気に言うランメルトの好意は本物で、無下《むげ》にできないベアトリクスは微笑ましい。

そんなほのぼのとしているところを察知され、きっと睨まれた。

「それよりも話の続きよ。夢に現れた少年のことだけれど」

話題と視線を感じて、足元に伏せていたルナルクスが耳をぴくんとさせて身を起こすと、ベアトリクスは確信したように頷いた。

「あれはルナルクスだったのではないかしら？　少年はこうも言っていたわ。『魔物のすべてが悪ではない』『寄り添い、ともに生きたいと望むものを否定しないでほしい』と」

視線を落とし「言ったのか？」と目で問うと右足が上がった。

（……また知らないうちに新しい能力を身に付けている……）

だがどう答えたものか。ルナルクスが夢に干渉する能力があるらしいと知られるのはあまりよろしくない気がする。

「私には正否がわかりませんが、ルナルクスならそう言うだろうと思います」

重要な部分は濁すも、ルナルクスと視線を交わす間柄のエルカローズの答えだからとベアトリクスは納得したようだ。するとランメルトが腕を組みながら思案顔になった。

「今回の件は魔物との付き合い方を考え直す機会になった。ロマリアの者は魔物を知らん。私もそうだ。ルナルクスは魔獣だがベアトリクスを守って戦った。一方で魔蛙のようなものもいる。すべてが味方とは言えないがあらゆる魔物を敵と見なすのは誤りだとわかった」

ランメルトは席を立つと次の瞬間、ルナルクスの前に膝をついた。

「ルナルクス。ベアトリクスを守ってくれたこと、改めて礼を言う。そして叶うなら私を君の友に加えてほしい」

ロマリア王国の王太子が魔獣に膝をつくなんてあるまじき光景だった。

人の世を統治する存在が魔物を対等に見ることはない、そういう歴史を歩んできたのだ。とんでもない現場を目撃したエルカローズは血相を変え、助けを求めて視線を彷徨わせたが、頼みの綱のベアトリクスもランメルトに並んだので、いますぐ昏倒《こんとう》したくなってしまった。

「本来無関係のはずなのに、エルカローズのために動いてくれたおかげでわたくしはこうしていられるわ。ありがとう、ルナルクス」

二つの国の王族に感謝され、友誼《ゆうぎ》を求められたルナルクスはというと。

「ふっ、わっふ」

（ものすごく得意げだ……）

目を細めて口角を上げつつ歯を見せる「にっこり！」としか形容できない表情だ。気品すら感じられた顔に浮かぶそれがなんとも言えず間抜けで、じわじわ笑いの衝動が込み上げてくる。

ベアトリクスとランメルトも同じで、二人とも慎ましげに誤魔化《ごまか》したがエルカローズが限界を迎えて「ん、ふっ」と吹き出すと抵抗する気力を失い、肩を震わせて笑い出した。

さすがは王族、大声を出す不作法はせずベアトリクスは口元を押さえて控えめに、ランメルトはくっくっくっと喉を鳴らすに留《とど》めている。自分の表情を見ることができないルナルクスだけが不思議そうに首を傾げているのが、滑稽《こっけい》なほど可愛《かわい》らしい。

しかしいつまでもこんな状態ではいけない。

すぐさま我に返ったエルカローズが笑い転げそうな二人に早く立ってくれるよう頼み込んだ甲斐《かい》あって、間一髪のところでイレイネに見つからずに済んだ。

「ランメルト殿下、殿下の側仕えが慌てた様子で参りました。火急の件と推察いたします」

「うむ、会食の予定が入っていたがもう五分前だ。慌てるのも当然だな！」

わははと明るく笑ったランメルトは去り際ベアトリクスの手の甲に軽く口付けた。

「また来る。君がこちらに来てくれてもいいんだぞ？」

「考えておきますわ」

優雅なやり取りをする二人が絵になっていたので、エルカローズはしばし壁になった。

ランメルトとイレイネが去ると二人きりになったので着席するように促されるが、側仕え以外の訪問者が多いいま、目撃されると面倒なことになりそうなので断る。

そこでふと、ベアトリクスがケーキを食べているのが気になった。

(そういえば最近黄金パン《バンドーロ》がお茶に出なくなったな……？)

作っていない、なら作る必要がなくなったのだ、と速やかに答えを導き出して口を開く。

「ベアトリクス様の手作り料理はランメルト殿下に喜んでいただけましたか？」

ぴたり、と食器を操る手が止まった。

おや、と思う。聞いてはいけないことを聞いたつもりはなかったのに。

(ランメルト殿下がベアトリクス様から『贈り物』があると言われたっていう話をしていたのは婚約式の前だった。まだ渡していないなら殿下の性格だとおねだりされるのは間違いないし『贈り物』が黄金パンのことなら、やっぱりもう奪われ、もとい贈られているはず……)

めまぐるしく考えるエルカローズの耳に、ふー……、という長いため息が届く。

「……確かにわたくしは良好な関係を築きたいと思ってあの提案をしたわ。実際にランメルト殿下にお会いしてその必要がなかったようだと思っても、身に付けた技術を有効に用いて当初の目的を果たすのがわたくしの義務だった。贈り物があるという話もしたことだしね」

「はあ……」

何の話が始まったのか理解できないまま相槌《あいづち》を打つ。

「例のことがあってから顔を合わせる度に『贈り物が何か当ててみせよう!』と問答するようになったことは、まあいいわ。とにかくあちらを訪ねた際に焼いたものを持っていったの。『わたくしが作ったものです、召し上がってください』とね」

「そ、それで……?」

ごくり、と固唾《かたず》を飲んだエルカローズに、ベアトリクスはまるで頭か歯でも痛い顔をした。

「わけがわからないという顔をして、同伴していたイレイネの説明を聞いて理解したと思ったら……」

『画家を呼べ！　この素晴らしい贈り物を永久のものにする！　その後は石膏《せっこう》で型を取り、像を作って保管するぞ！　もしこれを朽ちさせぬ方法を知る者がいるならいますぐここへ！　褒美を取らす！』

「それはもう、凄《すさ》まじい喜びようだったわ……」

大歓喜の挙句《あげく》とんでもない無茶振りを始めるランメルトを想像したエルカローズは不敬ながら（うわあ……）と思い、ベアトリクスの苦悩に共感した。

「で、ですが喜んでいただけたようでよかったです、よね……？」

「そうね、そうなのだけれど……これからもこうなるのだと思うと後悔しそうだわ……」

繰り返すため息を止めるため、ベアトリクスはお茶を一口飲んだ。

「あなたの気持ちがよくわかった。こちらの一挙一動に過剰反応されるのは、重い」

「そ、そんなことは」

ない、と言い切れなかったのはロジオンの糖分過多な言動が思い起こされたからで、愛情深すぎる婚約者を持つ者同士、贅沢《ぜいたく》な悩みと知りつつも懊悩《おうのう》を隠して苦く笑い合った。

「さて、『例の件』はどうなっている？」

そう、この時間は本来この計画の打ち合わせを行うことになっているのだ。

「すべて整っております。ご命令があればすぐに動けます」

「では予定日に決行よ。わたくしは最後の仕上げに入るわ」

かすかに唇の端を持ち上げたベアトリクスに、エルカローズは「連絡はお任せください」と一礼し、御前を下がった。

そして——決行の日、始まりは一通の封書がもたらした。

この時刻この場所に来るようにとベアトリクスの署名があるそれを側仕え全員が受け取った。

何事だろうと首をひねりつつ主人を訪ねた者たちは、常にそばに控えている最側近のイレイネに、ベアトリクスの姿がない、行方がわからないと知らされてますます困惑したようだ。

「そういえばエルカローズもいない」

誰かが言って、察しのいい彼女たちはエルカローズがベアトリクスの突飛《とっぴ》な思いつきに付き合わされていると判断した。ロジオンの所在を尋ねて『ベアトリクスの手伝いをしている』と回答があったのも裏付けになったらしい。時間になったら示された場所に行けばいいと、それまで各々の務めを果たすことにした。

そうして定刻が近付くと、一人が二人、三人と行列となって指定された場所に向かう。全員で連れ立っているという安心からか日頃控えめなお喋りが待ち構えているエルカローズのいる温室にまで聞こえてくる。

「どうして温室なのかしら?」

「ベアトリクス様の大胆な行動に驚かされるのはこれが最後になるかもね」

「色々予想外で大変だったけど、その刺激がなくなると思うと毎日つまらない気がするよ」

花宮の温室は主に高位貴族のご婦人方を招いて花木を愛でながらお茶会をするために利用されるが、普段は庭師が手入れするか王族がふらりとやってくるくらいでひっそりとしている。

しかし、今日は違う。エルカローズは内からさっと扉を開けて彼女たちを迎えた。

「お疲れ様です、皆さん。どうぞ中へ、ご自分の名札のある席についてください」

「名札の、席？」

首を傾げる人々を内《なか》へ促すと、足を踏み入れた順に感嘆と驚愕のため息が重なった。

鳥籠のような天井から光が降り注ぎ、少しばかり季節の早い花々が美しく咲き誇っている。いまは白と薄紅のカメリアに、小輪の白薔薇《ばら》、合間に薄紫と青紫の大輪の薔薇を、鉢や花瓶を用いることで色彩にまとまりが出るよう配置してあった。

交流の場とあって温室の中央は広い空間になっていて、白い布をかけられた丸机があり、陶製の茶道具と小さな果実が鮮やかに絵付けされた一枚皿が用意されている。

見るからにお茶会の様相だが、名札があるように側仕えに用意された席なのだった。

けれどどういうことなのか。困惑する一同の前にひょっこり赤茶色の髪の騎士が顔を出す。

「さあさあ遠慮せずに！　時間は有限なんだから、少しでも長く楽しまないと」

「オーランド・ベルライト!?　王弟殿下の騎士がどうしてここに」

凄腕で鳴らす彼を知っていたジェニオが叫び、オーランドはひらひらと手を振って応じる。

「その王弟殿下からのご命令で、今日はこちらの警備担当です。だから安心して楽しんで！」

「わふ」

ルナルクスがふさりと尾を揺らして、彼女たちを席へと導く。戸惑いながらも各々名札を探して着席していくと、もてなされる側になって落ち着かないでいる者と何が起こるか期待して楽しげにしている者とに分かれたようだ。そこにエルカローズは台車を押して、熱いお茶の入った茶器を置いていく。

「エルカローズの席はないの？」

「私は給仕ですので。……本職の方々を前に不手際が目立つでしょうが何卒《なにとぞ》ご容赦《ようしゃ》ください」

しょぼっと肩を落とすと周りで笑い声が弾けた。ちなみにルナルクスは案内兼接待役で、ロジオンが食べ物を載せた台車とともに現れるとますます人々は盛り上がった。

「もしかして聖者様が作ったものが食べられるんですか？」

「いえ、私はあくまで補佐です。本日の総料理長はあちらに」

彼が示した先から、こざっぱりした衣服に前掛けをつけたベアトリクスが現れた。

途端に全員が椅子から転がり落ちる勢いで席を立って、背筋を伸ばしあるいは腹部の前で手を重ね合わせ、敬意を示してそっと目を伏せた。

だがベアトリクスはどこまでも落ち着いて軽く手を振ってそれをいなす。

「主賓《しゅひん》はあなたたちだから堅苦しいことはなしよ。さあ席について。お茶会を始めましょう」

ベアトリクスが順に席を回る。ロジオンが押す重い台車には菓子の類があり、供されていくそれを見た者たちが顔を見合わせ、恐る恐る言った。

「ベアトリクス様。恐れながらこの黄金パンや乾果パン《パネトーネ》を作られたのは……」

「わたくしよ。焼き菓子もそう。ロジオンに教わったの」

絶句した側仕えたちの言い分を察して、彼女は半ば呆《あき》れた様子で軽く眉を上げた。

「わたくしがあなたたちに一度も作ったものを渡さなかったことを、誰も不思議に思わなかったの？　エルカローズに渡したのは最初の一度きり、それもほとんどロジオンが作ったものだったでしょう。この日のために腕を磨いていたのよ」

そう、とエルカローズはどちらの気持ちにも共感して心の中で大きく頷いた。

おかしいと思っていたのだ。手作りのパンを福祉施設に寄付しているけれどどうして最も近い側仕えに分けないのか。ベアトリクスは一番出来のいいものを食べてもらおうと考え、側仕えたちは主人の考えがわからず要求もできずもやもやしていたのだった。

「恐れながら、姫様」

それまで最後尾に控えて着席しても気配を消していたイレイネが涼やかな調子で告げる。

「常々申し上げておりますが言葉足らずでいらっしゃいます。私どものためとはいえ、今回はご寵愛《ちょうあい》が薄れたのではないかと不安になりました」

ベアトリクスまできょとんとイレイネを見返した。

「……不安になったの？　あなたでも？」

「はい」

端的《たんてき》な返答、けれどイレイネが率直に口にするからこそ本心だと知れた。ベアトリクスはそれまでの勢いを潜め、そっと目を伏せた。

「……悪かったわ。あなたたちへの気持ちは一欠片たりとも失っていないから安心なさい」

微笑みと告げられた思いに涙ぐみすすり泣く声が上がる間を縫って、給仕を続ける。

ふかふかと弾力のある黄金色のパンに、干し葡萄《ぶどう》や林檎《りんご》の砂糖漬けが入ったパン。焼き菓子は絞り出した形、あるいは花の形にくり抜いた素朴なものに、長方形に焼いて果実のジャムを挟んだものが数種類。柑橘《かんきつ》と葡萄の糖菓《ゼリー》。それらが綺麗《きれい》に並べられていくと、料理の経験がなかったベアトリクスの成長ぶりが窺える美味《おい》しそうで豪華な一皿になる。

食べ物とお茶が行き渡ると、ベアトリクスは全員の顔が見える中央のオリーブの下に立った。

「忙しい中、誘いに応じてくれてありがとう。心ばかりのものだけれど楽しんでちょうだい」

エルカローズはロジオンとルナルクスとともに、広場の隅に控える。

光の中、花と緑に囲まれるベアトリクスの姿を側仕えたちが心に焼き付けられるように。

「わたくしはこの春、国を離れる。あなたたちと過ごす時間も残りわずか。わたくしは王女としては優秀でも、本質は好奇心の強い変わり者で、これと決めたら根回しの上に押し通す厄介な性格の持ち主で、顔かたちが整っていても可愛げがない人間だったけれど……」

一度言葉を切る、吸った息が震えていた。

「あなたたちがいたから寂しくなかった。それを生涯忘れない。離れていても、その記憶がわたくしを支えてくれる」

ベアトリクスは裾を摘んで膝を折る。

「いままでありがとう。あなたたちの幸いを外国《とつくに》の空の下から祈っているわ」

一国の主に頭を下げるよりも深く、誇らしいほどの優雅さで一礼するベアトリクスの微笑みは、まるで光に溶けるようだった。

寂寥感《せきりょうかん》の漂う中で始まったお茶会は、各々の席にベアトリクスが立ち寄ることで次第に和《なご》やかなものになっていった。それぞれ思い出話に花を咲かせ、これからのこと、新しい配属先について意見を交換し、もちろん普段と変わらない恋の噂話でも盛り上がる。

ルナルクスも席を回って愛想を振りまき、賓客《ひんきゃく》から少しばかり食べ物を分けてもらっていた。

エルカローズはロジオンと手分けをしてお茶を注ぎ、新しいものを用意して、と王弟殿下の女官や侍女に助けられて温室の内外を行き来する。

しばらくして場が落ち着くと植木に隠された裏手に回り、人目を避ける少女に声をかけた。

「お茶のおかわりはいかがですか？　それともお水がいいでしょうか」

「……っ……ぐす……お、お茶をいただけますか……」

最も階位の低い無地の修道服《スカプラリオ》を着ているカリーナが泣き通した顔で答えると、相席していた

ユグディエルがやれやれと肩を竦《すく》めた。

「涙でせっかくの王女の菓子の味がわからないんじゃないか？」

「そんなこと……お、美味しいです……っ」

「何を食べてもそう言うだろう、お前は」

予言者すら呆れるカリーナの涙はベアトリクスがやってきたら川を生み出すような勢いだ。

けれどその望みは叶わない。本意ではなかったとはいえ王女を危険にさらした彼女は侍女の任を解かれていて、すでに出家して神教庁へと出立したふりをしてここにいる。だから隠れなければならず、招待したベアトリクスも言葉を交わすことはできない。

それでも植木の陰から覗き見ているカリーナは幸せそうだった。

「王女殿下にお会いしたいのなら、方法があります」

やってきたロジオンがカリーナの皿に菓子を追加しながら微笑んだ。

「聖女になるのです。聖者は頻繁に王侯貴族の方々と接する機会があります。ロマリアは光花神教の影響が強い国ですから、聖女と王妃が親しく言葉を交わしたところで喜ばれることはあれど眉をひそめる者はいないでしょう」

カリーナは動かなくなった。

ロジオンの言葉が深く染み込んだ瞳がやがて瞬きを始め、悲しみと後悔の膜が鱗《うろこ》のように剥《は》がれていく。泣き濡れた顔を手のひらで豪快に拭い、意を決したように焼き菓子を頰張った。

「美味しいです。この味を、絶対に忘れません」

そう遠くないうちに異色の経歴を持つ聖女が誕生するかもしれない。

エルカローズはロジオンと視線を交わして微笑み、カリーナたちには何かあったら呼ぶよう言って、温室を見渡せる位置に控えた。

楽園のような光景だった。花々が咲き、人々が悲しみを癒やして未来を思って笑い合う。

「エルカローズ。私が――聖者でないただの私が何になれるか、そしてなりたいか、答えを見つけました」

「……！」

並んで立つロジオンの手が、周りから見えないようにエルカローズの手に重なる。

「私は、人を愛して、家族を作り、父親になって、愛おしいものを守りたい。持てるすべての力で大切な人々の夢や願いを叶えて幸せにしたい」

エルカローズはぐっと唇を結んで、耐えた。人々が当たり前に享受《きょうじゅ》する幸福を夢として語るロジオンは、いままでそれが許されなかったのだと理解して。

緑の瞳は尊いものを見つめて光り、必ずそれを叶えるという優しさと決意に満ちている。

「応援してくれますか？」

「もちろんです！」

心が震えて涙が溢れそうになっていると、ロジオンは嬉しそうに頬を染めて笑っていた。

「まずはあなたを支えることに努めます。ですから妻であり母である女性が生涯騎士でいられる決まりを設けるためにそこそこの権力を手に入れるところからですね。差し当たっては叙爵《じょしゃく》、しばらく経験を積んで、ディーノ殿下が即位なさるときに宰相《さいしょう》になるのが最短でしょうか」

「……は……？」

涙が引っ込んだ。絶句するエルカローズを勇気付ける笑顔が眩《まばゆ》い。

「お互いに夢を叶えましょう。そうすればきっと少しだけ世界が変わります」

世界が変わる——エルカローズやロジオン、ベアトリクスのようなはみ出し者がちょっとだけ生きやすくなる、壮大で困難で、驚くほどに不遜《ふそん》でいて、泣きたくなるほど素晴らしい夢。

(ロジオン様、私は)

傲慢《ごうまん》すぎる将来の展望を易々《やすやす》と叶えてしまいそうで恐ろしかったというのに。

(私は、あなたを)

半歩もない距離を縮め、それでも足りなくて、額を押し当ててひっそり告げる。

「……好き」

どうか聞こえないで、いや聞こえていて。

この瞬間エルカローズは深く、深く深く、ロジオンを心から愛してしまっていた。

「エルカローズ！　お茶のおかわりをもらえる？」

ロジオンが何か言おうとしたところで、声がした。

「はい！　ただいま！」

明るく元気よく答えて染まった頬を見られないうちに離れる。

何事もなかったかのように笑顔でお茶を配るも、エルカローズは立ち尽くすロジオンが珍しくほんのりと頬を赤くしているのを目《ま》の当たりにした。見てはいけないものを見た気がしたけれど、顔がにやけてしまいそうになる。

そのうち回復したロジオンが微笑みをたたえて手伝ってくれ、意識しすぎたエルカローズが台車に半身をぶつけて大きな音を立てるという事件も起きつつ。

ベアトリクスと縁を繋いだ者たちにとって夢のように幸福な一日となったのだった。

終章　いつか未来で逢えたなら

お茶会が終わると多忙でいてどこか寂しい日々が流れるように過ぎて、いつの間にか庭の木にほろりほろりと小さな薄紅色の花が開いていた。透ける花びらの中心が真紅に色づくアーモンドの花は早春の果樹、ついに春がやってきたのだ。

それはベアトリクスが母国を離れる日であり、王女側仕《そばづか》えの解散、エルカローズが王女の騎士の任を解かれるときだった。見送りそのものは許されないが出立の前日にエルカローズはベアトリクスに呼び出され、直接お別れを述べる栄誉を与えられた。

気が急《せ》いて早く来てしまい、取り次ぎに出たイレイネに支度に時間がかかっていると告げられ、しばらく待つ。その間に彼女からも改めて感謝の言葉をもらった。

「姫様の無謀にお付き合いくださりありがとうございました。無事にお輿入《こしい》れの日を迎えられたのはあなたやロジオン殿のおかげです」

騎士は各々別の部署に割り振られ、ジェニオはディーノ付きの騎士の一人になると聞いた。女官はほとんどが王妃付きになり、一部は結婚のために王宮を辞し、イレイネはいずれ迎えられる王太子妃に仕えるために女官長の下につくという。

「こちらこそ、短い間でしたがありがとうございました」

そうして少し迷ったが、ある疑問を口にした。

「イレイネ様はベアトリクス様に起こっていた異変の原因に心当たりがあったんですよね？」

思い返してみると彼女の動きはどこかおかしかった。当直のときに先に寝室に立ち寄るよう言ったこと、それをカリーナに知られないよう手を回したようだったのも、気付いていたゆえの行動だったのだと思えばしっくりくる。

「残念ながら私は一介の女官に過ぎませんので、祝福や呪いについては専門外です」

ですよね、と苦笑したところで「ただ」とイレイネは続けた。

「『ずっとお仕えできたならば』と考えたことはありました。私だけでなくほとんどの者がそうだったでしょう。そして私は、カリーナのその思いが人一倍強いと知っていただけです」

そこで彼女は、唇の端をくっと持ち上げた。

「私はベアトリクス第一王女殿下の最側近ですから」

表情を作ることを知らないのではないかと思っていたイレイネが見せる初めての笑顔は、悪戯《いた》《ずら》っぽくて少しばかり傲慢《ごうまん》な、可憐《かれん》な少女の顔だった。支度が終わって部屋に招かれたエルカローズがしばらくどきどきしてベアトリクスに不審がられるくらいに。

「ついにこの日が来たわね」と感慨深そうにベアトリクスが言った。

「本当に感謝しているわ。政略結婚は義務だとわかっていてもやはり不安だったけれど、あなたたちに勇気付けられた。始まりがなんであっても愛し合うことはできるのね」

「ベアトリクス様……」

「あなたたちのようにはなれないけれど、わたくしはランメルト殿下を愛してみようと思う」

途端にベアトリクスは顔を呆《あき》れたように歪《ゆが》めた。

「だって聞いてちょうだい。あの方、わたくしに好かれたかったのですって。魔物が現れたとき逃げずに留《とど》まったのは、魔物からわたくしを守れば少しは好かれるだろうかと思ったからだなんて、馬鹿でしょう?」

それが『なんともいえず愛《いと》おしい』と打ち明けるようで、エルカローズには福音に思えた。

「ご結婚おめでとうございます、ベアトリクス様」

「ありがとう。あなたもおめでとう、エルカローズ。ロジオンと幸せにね」

それが美しく少し風変わりで、どこまでも自由で強かったベアトリクスとの別れになった。

それから剣宮《スパーダ》に戻《もど》ってオーランドに迎えられ、モリスに促《うなが》されて王弟殿下に挨拶《あいさつ》とお茶会の協力のお礼を申し上げ、不在の間の出来事を聞くなどして王宮を辞する時刻になった。

夕暮れの門ではルナルクスが動物好きの門兵に撫《な》で回されていたが、エルカローズの匂いを嗅《か》ぎ取った彼が動き出すよりも近くに立っていたロジオンがこちらに気付く方が早かった。

ロジオンの雰囲気は以前と比べて少し変わっていた。具体的にどう、と言われると説明は難しいけれど一瞬無防備になる気配があるのだ。二人で過ごしていると、あの完璧さが張り詰めたものだったとわかる、心をくつろがせている瞬間を感じられるようになった。

心を預けてもいいと思ってくれているなら嬉《うれ》しい。それをきっかけに新しい目標もできた。

（ロジオン様を支えられるように絶えず己を鍛えるぞ！）

健康でしなやかな心はまず身体《からだ》作りが資本である、というのが騎士である祖父の教えだ。一方で物理的にも剣となり盾となれるよう、男女の違いによる能力差に甘んじることなく可能な限り心身を鍛えて己を高めておく。それが何かあったら必ず助けとなれるようにするということだと思ったからだ。

帰宅して夕食のごろごろ肉団子のスープなどを味わい、談話室に行く。長椅子に座ってロジオンとルナルクスを待ちながら、そろそろ暖炉も役目を終える頃かと考えていると、うと、うと、と意識が浮き沈みし始めた。

（あ、これは夢を見るな……）

そう思ったとき、エルカローズは兄の部屋の扉の前に立っていた。

室内から両親や使用人の笑い声が響く。扉を叩《たた》いたところで答えがないことはわかっていた。それでも叩くべきか、ここにいると叫ぶ必要はあるのか、しばし考える。考えて、しまう。

「…………」

軽く握った手の行き場を探していると、ふわりと白い手が重ねられた。

はっと顔を向けた先、少し視線の低い位置に青い瞳の子どもがいた。

エルカローズより二つ三つほど年下だろうか、どこかで見たような意匠の白い貴族服を着ていた。緩い癖のある白銀の髪は長く、毛先が生き生きと跳ねている。笑う目は眩《まばゆ》い青で、虹彩《こうさい》が獣のような三日月の形だった。よく見れば口元に小さな牙が覗《のぞ》き、指の爪も長く鋭い。

「……ルナルクス？」

「君なら気付いてくれると思った！」

変声しきっていない声を聞いて、エルカローズは首をひねる。

「夢……だよな？」

「もちろん。いまの俺の力じゃこの姿になるのは夢の中じゃないと難しいんだ。ベアトリクスで試して、できるってわかったんだけど感情が高まるせいかなかなか上手《うま》くいかなくて。成功してよかった、ここならロジオンに邪魔されない！」

爪を立てないよう、けれど強く手を握られて、扉から引き剥《は》がされるみたいに連れ出される。

「ちょ、どこに行くんだ⁉」

「どこでも！　君の行きたいところに！」

行きたいところって、と戸惑ったのもつかの間、走っていた廊下の行く手が歪み、変質する。

やがて溢《あふ》れ出した白い光の中に飛び込んだが、眩《まぶ》しくて目を開けていられない。

どこからか、冷たく湿った風と土、ぴりりと濃い針葉樹の香りを含んだ風が吹いてきた。周囲の白さが消えたのがわかって目を開けると、そこはハイネツエール館《かん》の裏庭だった。

ただ少し様子が違う。木々に絡《から》みつくのは白いクレマチス。道なりに咲くのはこれもすべて白いシクラメンだ。降り積もった雪のように視界を覆《おお》う花に、薄く伸ばしたような蒼空《そうくう》から銀とも金ともつかない光が注ぐ。手を引くルナルクスが空を仰ぐ姿は、宗教画に描かれる聖なる人のように美しかった。

「綺麗《きれい》だな。ここが君の行きたいところか」

「そうなのかな……気付いたらここだっただけなんだけど」

「もし怖い夢を見ても大丈夫、俺がここに連れてくるから安心してくれ」

遊び仲間の少年が言うように自信たっぷりで微笑《ほほえ》ましい。「うん、頼んだ」とエルカローズが笑うと、ルナルクスはむっとした。

「本当だぞ、色々できるようになったんだ。エルカローズは仕事だったから知らないだけだ」

「それは、ごめん。構ってやれてないなって気付いてたけど時間が取れなくて」

「わかっている。俺はロジオンと違ってエルカローズを『そくばく』しないから、大丈夫だ」

ルナルクスにはロジオンが『束縛』しているように見えるのだと苦笑を禁じ得ない。

（ロジオン様にそういう感情があるっていうのは聞いたけれど、今後それで不自由することになるんだろうか。だったら束縛する必要がないと思えるようにすればいいのかな）

「エルカローズ。ロジオンのことを考えているだろう」

握っていた手に軽く爪を立ててふくれっ面になった、と思ったら強引に引き寄せられた。

「わっ⁉」

「一緒にいるんだから俺のことだけを考えて」

さほど背丈の変わらない年下の見た目にも関わらず強い力だ。踏みとどまったものの、触れるほどの距離から覗き込まれて戸惑った。

銀色の睫毛《まつげ》に縁取られた青い瞳の中でくるくると光が巡り、時間の流れが異なっているように三日月が満ち欠けする。

「俺は必ず『じりつ』した成獣《おとな》になって、エルカローズと番《つがい》になる」

「ルナルクス、あの、」

「愛しているんだ」

請い願うように囁《ささや》かれて言葉を飲む。

「番になれと強制されて、拒んだら痛めつけられて、逃げ出したもののもうだめだと思ったとき、君は俺を見捨てず、自分が苦しくても放り出さなかった。好きにならないわけがない」

「あの……あのね、気持ちは嬉しいけど」

「種族が違うのはわかってる。でも方法がないわけじゃない。人間だって『××△◇×』になったんだからその逆だってできる。人間になる方法を使えばいいんだ」

「人間になる方法？　いやその前になんて言った？」

魔物の言語は発音が難しく、ロジオンが唱えていたカーリア語がさらに難しくなったようで意味も雰囲気も想像できない。

しかし思考に沈むことはできなかった。近付くルナルクスの唇を拒む必要があったのだ。

――人間が何になったのか。『その逆』が『人間になる』ことなら……。

手のひらを突き出して鼻面を押し返すと、ルナルクスは「むう」と獣の声のまま唸《うな》った。

「どうして嫌がるんだ？　いつもなら舐《な》めさせてくれるじゃないか」

「その姿で言わないでくれるかな!?」

少年に背徳的な行為を強制しているように聞こえるが、ルナルクスはよくわかっていない。

だめだと言われて大人《おとな》しく身を引いた、かと思ったら飛びついてエルカローズを押し倒した。

ばさっ、と散った花びらが舞う。

夢だからなのか、現実に存在する道が突然シクラメンの花畑に変わったのでしたたかに背中を打たずに済んだ。下敷きにした花々を救おうと身を起こすが、ルナルクスが抱きついて離れない。

「ルナルクス、どいて。花が可哀想だ」

「だったら可哀想じゃなくすればいい」

きらっと瞬《またた》く青い瞳の燐光《りんこう》が、花を白から薄青、青へ染め、散った花弁を青紫の花にする。

綺麗だ、けれどもなんだか怖かった。夢だから非現実が起こり得る一方、ルナルクスにはこれらの光景を現実にする力があるのではないかという疑いが生まれる。

「エルカローズの邪魔はしない。その代わり夢の中ではたくさん撫でて、抱きしめてほしい」

ルナルクスが身を起こして上目遣いに言う。

魔獣のときも健気《けなげ》な態度を取ることはあったけれど、人の姿で言われると健気を通り越していっそ気の毒だ。エルカローズのお腹《なか》の辺りでごろごろする姿はほんのまだ子どもで、善悪や力の使い方を教えるのは自分の役目なのだという責任感を再認識する。

「いいよ。起きたらまたしばらく忙しいだろうし」

「ありがとう！」

耳と尻尾があったらぴんと立っていた、そんな喜色を浮かべてエルカローズに再び抱きつく。どこで鳴らしているのか、嬉しいときの「くうん」や「きゅーん」といった声が聞こえ、その合間にもごもごと何かを呟《つぶや》く。

「……こういうところをロジオンに付け込まれるんだ」

「なに？　早く撫でろって？」

聞き取れずそういうことだろうと思って尋ねると、今度は「うん」とちゃんと聞こえた。やれやれと思いながら手を伸ばして白銀の頭をくしゃくしゃに掻《か》き混ぜようとして――。

「――…………あれ……？」

瞬《まばた》きをすると熾火《おきび》の色に揺れる天井があった。そこに「いけません」と金色の光が射す。

「談話室でうたた寝をするなら自分の部屋で休んでください」

「ロジオン様？　ロジオン様も私の夢に来たんですか？」

「はい？」

ぼんやりと尋ねれば不思議そうな顔をされて、やっと目が覚めた。

飛び起きようとした瞬間、増した腹部の重みにうっと呻《うめ》く。

「うぅー……」

両前足で腹部を踏みつけたルナルクスはぎゅうっと眉間《みけん》に皺《しわ》を集めて不機嫌に唸っている。

安眠を妨害したせいかと思いながら足を掴《つか》み、退けてから身を起こす。

「すみません、来ていたのに気付かず眠っていました」

「きっと疲れているのです。さあ部屋に戻ってください。早くしないと横抱きにしますよ？」

「あっ、はいいますぐ、っうぶ」

横合いからルナルクスが突き出した鼻先でぐいぐいと押してくる。腿《もも》の上に置かれた足が不安定に揺れるのに避けても躱《かわ》しても舐めようとしてくるので、エルカローズは仰《の》け反《ぞ》り、ロジオンと話を続けようとする度《たび》に中断せざるを得ない。

「る、ルナ、ルクスっ！　ぶっ、ちょっ、怒ってるのか？」

「おや、いつにも増して甘えたですね。嫌な夢でも見たんでしょうか？」

ばちっ、と緑の瞳と青い目の視線が交差するところで火花が散った。

「だったら折良く起こせたようで何よりでした。ねえ？」

「ぅうぅー……」

一方は笑顔、対して憎しみの上目遣い。ロジオンは夢の内容を知るはずがないのにルナルクスの邪魔ができたことは確信しているようだ。

だが「ふわぁ」というエルカローズのあくびを聞いて、二人は小競り合いを止めた。

「ルナルクス、エルカローズがちゃんと休むまで見守っていてください」

「ばふ」

こういうところは結託するんだよなあ、と思いながらエルカローズは自室に戻った。眠気でぼんやりしつつ寝支度を終えてルナルクスを呼ぶ。

「おーい、ルナルクス、行くよー？」

「……ぷぅ……」

何度かおーいと呼びかけ、揺すってみるが、目を開けても起きてくれない。

（そうか、さっきの夢に出る力を使って疲れ果てたんだな）

得心に頷《うなず》くとルナルクスはそのまま寝かせておき、眠気で半ば塞《ふさ》がっている目で探し出した枕を抱えて、ロジオンの部屋の扉を叩いた。

けれど返事がない。もう一度叩くと「どなたですか？」とやっと声が返ってきた。

「エルカローズです。入っていいですか？」

音が途切れた、と思ったら急いだ足音が聞こえてきて内側から扉が開く。

「エルカローズ？　どうしたのですか？」

ぱっちり目が覚めた。そして何も言えなかった。

彼は寝間着を引っかけただけの、太い首筋と胸板のたくましさを思わせる鎖骨が露《あら》わになった乱れた姿でいたからだ。

ロジオンは、ああ、と苦笑して前を掻き合わせる。

「すみません、着替えの途中で。見苦しくて失礼しました」

「いえ！　間が悪くてすみません！」

そしてときめいてしまってごめんなさい。普段隙《すき》がないので無防備になった姿にどきっとしてしまうのは我ながら情緒が歪んでいそうで心配になる。心の中で平謝りだ。

「あなたの訪問はいつでも歓迎します。困ったときに頼ってくれるのも。何かありましたか？」

「いいえ、ただ寝《やす》みに来たんですが……」

「え？」

お互い『何かおかしいぞ』という間があった。

反応したのはエルカローズが先だった。枕を落とし、両手で頭を抱えて天を仰ぐ。

「あ、あぁー！　そ、そうですね！　ベアトリクス殿下は無事にお輿入れなさって魔物の脅威《きょうい》もなくなったんですから、もう一緒に寝る意味はないですね!?」

何故今日まで違和感を覚えなかったのか。

恐らく今日までエルカローズがベアトリクスの騎士だったからだ。

なのに魔物を倒し、彼女が国を離れたにも関わらずここに来たのだから彼の戸惑いも納得だ。

「意味がないことも、ない、と思いますよ。じきに結婚しますから仲を深めるには効果的です」

ロジオンの慰めが痛い。エルカローズは枕を拾い上げ、ため息をついた。

「ありがとうございます……そう言ってもらえるなら、お邪魔します……」

「えっ」

ロジオンが慌《あわ》てたので、エルカローズは眉尻を下げた。

「すみません、わがままを言いました。部屋に戻ります……」

「待ってください！　大丈夫、あなたのわがままなら喜んで受け止めます。――どうぞ」

引き止められて扉を押さえながら室内へ促される。迷惑かもしれないと疑いが頭を掠《かす》めたが、いつまでも扉を開けさせているわけにはいかないのでちょこちょこと足を踏み入れた。

「寝支度をするので少し時間をください」

慣れ親しんだ寝台に枕を置いていると、忙《せわ》しない足取りでロジオンが隣室に消える。エルカローズは横になって目を閉じた。温《ぬく》もりが足らず腕を動かすがふかふかが見つからない。

（ルナルクス……そういえば私の部屋で寝ていたな……）

ルナルクスも自室で休むものと思っていたのだろう。エルカローズだけがうっかりしていた。ぎし、と寝台が軋《きし》んで目を開ける。

ロジオンの緩くまとめた髪の金色がまろみを帯びて見えた。寝間着はどことなく着崩れていてかなり慌てさせてしまったようだ。

伸ばされた手に頬を包み込むように撫でられ、足りなかった温もりが満ちて息を吐いた。

「ロジオン様と一緒に寝ると安心するから、好きです」

おやすみなさい、と囁いて、目を閉じた。

夢を見る――短い白髪頭に日に焼けた肌、手には剣とともにあり続けた証《あかし》である傷と皺を重ね、儀礼服を大事にし続けた老いた女性騎士が、老いてもなお麗《うるわ》しい隣国の王妃と、母国の懐《なつ》かしい黄金パン《バンドーロ》をお茶請《う》けにこれまでの日々を語り合っている――。

「――っんむ!?」

突然唇を塞がれ、呼吸ができず目を開ける。

覆いかぶさるようにしてロジオンが口付けていた。驚き身を起こそうとすると肩を軽く押され、エルカローズは再び寝台に沈み込む。

「起きてしまいましたか？」

「普通はね!? え、ちょ、なんで、んんっ」

触れられて啄《ついば》まれて塞がれて食《は》まれて。形を変えた接吻《キス》が降り注ぐ。思考が追いつかず目を回して翻弄《ほんろう》されていると、息を継ぐ間にロジオンが乱れた髪を後ろに撫で付けつつ囁いた。

「『なんで』と言われても……あなたが可愛《かわい》くて、したくなったから、ですよ?」

(半分以上嘘《うそ》ですね!!)

絶対、間違いなく、何かで感情を逆撫でされたので思い知らせてやろうと考えたのだ。

ただ心当たりがない、考える時間がない。エルカローズにわかるのは、寝間着を着崩した乱れ髪のロジオンが正視に耐えないほど凶悪な色気を放っているということだけ。

「……なんてことになるのが嫌なら、自分の部屋へ、」

「で、で、できれば段階を踏んでいただけるとありがたいです!」

不自然に動きを止めたロジオンに目を回すエルカローズは気付かない。何故なら。

(ロジオン様の色気が凄《すさ》まじくて、今夜でこれなら、結婚すると絶対心臓が持たない!!)

さらに色っぽくなるであろうロジオンに「可愛い」だのなんだの囁かれるのかもしれない、と想像するだけで意識が飛びそうだ。

「こん、今夜はここまでで! ありがとうございました、おやすみなさい!」

毛布を引っ被《かぶ》ってこれ以上妖艶《ようえん》な姿が映らないよう目を閉じた。

気絶とも見紛《みまが》う眠りに沈んでいくエルカローズは気付かない。石化していたロジオンがやがて苦渋《くじゅう》の顔を片手で隠して呟いているなんて。

「……ここでおあずけはきつい……」

アーモンドの花が満開になるアルヴェタインの春はもうすぐそこに。ロジオンの我慢の日々が終わるまで、あともう少し。

あとがき

『聖なる花婿の癒やしごはん２』をお手に取ってくださりありがとうございます！瀬川月菜です。おかげさまで第二巻をお届けすることができました。

今巻は婚約後の冬に起こった王女殿下にまつわる事件に巻き込まれるお話です。ロジオンの愛が重すぎる言動を是非お楽しみください。

今回登場した料理はパンドーロとパネトーネ。イタリアではクリスマス菓子として歴史があり、特にパネトーネはいまも十二月の甘味なのだそうです。口にする機会がありましたら「これがあのパンか！」と思っていただけると嬉しいです。

イラストは引き続き由貴海里先生にご担当いただきました。騎士服ドレスが嬉しすぎて毎日眺めております。素敵なイラストの数々をありがとうございました！

担当様にはいつも以上にご迷惑をおかけしましたが、温かい励ましとご指摘のおかげで二巻を形にすることができました。本当にありがとうございました。

応援してくれる家族、友人知人の皆様、ありがとうございます。買い支えてくださる読者の皆様、誠にありがとうございました。

当たり前の日々を過ごせる幸福に感謝しつつ、皆様の毎日に喜びと楽しみがありますよう、心からお祈り申し上げます。

二〇二一年十二月　瀬川月菜

＊

婚約式が終わるとエルカローズは王女の護衛に戻らず剣宮《スパーダ》に向かった。

身に纏《まと》っているのはベアトリクスをはじめとしたたくさんの人の手によって特別に誂《あつら》えられた儀礼服だ。発案したのはロジオンだったと聞いた。女性騎士には制服がないのでエルカローズのためだけのものと言ってもいいだろう。

式の後、王女側仕えの同僚たちが協力して自由時間を与えてくれたので、エルカローズは彼に会いに行こうとしている。

(この格好を見たらロジオン様はなんて言ってくれるかな……?)

こんな素敵な贈り物を準備しているなんて少しも気付かせなかった彼にちょっと悔しい気持ちになっていると、嬉しげな吠《ほ》え声がした。振り返ると白いもふもふの塊《かたまり》がこちらへ向かって走ってくる。

「あおっ、わふっ！　わん！　おんっおんっ！」

ルナルクスは千切れそうな勢いで尾を振ってエルカローズの周りをぐるぐるぴょんぴょんと飛び跳《は》ねる。先ほどの遠吠えの余韻だろうか、子どものようなはしゃぎ様が微笑《ほほえ》ましくもおかしい。

「こら、こーら、ルナルクス。わかったから落ち着いて、ほら静かに」

しいっと指を立てて青い瞳を覗《のぞ》き込み、落ち着いた頃合いを見計らっていい子、いい子と顔を撫《な》で上げる。

一通り戯《たわむ》れたところでエルカローズは背筋を伸ばし、その場でくるりと回った。

「この衣装、ルナルクスも頼んでくれたって聞いたよ。どう、似合うかな？」

「あうっ、あおぉん！」

ルナルクスは右足を上げる。足を高く伸ばそうとするのを強い肯定と受け取って「ありがとう」とエルカローズは耳の付け根や眉間《みけん》を柔らかく掻《か》くように撫でた。

黒い儀礼服の女性騎士と足元に跪《ひざまず》く白い魔獣。

晴れの日の王宮で、それは間違いなく光溢《あふ》れる光景の一つだった。

そこへ響いた足音に、エルカローズとルナルクスが目を向けると、王太子の側仕えである貴公子然としたロジオンが驚いた顔をして立っていた。

「ロジオン様！」

嬉しい、会えた！

ぱあっと喜びが弾《はじ》けて、エルカローズは小走りに彼に駆け寄った。

「あの、あの！　素敵な贈り物をありがとうございました！　ロジオン様とルナルクスが私のために作ってくれたものだとベアトリクス様たちから伺いました。綺麗で華《はな》やかですごく格好よくて、とても嬉しいです！　この衣装にふさわしい騎士であり続けようって改めて心に決めました。一生の宝物です！」

そこまで言って、エルカローズははっと頬を染めた。嬉しさが先走って捲《まく》し立ててしまったがこれではルナルクスと同じ、はしゃいで飛び跳ねているようなものだ。

（し、しまった。つい子どもっぽい振る舞いを……）

こほんと咳払いして、いまさらながら騎士らしい堂々とした態度を取り繕《つくろ》う。

「……失礼しました。改めて、素晴らしい贈り物をあり、っ!?」

最後まで言えなかったのは伸ばされた腕に引き寄せられたからだ。

「私の花《ミア・ローザ》、なんて美しい。いま正にあなたは咲き誇る大輪の花です」

そう言うロジオンの方が花のようだ。

淡く染まった白皙《はくせき》に浮かぶ笑みは絢爛《けんらん》の花、溶け出しそうに潤《うる》む緑の瞳を見るだけでエルカローズの全身に甘い痺《しび》れが走り、うっとりとしたため息混じりの言葉に顔は赤く染まり鼓動《こどう》は激しくなっていく。

「あぅ、へ、変じゃないですか？　ちゃ、ちゃんと似合って、」

「とても素敵です。よく似合っています。魅力的すぎるので私一人でじっくり鑑賞させてほしいのですが、どこか二人きりになれるところは……」

「似合っているならよかったです！」

最近の出来事を経《へ》てロジオンのこれらの言葉がかなりの割合で本気だと知ったエルカローズだ。婚約式後でいつもより人気がないいま、本当に空き部屋に連れ込まれかねないので急いで距離を取ると、骨張った手が行き場をなくして彷徨《さまよ》った。

（そんな顔をしても風紀を乱す行為はだめ、絶対！）

「わうっ！」

上目遣いで無言の抗議をしていると、苦笑したロジオンが何かを言いかけた、そこへ下から上へ伸び上がったルナルクスが二人の間を割《さ》く。

「うわ、ちょ、待てルナルクス！　ロジオン様の服に足跡をつけるんじゃない！」

彼も今日は美装だ、汚すなんてとんでもない。立ち上がったルナルクスを羽交い締めにすると、正面にいたロジオンも足を掴《つか》んでいて、二人でそのまま地面に下ろす。

荷物扱いされたルナルクスは身をひねってむっとした顔でこちらを見上げてきた。

（そんな顔をしても喧嘩《けんか》はだめ、絶対！）

前科があるのでエルカローズも退かない。

目を逸らしたら負けだと鋭く見つめていると、ロジオンのため息が聞こえた。

「今日くらいは休戦としませんか、ルナルクス？　あなたも装っているエルカローズを堪能したいでしょう？」

「……ばっふぅ……」

力を失くした尻尾とやる気なさげに上がった右足は消極的な肯定を表していた。よろしいと頷いたロジオンとルナルクス、彼らの熱い視線がエルカローズに注《そそ》がれる。

「そういうわけですから、エルカローズ。どうか私たちに素敵なあなたをたくさん見せてくださいね」

「わふ」

（見せるって……何を？）

よくわからないけれど衣装の贈り主たちの希望だ、付き合うのが筋だろう。

彼らが心行くまで堪能しなければ解放してもらえないと本能的に理解したエルカローズはこの後ベアトリクスや側仕えたちにどう説明したものか考え始めるのだった。

――早春の庭園で「あなたは美しい」「素敵です」「可愛らしくも凛々しい」などの賛美の言葉を浴びせかけられて溺《おぼ》れるような思いをするのは、数分後の話。

聖《せい》なる花婿《はなむこ》の癒《い》やしごはん2
恋《こい》の秘《ひ》めごとに愛《あい》のパンを捧《ささ》げましょう

2022年1月1日　初版発行

著　者■瀬川月菜

発行者■野内雅宏

発行所■株式会社一迅社
〒160-0022
東京都新宿区新宿3-1-13
京王新宿追分ビル5F
電話03-5312-7432（編集）
電話03-5312-6150（販売）

発売元：株式会社講談社
（講談社・一迅社）

印刷所・製本■大日本印刷株式会社

ＤＴＰ■株式会社三協美術

装　幀■今村奈緒美

ISBN978-4-7580-9425-2

●この作品はフィクションです。実際の人物・団体・事件などには関係ありません。

この本を読んでのご意見
ご感想などをお寄せください。

おたよりの宛て先

〒160-0022
東京都新宿区新宿3-1-13
京王新宿追分ビル5F
株式会社一迅社　ノベル編集部
瀬川月菜《せがわつきな》 先生・由貴海里《ゆきかいり》 先生